柔石
作品精选集

柔石◎著

回眸经典·名家必读

山西出版传媒集团　山西人民出版社

图书在版编目（CIP）数据

柔石作品精选集／柔石著.—太原：山西人民出版社，
2020.9
（回眸经典·名家必读／杜晓北主编）
ISBN 978-7-203-11422-2

Ⅰ.①柔…　Ⅱ.①柔…　Ⅲ.①中国文学－现代文学－
作品综合集　Ⅳ.①I216.2

中国版本图书馆 CIP 数据核字（2020）第 124888 号

柔石作品精选集

著　　　者：	柔　石
责任编辑：	秦继华
复　　　审：	赵虹霞
终　　　审：	姚　军
装帧设计：	老　刀

出　版　者：	山西出版传媒集团·山西人民出版社
地　　　址：	太原市建设南路 21 号
邮　　　编：	030012
发行营销：	0351-4922220　4955996　4956039　4922127（传真）
天猫官网：	https://sxrmcbs.tmall.com　电　　话：0351-4922159
E－mail：	sxskcb@163.com　发行部
	sxskcb@126.com　总编室
网　　　址：	www.sxskcb.com

经　销　者：	山西出版传媒集团·山西人民出版社
承　印　厂：	天津画中画印刷有限公司

开　　　本：	650mm×960mm　1/16
印　　　张：	22.25
字　　　数：	260 千字
印　　　数：	1—5000 册
版　　　次：	2020 年 9 月　第 1 版
印　　　次：	2020 年 9 月　第 1 次印刷
书　　　号：	ISBN 978-7-203-11422-2
定　　　价：	58.00 元

如有印装质量问题请与本社联系调换

目录

第一辑 二月

别 蕙 …………………………………… 003

还乡记 …………………………………… 004

偷果子的小孩 …………………………… 017

一群蝌蚪 ………………………………… 020

死所的选择 ……………………………… 023

卖笔的少年 ……………………………… 025

狗的自杀问题 …………………………… 028

上 当 …………………………………… 030

一个白色的梦 …………………………… 033

六月的赐惠者 …………………………… 036

一个褴褛的老医仙 ……………………… 039

个人主义与流氓本相 …………………… 041

果筵散后 ………………………………… 042

《旧时代之死》自序 ··· 043

《希望》自序 ··· 045

丰子恺君底飘然的态度 ····································· 046

我希望于大众文艺的 ······································· 048

对　花 ··· 049

无弦的琵琶 ··· 050

秋风从西方来了 ··· 052

战！ ··· 054

夜　色 ··· 056

晨　光 ··· 057

辽远的心 ··· 058

夜半孤零的心 ··· 060

人　间 ··· 063

遐　思 ··· 064

晚　歌 ··· 065

血在沸——纪念一个在南京被杀的湖南小同志底死 ········· 069

生　日 ··· 075

人鬼和他底妻的故事 ······································· 086

第二辑　旧时代之死

上部　未成功的破坏 ······································· 107

第一　秋夜的酒意 ··· 107

第二	不诚实的访谒	116
第三	反哲学论文	126
第四	空虚的填补	135
第五	小　诱	142
第六	墙外的幻想	151
第七	莽　闯	161
第八	死岸上徘徊	168
第九	血之袭来	174
第十	周到的病了！	178
第十一	诊　察	186
第十二	肯定的逐客	195
第十三	秋雨中弟弟的信	203
第十四	空谈与矛盾	208
第十五	无效的坚执	213
第十六	忏悔地回转故乡	220

下部　冰冷冷的接吻 227

第一	到了不愿的死国	227
第二	跪在母亲的爱之前	236
第三	弟弟的要求	245
第四	晚餐席上的苦口	251
第五	否认与反动	259

第六　重　迁···268

第七　佛力感化的一夜···278

第八　再生着的死后···287

第九　枭在房中叫呀！··293

第十　冰冷冷的接吻···299

第十一　最后的悲歌··306

第十二　打罢，人类的醒钟···································312

第十三　暴雨之下···319

第十四　无常穿好芒鞋了······································327

第十五　送到另一个国土······································336

第十六　余　音··343

第一辑 二月

别　蕙

　　只两心知道，谁懂得一声惘惘时的勉强欢笑，正是离情浓郁的心泪！难洒呀，难洒呀，半醒半睡的魂儿，更缠绕着千条万条的丝，揪揪扭扭地斜倦着，追叙了过去，祝愿着未来，重重的一切，沉浮在我俩之间，蕙妹，怎能丢开手，随着今宵去呀！

　　明镜般月，高悬在墙东，寒寒深影处，似有人来窥窃我俩了。不，还是无情的催促，催促！蕙妹呀，你不要用头眠着我，让我吻个口干罢；你不要用臂挽着我，让我握个手疲罢！谁想在此后，再能受你杯茶饮，再能受你脔肉吃，还能让我在青草色般的蓐茵床儿睡眠呀！向那边去，何昔是重来的日子，路与天一般长，怕只能瞩明月之西去，望白云之东来，寄问一声，——蕙妹好也否？

　　你说留我到明朝，明朝也是匆匆的；蕙妹呀，去的太速，悔那昔辞的太早；总之，亦在我俩的不得已间，一条没法的运命所注意的路呀！蕙妹，还是丢开手，随着今宵去罢！

一九二三年冬

还乡记

一

我提了旅行的皮包,走上了跳板,在茶房招待了我以后,才知道自己所坐的是一间官舱了。一个老婆子跟随在我后面,——她穿着蓝布的衣服,腋下挟着一个大布包,一看就可知道是从乡下来的。她,好像不知哪里是路,到处畏惧地张望着,站在官舱的门首,似将要跨进右腿来。这时,茶房向她高声地呵斥道:

"喂,走出去,这里是官舱。"

老婆子"唔唔"地急忙退缩着,似吓得要向后跌倒了。我猜测她,是想要借宿在官舱的门口边,可是门口边的地板是异常地光滑红亮,不能容许她底粗糙的蓝布衫去磨擦的。我,是坐在"官"的舱内了,对那年老的老婆子,觉得有些惭愧。

二

于是我看看官舱内的人们,仿佛他们都像王帝了。

在淡红色的电灯光底下,照着他们多半的脸孔都是如粉团做的一样,有的竟圆到两眼只剩了一条线。他们底肚子,充满了脂肪，走起路来一摇一摆地很像极肥的母鸭。在他们中，没有事做的，便清闲地在剥着瓜子；要做事的，便做身子一倒，卧在床上，拿起鸦片管来吸了的工作。郁郁不乐地似怒视着世界的人也有，——一个穿着蓝缎长衫，戴着西瓜小帽的，金戒指的宝石底光芒，在他的手指上闪射着。他不时地呼唤茶房，事情比别人有几倍的多，于是茶房便回声似的在他前面转动，我不知道他到底做什么事。到晚上，在临睡时前，他又怒声地叫唤茶房。

"老爷，还有什么事？"茶房似心里不耐烦，而表面仍恭顺地问。"打开这只箱子。"声音从他的鼻孔里漏出来。可是茶房底举动，比声音还快地打开一只箱子。这时我偷眼横看，这位王帝似的客人，慢慢地俯下他底腰，郁郁不乐地从里面取出了一本书。在茶房给他关好了箱子以后，我瞥见这本书的书面，写的是《幼学琼林》。

三

船到码头的一幕，真是世界最混乱的景象。喊叫着，拥挤着，箱子从腿边擦过，扁担敲坏了人底头。挑夫要夺去你底行李，警察要你打开铺盖，给他检查……总之，简直似在做噩梦一般。

中国，不知什么时候可从这个混乱中救出来。像这样码头上的混乱是全国一致的——广州、天津、上海、长江各埠……这个混乱，真正代表了中国。现在，就连家乡的小埠，都是脚夫拼了命地涉过水，来抢夺客人的行李挑了。

四

我在清晨的曦光中,乘着四人拼坐的汽车。车在田野中驱驰着。田野是一片的柔绿色,稻苗如绿绒铺成的地毯一般。稍远的青山,在这个金丝似的阳光底反映中,便现出活泼可爱的笑脸来。路旁的电线上是停着燕子,当汽车跑过,它们一阵阵地飞走了。也有后跑的,好像燕子队中也有勇敢与胆怯的分别。蝴蝶从这块田畦飞到那块田畦,闪着五彩的或白色的翅膀。农夫与农妇们,则有的提着篮,有的背着锄,站在路边,等待汽车的驰过。

美丽的早晨,可被颂赞的早晨呀。建设罢!农夫们,愿你们举起你们底锄来;农妇们,愿你们顶起你们底筐来!世界是需要人类去建设的。这样美丽的世界,我们更当给它穿上近代文化织成的锦绣的外衣。——在别离乡村三年了的我,这时的心花真是不可遏抑地想这样喝唱出来。

五

可是绿色的乡村,就是原始的乡村。原始的山,原始的田,原始的清风,原始的树木。

我这时已跳下了汽车,徒步地走在蜿蜒曲折的田塍中了。

两个乡下的小脚的女子,一个约莫十七八岁,穿着绿色的丝绸衫裤,一个约莫二十四五,穿着白丝的衣和黑色的裤,都是同样的绣花的红色的小鞋,发上插着两三朵花。年少的姑娘,她的发辫垂到了腰下,几根红线绕扎着。在这辫子之后,跟随着四五个农人模样的青年男子,他们有的挑着担,有的是空手的,护卫一般地在后面。其中挑担的一个——他全身穿着白洋布的衫裤,白色的洋纱袜,而且虽然挑着篮,因为其中没有什么东西,所以脚上是一双半新的皮底缎鞋。他,稍稍地歪着头,做着得意的脸色,唱着美妙的山歌式的情诗:

  郎想妹来妹想郎,
  两心相结不能忘;
  春风吹落桃花雨,
  转眼又见柳上霜。

  女子是微笑的袅娜地走着,歌声是幽柔的清脆的跟着,清风吹动她们底丝绸的衣衫,春风也吹动他们底情诗的韵律,飘荡地,悠扬地,在这绿色的旷野间。
  这真是带着原始滋味的农业国的恋爱的情调——我想,可是世界是在转变着另一种的颜色了。使我忽然觉得悲哀的,并不是"年少的情人,及时行乐罢"的这一种道学的反对,而是感到了这仍然是原始的乡村,和原始的人物。

六

  我走到一处名叫"红庙"的小村落,便休息下来了。
  好几家饭店的妇人招呼我,问我要否吃饭。她们站在茅草盖的屋子的门口,手里拿着碗和揩布。我就拣一家比较清净的走了进去。

"先生,你吃灰粥么?"一个饭店里的妇人问我。可是我不知道什么是灰粥。

"吃一碗罢。"我就随口答。

"先生,"她说,"你是吃不惯的。"

"为什么呢?"我奇怪地问,因为我知道卖主是从来不会关心买客的好坏的。

可是她说了:这粥是用了灰澄过的水煮的,没有吃惯的人吃下去,肚子是要发胀的。

"那你们为什么用灰水煮呢?"

"因为'耐饥'些,走长路的客人是不妨碍的。"她笑了。

这时在我旁边一个挑重担的男子,已经吃完他的灰粥了。

"多少钱?"他粗声问。

"六个铜板一碗,两碗十二个。"妇人答。

那男子,就先付了如数的铜子,另外又数了两枚,交给她,同时说:"这当做菜钱。"

"菜钱可以不要的",妇人说,并将钱递还他。

我很奇怪了,——他们为什么这样客气呢?吃饭的菜钱可以不要,恐怕全世界是少有听到的。挑重担的男子和饭店妇人互相推让着,一个说要,一个说不要,我就问她为什么不要的理由。

"这四盆小菜值得什么呢?"她向我说明。"长豇豆,茄子,南瓜,都是从自己的园里拿来的。"一边她收拾着他吃好了的碗筷。"假如在正月,我是预备着鱼和肉的,你先生来,可以吃一点,那也要算钱的。现在天气暖,不好办,吃的人少。"

这样,我坐着几乎发怔。——这真有些像'君子国'里来的

人们。在他们,'人心'似乎'更古'了。同时我又问:

"像这样的一个小街坊,为什么有那样多饭店呢?"

"是呀,"妇人一边又命令她底约十岁的小孩子倒茶给我。继续说:"现在是有七家了。三年前还只有三家的。小本经营,比较便当些,我们女人,又没有别的事可做。"

过客又站到在门口,她又向他们招揽着。我因为要赶路,又不愿担搁了她的时间,也就离开板桌和木桩做的凳子,和她告别走了。

七

在每一座凉亭内,在每一处露廊中,总听见人们互相问米价。老年的人总是叹息,年少的人总是吃惊,——收获的时期相近了,为什么不见米价的低跌呢?

在某一处的墙壁上,写着这两句口号,字是用木炭写的:"打倒地主,田地均分。"

有一个青年的农夫,指着这几个字向一班人说道:

"这是××党写的呢!他们要将田地拿来平分过,没有财主也没有穷人。好是好的,但多难呵!"

大家默默的。说话的人也说他们自己底话。我这时在旁边,就听见一个十七八岁的农夫,他是口吃的,嗫嗫说道:"天、天、天下无难事,只、只、只怕有心人。我们为、为什么没有饭吃,还、还、还不是,财、财主吃、吃的太好。"

许多人笑了起来。这时我心里想:

"革命的浪潮,已经冲到农村了。"

八

"这是必然的,你看,家家没饭吃,家家叫受苦,叫他们怎么样活下去呢!"

在我到家的两三天内,我访问过了好几家的亲戚。舅母对我诉了一番苦,她叫我为表弟设设法;姨母又对我诉了一番苦,她叫我为表兄设设法;一个婶婶也将她底儿子空坐在家里六个月了的情形告诉我;一个邻舍的伯伯,他已经六十岁了,也叫我代他自己设设法,给他到什么学校去做门房。我回来向母亲说:

"妈妈,亲戚们都当我在外边做了官,发了财了。我哪里有这样多的力量呢!"

"不,"我底母亲说,"他们也知道你的。可是这样的坐在家里怎么办呢?你底表兄昨天是连一顶补过数十个洞的帐子,都拿出去当了四角钱回来,四角钱只够得三天维持,蚊子便夜夜来咬的受不住。所以总想到外边去试试。你有办法么?"

我默默地没有答。以后母亲又说:

"在家里没有饭吃,到外边只要有一口饭吃就好了。她们总是想,外边无论怎样苦,青菜里总还有一点油的。家里呢,连盐都买不起了!"

母亲深长地叹息了一声。我心里想:农村的人们,因为破产,总羡慕到都市去,谁知都市也正在崩溃了,于是便有许多人天天的自杀。我,怎样能给他们有一条出路呢?我摇摇头向母亲说:

"我没有办法,法子总还得他们自己去想。"

母亲也更沉下声音,说道:

"他们自己能想出什么办法子?是有法子好想,早已想过了。现在只除出去做强盗的一条路。"

九

在我到家的第三天的午后,太阳已经转到和地平线成九十度直角的时候,我和几个农夫坐在屋外的一株树下——这个邻舍的伯伯也在内。东风是飘荡地吹来,树叶是簌簌地作响,蜜蜂有时停到人们的鼻上来,蜻蜓也在空中盘桓着。这时各人虽然在生计的艰难中,尝着吃不饱的苦痛,可是各人也都微微地有些醉意,似乎家庭的事情忘却了一半似的,于是都谈起空天来。以后他们问我外边的情形怎么样,我向他们简单地说道:

"外边么?军阀是拼命地打仗,钱每天化了几十万。打死的人是山一般的堆积起来。打伤的人运到了后方,因为天气热,伤兵太多,所以在病院里,身体都腐烂起来,做着'活死人'。"接着,我又叙述了因为打仗的关系而受到的其余的影响。他们个个发呆了,这位邻舍的伯伯就说:

"这都是'革命'的缘故,'革命'这东西真不好。为什么要打仗?都说是要革命。所以弄得人死财尽。我想,首先要除掉'革命',再举出'真主'来,天下才会太平。"

于是我问他:要除掉革命用什么方法呢?你能空口喊的他们不打仗么?

他慢慢地说,似乎并不懂得我的意思。

"打仗打仗,我们穷人是愈掉在烂泥中了!前前年好收获,还不是因为打了一次仗,稻穗都弄得抽芽了。那一次,也说是革命呢!现在,我们有什么好处。"

这时另有一个农夫慢慢地,敦厚地说:"是呀,革命革命,还不是革了有二十年了么?我十八岁的那年,父亲就对我说:'革命来了,天下会太平了。柴也会贱了,米也会贱了。'可是到现在,我今年有三十七岁,但见柴是一年比一年贵,米是一年比一年买不起,命还是年年革。这样,再过二十年,我们的命也要革掉了,还能够活么?"

我对他的话只取了默默的态度。要讲理论呢,却也无从讲起。大家静寂了一息,只见蝉底宏大的响亮的鸣声。以后,我简单的这样问:

"那么你们究竟怎样办呢?你们真的一点法子也没有么?"

第三个农夫答,他同时吸着烟:

"我们是农民,有什么法子呢!我们只希望老天爷风调雨顺,到秋来收获好些,于是米价可以便宜,那就好了。"

我却微笑地又说:

"单是希望秋收好是不够的。前前年的年成是好了,你们自己说,打了一次仗,稻穗就起芽来了。这有什么用呢?"

邻舍的伯伯就高声接着说:

"是呀!所以先要除掉革命才好!"

我却忍不住地这样说道:

"伯伯,用什么方法来除掉革命呢?还不是用革命的方法来除掉革命么?辣椒是要辣椒的虫来蛀,毒蛇是怕克蛇鸠的。你们当然看过戏,要别人底宝剑放下,你自己非拿出宝剑来不可。空口喊除掉革命,是不能成功的。"

我底话似乎有些激昂的,于是他们便更沉默了。我也不愿和他们老年人多说伤感的话,他们多半是相近四十与五十的人了。我就用了别的意思,将话扯到别的方向去。

十

这是另一次。

一天晚上,我坐在姨母底家的屋外,是一处南风最容易吹到的地方。繁星满布在天上,大地是漆黑的,我们坐着,也各人看不清各人底脸孔。在我们底旁边,有一堆驱逐蚊子的火烟,火光和天上的星点相辉照。我们开始是谈当天市上的情形:一只猪,杀了一息就卖完了,人们虽然没有钱,可是总喜欢吃肉。以后又谈某夫妻老是相打的不好,有一个老年人批论说:虽然是'柴米夫妻',没柴没米便不成为夫妻了,但像这样的天天相骂相打,总不是一条好办法。再以后,不知怎样一下,谈锋会转到××党。有一个农夫这样说:

"听说××党是厉害极了。他们什么都不怕,满身都是胆,已经到处起来了。"

就另有一个人接着说:

"将来的天下一定是他们的。实在也非他们来不可!"

于是我便奇怪地问他们为什么缘故这样说。前者就答:

"他们是杀人放火的。人实在太多了,非得他们来杀一趟,使人口稀少了,物价是不能便宜的。至于有许多地方,如衙门之类,是要烧掉才干净,烧掉才痛快的。这是自然的气数,五百年一遭劫,免不掉的。"

我深深地被置在感动中了。——他们底理论，他们的解释。我一时没有接上说话，他们也似讳谈似的，便有人将话扯到别处去了。

十一

可是乡村的小孩子，都会喊'打倒帝国主义'了。

我底五岁的侄儿，见有形似学生的三五人走过，便高声地向他们喊："打倒帝国主义！"

有时他和五六个同伴在那里游戏，他也指挥似的向他们说："我们做打倒帝国主义罢。你们喊，打倒帝国主义，我们便将一两个人打倒了。"

孩子们多随他说，同样高声地，指出他们底手指，向一个肥胖的笨重人喊："打倒帝国主义！"

我们还能看见到处的墙壁上，这样的口号被写着。虽然'打'字或者会写木边，'倒'字会落掉了人旁。但是横横直直满涂在墙上，表示他们意识着这个口号，喜欢用这句口号，是显然的了。

十二

一到晚上，商人们都在街上赤膊的坐起来了。灯光是黝暗地照着他们底店内，货物是复复杂杂地反映着。街并不长，又窄又狭的，商人们却行列似的赤膊的排坐在门首，有的身子胖到像圆桶一样，有的臂膊如两条枯枝扎成的，简直似人体展览会一般。

我穿着一通青布的小衫，草帽盖到两眉，从东到西地走着。可是在我底后面，有人高声地叫呼我底名字了。我回转向原路走去。

"是你么，B君？"

一个小学时代的朋友，爽直而天真的人。

"你回来了么？"

他的身躯是带黑而结实的，他底圆的脸这时更横阔了。

"生意好么？"

我问他。同时又因他顺手地向椅上拿衣服，我却笑起地又向他问："你预备接客么？"

"不是啊，"他说，"我们好几年没有看见了，我想问问你外边帝国主义的情形怎样，国货运动又怎样。"

我一边坐下他底杂货店的门口，一边就向他说：关于商业，我是从来不留心的，至于一批投机商人的国货运动，我也觉得讨厌他们。

"比奸商的私贩洋货总好些罢？"

他声音很高的向我责问。可是我避过脸孔没有回答。接着，我就问他在商业上，他近来有怎样的感想。他说：

"总还是帝国主义呵！帝国主义的经济侵略实在太厉害了！同是一种货，假如是自己的，总销行不广；即使你价值低跌到很便宜，他也会从政府那里去贿赂，给你各处关卡的扣留。想起来真正可怕。"

他垂下头了。静寂一息，他又继续说：

"所以帝国主义这东西不打倒，中国是什么法子也弄不好的！你看，近几年来的土布，还有谁穿呢？财源是日益外溢了，民生是日益凋敝了,——朋友,这两句话是我们十几年前,在学校里的时候谈熟的,现在,我是很亲切地感到了!你,弄了文墨,还不见怎样罢?"

这位有着忠诚的灵魂的朋友,是在嘲笑我了。他底粗厚的农民风很浓的脸孔,是带着悲哀而苦笑了。我不知道自己怎样向他作解辩的回答。我只是神经质的感叹着:中国的人民实在是世界上最良好的人民,——爱国,安分,诚实朴素地做事,唉,可惜被一般军阀,官僚,豪绅,地主弄糟了!我就纯正地稍稍伤感地向他答:

"B君,你底话是不错的。书是愈读愈不中用的。多少个有学问的经济学博士,对于国民经济的了解,怕还不如你呢!所以,B君,目前救中国的这重任是要交给于不识字的工农的手里了。"

我受了他底一杯开水,稍稍谈了一些别的就离开他了。

第二天,我也就趁了海船,回到我孤身所久住了的都市的他乡底家里。

一九三〇年九月十七日夜半上海

偷果子的小孩

吃过了晚饭，顺便我向一家水果店走去，想买几个苹果回来。

在我手里一共拣了四只苹果，照他小签上写着是"每只铜圆十枚"，而这水果摊的女主人已经允许我的还价，三十二枚铜子卖给我。我就从皮夹里摸出两毫的一个银币请她找还我。女主人受了钱，即刻命一个孩子向烟纸店换铜子去了；而我这永远做不相像郑脱耳曼的人，也就放一只在嘴里大嚼了。

这时来了两个约七八岁模样的小孩，一样长，一样赤膊，一样穿着破短裤，一样赤脚，更一样脸孔圆圆，乌珠漆黑。他们站在水果摊的小海棠果放着的旁边，眼瞧着烂的半边切了只剩半只的梨子，和我成五步的对照。女主人立刻向他们说：

"要么？一只铜板，梨子两只。"

完全的意思是小海棠果一只铜子卖一只，梨子两只铜子卖一只。因为任凭梨子怎样半个，终比小海棠果要甜的多大的多了。小海棠果是怎样又小又青呵！

两个小孩子中的一个，终于不得已地拿出一个铜板放在摊上，同时就向小海棠果堆中拿了一只去，很像买惯似的。可是他们交易后并不走，他们轻说着别人听不见的话；意思好似——

"这样小的一只海棠果，我们两人怎么分法呢！"

你看，那个手里还没有小海棠果的小孩子，真是多么可怜呀！他眼巴巴地看摊上的半只雪梨，又看看我吃着的大苹果，又看看水果摊女主人的脸孔，——她这时正同另一位姑娘在交易——样子是多么难受呵！一种失望的神情，竟深深地在他的两颗乌珠漆黑的眼睛里荡漾，荡漾！他两人站着不走。这样，我决计等孩子找回钱来的时候，送他们两只大苹果，因我口里的苹果，已经咽不下喉咙了！

突然，——我看得很清楚——那位手里有一只小海棠果的小孩子，却将这只小海棠掷在摊上，同时很快地拿去了一只半个的梨，又向那位做手势，意思似说——

"现在我们可以分吃了！"

他俩走了。但不幸，举动被这位过分凶狠的女主人看见，她并没有看清楚，只恍惚如此。她立刻骂，"偷去什么？"可怜小孩们接着就跑，女主人也丢下交易的姑娘接着就追，小孩子哪里能够不被追着呢？不一忽，捻着梨子的小孩的手却被捻在女主人的掌内而捉回来了。大概是小孩的母亲的一位妇人也急忙在后面跟来，女主人立刻说，——真是杜撰的灵巧！

"他已吃了一只，又拿了一只就跑呀！"

做母亲的妇人，也不问青红皂白，接着就用粗硬的大手掌向这位我相信他是为小海棠果不能分吃才这样做的可怜的小孩的背上乱敲。小孩当然放声大哭了，除出哭以外，再也没有辩白一句。而那位手里没有捻着小海棠果的小孩，却站在二丈远的那边，看的呆了。我这时不能不代他分辩，向她们说：

"他并没有偷，不过换去一样，我看见的。"

而这位厉害的女主人却郑重告诉我，说：

"先生，他已经在我这里偷过三四回的香蕉了！"

我再也没有话可以代这个小孩申冤了，就眼看看买香蕉的姑娘，似乎请她不要太买多；一边受了找回来的十几枚铜子，冰冷地走了。

一群蝌蚪

茫君为想建筑新校舍,邀我同至某王府看地址和旧屋。

我们向一条深的胡同闯进去,转了一个弯,看见一片长满乱草的空地。旁边有一带小屋,约数十间,大约是以前的厢房,现在是住着寥寥落落的王公子孙。

我们向一家走进去,因为要探问这地的主人和价目。但这家的男主人不在家,一位老婆婆抱着一个不满三周的小孩来招待我们,请我们里边坐一息。房子是很窄的,堆满各色的破旧物。一个约周岁的婴儿,坐在竹椅车中,旁边一个五岁模样的小孩子在逗他玩。这三个小孩子,身裹着破衣服,龌龊不堪,且都赤着脚。但他们的脸孔,一样的额角高突,鼻小眼圆,极像胎生学上绘着的六七个月的胎儿图。这时从里面又来了一个比竹车边的稍大一些的孩子,手里捧着一碗饭,站在我们的前面。而一息,又从里边来了一个和上个孩子差不多大的孩子,也两手捧着饭碗,似奇怪地瞧着我们的生面孔,站在我们的前面。但不到一忽,随着又有一个约十岁模样的孩子出来了,两手里也有一只饭碗,滑稽而如小丑一般地面向我们站着。这三个孩子,并排地站在我们身前,更一样的额角高突,眼圆鼻小,像胎生学上绘着的六七个月的胎儿图。身子裹着破衣服,赤着两脚,臂腿都非常强壮,嘴里嚼着饭,似有韵律的,眼呆睁着我们,茫君禁不住发笑了。他向我问:"怎样来了这许多模样仿佛的孩子?"我答:"一群蝌蚪。"而茫君竟"哈"的一声笑了。幸得这位老婆婆不懂我们的话,一时又和我们谈着别的。以后,我向老婆婆问:

"这都是你的孙子罢?"

"是呀。"她笑眯眯地答。

我说:"你的孙子很多呢!"

"是呀,已经有八个了。"

接着,她就将这一群蝌蚪的岁数告诉我们:"这个二岁,这个三岁,这个五岁,这个七岁"等,一边指着孩子,一边还加注些所生的月份;在她老年的记忆中,已经不甚清楚的了。茫君私向我说:

"我们变做调查户口的警察了。"

我答:"是。"

而这位老婆婆接着大声叫:

"阿大,你再出来,给这两位先生看一看。"

随着,又有一个孩子从里面走出来,更一样的额角高突,眼圆鼻小,可是手里没有饭碗,只捻着一双筷。我问:

"他几岁了?"

老婆婆答:"十三岁了。"

而茫君又要哈哈了。

这时,从里面走出一位妇人来,约三十五六的年纪,也是额突眼小的人,一望可知是他们的母亲。不料这位母亲,还膨胀着肚子,蜘蛛一般的。老婆婆说:

"她不久又要产了。"

于是我微笑的问老婆婆道:

"你说有八个孙子,连肚里也算一个么?"

"不,还有阿二,十二岁的一个,跟他阿爷出去了。"

茫君又向我私说:

"也是一个蝌蚪罢?"

"大概是的。"

我答,而茫君又要笑了。

男主人还没有回来,第八个蝌蚪不想见了。他们围绕着我和茫君,一边捧着饭碗吃饭一边看我们的生脸孔,我们又问他们话,可是他们一句都不答,甚至没有听出来。我很觉得这是一回有趣的事,但无心再看了。老婆婆虽说,男主人一定要带她的阿二回来吃中饭的。我们说:我们也要回去吃中饭了;仍可第二次再来,因为这是有趣的事。

"明天再会罢!"

我们也就别了这一群蝌蚪。

死所的选择

一个穷孩子,睡倒在路边,不幸的他,病了!而且病的是急性的痧症,他全身抽筋,肩膀左一耸,右一耸,两腿也左一伸,右一伸。脸色青的和烤熟的茄子一样,唇黑,眼闭着无光。有时,虽眨眨地向环立在他四周的群众一眼,好似代替他已不能说话的口子求乞一般,但接着蹙一蹙眉头,叫声"啊唷",又似睡去一样的了。眼泪附在眼睑上不曾滴下,两颊附着两窝泥块,他似要用手去抓,但五指似烧熟的蟹脚一般,还颤抖的厉害。

孩子约十岁模样,不是乞丐的兄弟,就是苦力的儿子。衣服烂破;这时还在地上卷去不少的泥灰。他没有帽,也没有鞋袜,两胫圆而有劲,但这时也失了支撑力了。总之,他像一只垃圾堆里的死老鼠,他除了叫声"啊唷",和喉中有时"嗡嗡"以外,他竟和死去没有两样了。

围拥着在他的四周,足有几十个群众。公公,婆婆,青年,孩子不等,都是些善男信女,营营地在谈论他,谈论的很厉害。有的还不住地问他,——他父母是谁,住在哪里,今年几岁。好似要在他死后,给他编年谱一般。但他一句没有答,且一句没有听。

一位偻背的老人提议道:

"最好送他到医院里去,这是痧症,极危险的,不能随便吃点什么药就会好,最好送他到医院里去。"

可是一位妇人,却又自己对她自己叹息:

"给他吃点什么药呢?可怜的孩子,这样是就要死去的,唉,给他吃点什么呢?可怜的孩子!"

但又有一位矮胖的男人,好似他自己是唯一的慈善家,他说:

"给他几个铜子,我们合拢来给他几个铜子。病好像厉害,又好像不厉害;总之,给他几个铜子,我们合拢来给他几个铜子。"

可是他还没有摸他的皮夹,又有人说道:

"他还要钱作什么用呢?"

一边又有人驳道:

"有铜子病或会好了!"

而一边却更有人笑问:

"他的腿为什么这样粗大呢?"

一时,一位穿洋服的先生走来,他大概以为人群中总是在变把戏。但当他一伸头颈去看到以后,立刻掉过脸,用手帕掩住鼻,快快走了,一边说:

"传染病,传染病,传染病人的身边会有这许多人围着,中国人真要命!传染病!"他的语气中还有一句"我是一看就走",没有说出来,接着又回头叫了一句:"警察为什么一个也没有。"于是昂然地去了,几乎连呼吸都屏息着。谈论的结果是什么也没有。孩子这时还会抽动着他的手和脚,可是我诅咒道:"你为什么要死在路边?死到荒山里去罢!"

卖笔的少年

我和K君从某大笔庄出来。K君买来了两支"纯羊毫小楷"。笔杆是古铜色的,上端镶着一块骨的头子。每支大洋两角,不折不扣。

离这家笔庄的门口没有几步,有一位少年,身前怀着一只蓝布的袋,袋内有许多种笔出卖。我就向K君说:"待我买他底两支,你看价钱多少?"

"喂,有小楷羊毫么?"

"有,先生。"

他答应的很快,近于慌张。一边就从他的袋内取出两支交给我。我先将这笔的外形一看,古铜色,上有"小楷纯羊毫"五个字,也有一块骨的头子。再将笔毛和K君所买的一比,自想,是两种完全一样的。我就问:

"多少钱一支?"

"先生,老老实实的,小洋一角。"

我吃了一惊。但人是便宜还想便宜的,况且在我也要看看它便宜到何种程度为止。我又向他说:

"我买三支,两角钱好么?"

"先生,我的笔是纯粹的,——算两角半罢。"

而他却眼睛不住地左右顾,好似怕惧什么。K君在旁默然。

"好好，就两角五枚。"我说。

他答："那末，先生，请快一些。"

我却奇怪的对他瞧了瞧，几乎要喊出：

"看你这个样子，你生意不做了么？"

一边心里想，对K君想：

"实在便宜呵，比起你的来。"

K君也奇怪为什么会这样便宜似的；细看我的笔，似要找寻出漏洞来。我一边摸钱。

这时却突然从背后来了两位警察，捉住卖笔的少年的肩膀，喊：

"去，去，又要罚！"

卖笔的少年立刻青了面孔，红起眼圈，哀求地苦告：

"我已经罚过一回了！饶饶罢！"

警察重说：

"所以，又要罚！又要罚六角！"

我和K君都非常地奇怪。心想："他的笔是偷来的么？为什么说又要罚？犯什么？"很以为自己买他的赃了，不应该，也要罚，害怕起来。同时钱已经拿出来了，两角五个铜板，只好递给他。他做着哭脸，完全没有心思地受去，似乎铅角子给他，也都可以。一边仍向警察哀求道：

"饶饶罢，我已经罚过一回了！我不卖了！"

K君几乎怒起来，问：

"为什么？"

"这里不能卖。"警察答。

"为什么不能卖呢？"

"因为妨害他们笔庄的营业。"

K君也就微笑起来说：

"警察先生，于你有什么关系啊？他一天有几角好赚？你却忍心要他去罚两次的六角？"

警察因为K君的求情，一边就将他放了，一边说：

"我们是不关的，不过商铺不准他在门口卖。"

K君接着又说：

"笔是他的便宜，人当然向他买了；假如笔庄便宜些，他自然没有生意。你看，这两支笔要四角大洋，这三支笔却不到两角大洋呢！笔完全是一样的，同一种类的笔。"

警察也摇摇头说：

"商铺请我们的上司叫我们这样做，我们也没有办法。"

"强权的商铺！"

K君骂了出来。一边，我们，警察，卖笔的少年，分离地走开了。

狗的自杀问题

我和未君无聊的走过一条街。

一只癞皮狗——看来已经活着多年了。——全身已没有一根光滑的毛,只有正在霉烂的皮和肉,看得使人发瘆。它的后两腿已不能走,大概因偷吃的缘故,被人家打断脚骨。当它走起路来,只是前两脚一步一步的爬,后两腿跟着拖去。但走不到一丈路,又停住,喘着,两颗使人讨厌的眼睛,左右乱望,恐惧地,又迟钝地,它好像要求别人给它东西吃。但当别人走近它时,它又怯怯地爬去了拖着后两条腿。

果然,谁也没有东西给它吃。只有强壮的男子要在它的身上踢一脚,小孩子也要用棒向它的头上敲一下,因为它还能呜呜的叫。

未君有些忿忿,代狗不平似的。他先用手挥开孩子,以后说道:"可恶的畜生,它为什么不自杀呢?贪恋些什么?还要贪恋!生命真值得这样贪恋么?"

过一息,他更起劲的:"可怜的畜生,已经变做一只人类都讨厌的死物。它不应该在人类面前呜呜的叫,它应该自杀,跳到一条河里去!"

这时我说,——我是有些冷淡的。

"自杀是权利呀,自杀不是义务呀,但有这种权利的,怕还不会使用这种权利呢！否则，你看，谁还愿帖耳伏首的活，地球上只怕剩着几人享福了。"

"哼，人类是有责任，狗有什么责任呢？"未君血气沸腾的，不以我为然。一息，他又说："革命，反抗，和恶势力宣战，人类是会造成有幸福的将来。"

"但狗这样的活，也是勇敢的，忍耐的。它也还希望它有幸福的将来，虽则它有幸福的将来，或只仅仅是一块别人所遗落的猪肉骨头而已。它的偷生，我想，倒比我们更有实在性的。"

我微笑地说了，未君却更忿忿地，几乎对我发起怒来。

"你真没有道理，人有向上性，狗有向上性么？"

"怕不见得。"我说，"我不相信，我只觉得人有奴隶性，处处表现他的动物的劣等的样子。依赖，仗势，贪利，胡闹，等等，你看，满目都是。"

未君一时默然。以后说："人总没有自杀的充分的理由，像这只狗，实在可以去跳河而死了！"

我说："你不要在狗的前面骄傲，它到这样的地步还活给你看，这真是它应在你的前面骄傲的地方呢！狗无论你们如何打它，踢它，它饿着肚皮，它还是这么说，——我要活，我怎样也要活！这真是它厉害的地方。人有这样的勇气么？"

未君没有再说，但他心里还是对我不舒服的。

上 当

可怜的未君,他今天将到过当铺的情形告诉我。他说:"我上了经济制度的当了。"下面是他的话:三套白洋布小衫,一件爱国布长衫,一顶夏布帐子。天气冷起来,我想今年不再用它了。我用了三张新闻纸包了一大包。我挟在腋下。手臂简直围不拢来。当走过街上的时候,同学们对我注目;可是我也不觉得什么,实在弄惯了。

当铺子的柜台特别高,这是你所知道的;我用双手提上去,很觉费事。我实在不了解为什么柜台要这样高?

一位朝奉先生,他是立在柜台上的特殊阶级的,来受去我的包裹。这人的脸孔团团,眼睛成正三角形,眼珠很小,好像象的眼睛一样,肚子膨胀到极大,正好似怀了十四个月的孕。走起路来肚子是左右转动的。

他乱七八糟地翻了我的帐子和衣服,一边转了两转他三角形眼里的细眼珠,声音沉重而简慢的向我问:"要当多少?"

"有多少可以当?"我一边答,心里是想,最少五元是一定有的,愈多当愈好。这位朝奉先生,又转了一转他三角形眼里的细眼珠,斜着头向我说:"值两块钱。"

我不禁大骇!这还是当铺么?诈骗罢了!我的心急,我的脸色一时红一时白,我实在说不出什么话来。

"怎么只值两块钱呢？"以后我决心问他。

而那位朝奉先生，又转了一转他三角形眼里的细眼珠，提起我的小衫的袖子道："小衫的袖子很小。"再提起我长衫的袖子道："长衫的袖子已破。"

一边又乱七八糟地翻着找寻我帐子的缺点，——他做这种举动的时候，我可以猜出他的心是注意在柜台那端也正在当衣服的一位中年妇人的脸上。他一边没精打采地对我说："帐子既旧，又破了，也不值钱……"过了半分钟，又说："算了两块半罢。"

我全身发抖，气极了，恨不能伸出拳头在他的头上痛打一下！我很想一手夺回来，上别家去当。但转想他们是一丘之貉，别家未必不更苦恼我。没有法子，我说："我是有东西给你，也是要来赎的，不是向你讨，也不是送给你，向着你诈取！"

他没有说话，他实在没有留心我说话，他留心那位中年妇人，——她也和别一位朝奉先生论衣价，笑眯眯的要多加钱。——他拿了我的包裹，左右转动身子，到里面去转一回，又回来问我说："算三块钱。愿，当；不愿，拿回去。"

拿回去，我很愿！但我还是在高柜台下呆立着。

这时他又同和中年妇人论价的那位朝奉说了几句，笑了一下。笑起来，他的眼睛竟成一条线，我实在气极了！半晌，他又没精打采地转向我道："你来当过一回罢？"

"简直笑话。"我不觉怒道，"管他做什么？"

他还是没有听见，——可恨的东西！

"好，算了三块半罢，"他最后开恩似的说。

"算了，算了。"我也没有法子了！

未君说到这里，垂下头去。一息，他悲伤的起劲地重复说："我上了经济制度的当了！"

一个白色的梦

只是一片的模糊,除了颤动着的冷气以外,再也不见有什么? 我的身体似僵卧在坚冰的河底的一块石。

雪纷纷地落着,愈落愈紧的。整千万朵的绒花,回旋飞舞于白茫茫战抖的空际;占据了大地上的平原河岳,压服了枯枝败叶,收拾去鸟迹莺声。

我立在窗前,眼向窗外远望。冷气衔着威风,凛凛地送进窗内来,沁入我肝脾,我又鞠手鞠脚地徘徊,循着房的四壁。一回我想:"究竟有什么意思? 假使这是自然的装饰品,点缀这枯槁而寂寞的'冬'的,哪有少女的心肠。假使这是一种刑罚,来施行肃杀的'冬之使命'的,凶呀,有暴徒的用意!"

以后,我提起无聊的精神,坐在 Piano 的旁边,奏那 Mendelssohn 的《我欲乘风翼》。红肿的两手,在黑键白键上流动着,好像机器的一般。琴声飘荡在房内,又疏散的溜到窗外,牵着那雪的手,在高低上下而妙舞。

忽然,房外歌声起了:

　　　　纷纷白战的雪哟,
　　　　　知道是那一夜,
　　　　世界全是白色的。

爱者破逆那长空的寒威，
手捻黄梅三五朵，
轻步踏雪送来哟。
足印留给凶毒的姑婆；
少妇鞭挞而死了！
人间的寒泪，
凝冻在心头。
爱者哟，洗心浴体了一个你。
埋在雪中，
同伊长逝罢！

歌声和人影同到房内，是披着白斗篷的茜君。一手脱下她的绒手套，一手放在我的肩上说道："你忘记时候的到了么？虽则这么大的雪，苍白了你的面庞，但人们的扰嚷，已如演剧的开始。你怎么还能五线谱上作哀怨，得过且过这日子呢？"

我被刺激一些懵懂的冷心，自由开展唇齿了："你看天上还有一只飞鸟么？我亦怎能自展两翼飞渡那冷气浓密的关山？要消磨这枯枝一样可燃烧的时光，还有什么好的方法呢？"

但她皱一皱她的眉，声音更低哀了："现在你的心虽可乐化了琴和雪的白质，但人们的扰嚷，正如临头的大雨，哭声冲到我们的窗外来，我们也要被这洪水的泛滥所吞卷，现在，时候已经到了！"

我没有回答。她扭了一扭她的身，唇也接触到我的颜面："你是过于聪明了，怂恿你狭小的探求，这不是时代所归汇而寄托的话。人们的扰嚷将如大火一般燃烧了，现在时候已经到了！"

我低头注视着自己的胸膛内隐隐在跳动的心弦。心想那"失爱于姑婆的少妇，怎么可见怜于雪夜的游客"的悲剧。一时抬起眼，淡淡的光儿正接着她摇摇欲滴的泪珠。她说："莫再犹豫了。"于是我们就走了。

实在，自己是不知到哪里去。不过，她挽着我的臂，轻轻地拉动就罢了。两足也飘飘地落在雪的表面上，回头一看，自己没有过去的一脚的印子。

越过了山，穿过了森林。

雪是愈下愈大，一团团如绣球花；更大，一层层如棉絮般压下了。

我自觉这时我是一个火线上的兵士，且正在枪林弹雨中剧战。我回头看一看她，她也微笑地看一看我，一边，她指着前面说道："你看见么？在那辽阔的河的彼岸，山脚的林边，有一块红的么？伫立在白色的中央，这是我们所要到的房子的屋顶。——快些走罢。"

六月的赐惠者

炎炎的太阳,高悬在世界的当空。红的光如火箭般射到地面,地面着火了,反射出油一般在沸煎的火焰来。蒸腾,窒塞,酷烈,奇闷,简直要使人们底细胞与纤维,由颤抖而炸裂了。

一位赐惠的孩子,给人们以清凉的礼物。他,光着头,赤着脚,半裸着身体;汗浴着他一身——流在他底额上,流在他底胸上,流在他底两股间。他却手里提着一只篮,和太阳订过条约一样,在每天的日中,来到街之头,街之尾,急急地跑,口里急急地叫"卖呀冰呵!""卖呀冰呵!"声音在沸煎的空气中震动,听去似叫"卖冰花"。卖冰花的孩子,六月的赐惠者,带着他底脚影与声音,同赛马般飞逝。

十三四岁的孩子,载着黧黑的头,裹着黧黑的皮的人。两眼似冰所从采取的寒渊,永远闪着凛冽的寒气逼到人们身上,在此溽暑,也一同如他底冰花般卖给人们。他底胸膛紧胀着,他底呼吸迫促着,但他底声音叫着:"卖呀冰呵!""卖呀冰呵!"声音如闷雷一般在人们耳边响着。但声音是尖锐而无力的,能叫醒几人的昼梦?

可怜的孩子,六月的送寒者!手里提竹篮,篮内放冰块;冰块却又融为水,滴滴地漏出篮外来,随着他奔跑的足影,沿街沿街滴过去。冰水流落在干热的地面上,地面给它化为汽,阳光吸收去了,带到炎炎的太空;于是孩子底足迹没了,孩子的叫声也消逝了。

　　三夏的严威底反抗者,火锅上的蚂蚁,带着人类底理想,意义。跑着,叫着,卖他底清凉给人们——六十岁的老婆婆;十二岁的小妹妹,都来买他底冰花。她们底身上穿着绸,她们底身上穿着纱,她们底皮肤是白的,因为她们藏她们的皮肤在北窗中的南风下。可是她们汗涔涔地来买他底冰块,两枚铜子,二枚铜子,铜子在卖冰者底手心上,他微笑地从盖着厚粗布的篮中取出冰,一块,两块;水晶般的冰,白玉般的冰,就送给老婆婆,小妹妹。终于他又急急地跑,又急急叫着:"卖呀冰呵!""卖呀冰呵!"他也毫不介意老婆婆底肥胖的身,小妹妹底美丽的脸;她们底影子,早已为热力从他脑中榨取去了,他底脑子枯干了。

　　他也卖冰块给他的兄弟们,坐在马路旁常绿树下纳凉的人,一块,两块。可是他们却常用他们底粗肢暴手,执住孩子底冰篮,要他加添。冰容易化为水,孩子不能多在路边站,孩子加给他们冰,一块,两块。于是他又急急地跑,急急地叫着:"卖呀冰呵!""卖呀冰呵!"地上有他底冰水,地上也有他底汗珠,可是有时他被人们缠的久,地上更有他底泪珠了;冰水,汗珠,泪珠,随着他,落在街之头,落在街之尾!

　　可是他却也有不能急忽地跑,不会急急地叫的时候。冰篮不知与冰丢到何处去了,从他软弱的手内溜落了。他底热的额变冷了,他底黑的唇变白了,他底寒潭似的眼儿无力放光了。他去,慢慢地沿着路边走,酒醉一般。或倒在街口,人们聚拢来,也有树下纳凉的工人,也有北窗中高卧的老婆婆,但他手内没有冰,他们失望地退回去了。"孩子,你底冰呢?"也有小妹妹这样问的。可是孩子摇摇头,对她苦笑地,喉间格格似说他底生命也将与他底冰一同化为蒸汽升天了。

一个褴褛的老医仙

你真太苦了！背着囊，囊中盛百草的古根，采之于悬崖，采之于海底，费了你精壮的少年时节，正可行乐的青春的光阴，眼被药气熏赤了，腰被药椎捣偻了。而今，你还在街头走，你还在巷尾叫，

"百病好医！"

但你腹中已三天没见白米，你的声音也低了。

你真太苦了！你没有谋生的本领，你却有救人的方法，你不能先医自己的饿腹，你却说能医世上的奇病怪毒，除了你欺骗你的良心外，谁能信任你？有谁来信任你？

你真太苦了！你看，那高楼大厦中的文人，他先穿上那堂皇的衣冠，走着那和钟摆一样的脚步。他说："世界糟到这个地步了，非我的力量不可。"

于是人们就和逐臭的苍蝇般来了。

再看，那金鞍肥马上的兵士，他先吃圆他的脸孔，养壮他的身躯，背上了枪，系上了弹，扳出谁敢凌他的威风。他说："世界糟到这个地步了，非我的力量不可。"

于是人们又和得粪的狗一般听命了。

你真太苦了！你穿着褴褛的衣衫，你饿着腹，形容憔悴，你的呼声低弱，你踏遍街头，你叫遍巷尾，谁能信任你，有谁来信

任你?

或者,你用滑稽的手段,你用夸张的口吻,你向人迷笑,你向人吹嘘,万一有老太太,少奶奶,她们能求你一问,但你又低着头过去了。

你真太苦了!你不懂谋生的方法,你却有救人的心志,不先医你自己,却先去医人世,何〔你〕真太苦了!

你还天天不息地走,轻轻地叫,或者,你的精神不死了!

一九二六年五月九日国耻日

个人主义与流氓本相

　　精确的 Individualism 底意义，当然是重视着社会里底个体底独立与自由；流氓呢，不过是无业者的一批汉子，互相勾结着来谋各自底丰衣足食罢了。但，在中国，竟有许多青年，平静时则晃着他个人主义的行动的红顶子，一到有变故，就摇身而现出流氓的本相了。以自我为一切的标准，确定了这两者底运命；以私利为存活的方法，就联接着这两者底行动了。所以商人可以变流氓，文人亦可变流氓，前者因为谋不到利，后者因为发不了财；而此外，更有多少的青年，当别人给他一个不利的教训时，就突着眼，喝着声，几乎摩拳擦掌，恨不得我为皇帝而置汝等于刑台，现出这一种态度来了。呜呼，青年，徘徊于社会的改进圈外者，请注意一些社会底来源，尊重一些生命之不易罢！我为皇帝虽好，其如万民受苦何？况现今，皇帝之梦，万难实现于中国；社会的思想，已涂到地球底山坳，顾念他人，实在是一件要紧的事呀！

一九三〇年二月将付房租之夜

果筵散后

朋友们已经散了,果筵也只剩着皮壳。虽则从香蕉碧色的蒂上,柑子朱红的皮里,隐约可以窥见过去底影子,——笑的脸,高声的谈话,和一二句不自觉的溜出口边的歌声。总之,朋友们已经散了。

过去是值得留恋的么?我不这样相信!过去是不值得留恋的么?我又不愿这样说了。那在我底过去里,留给我些什么呀?——春雨下的同伞的女伴;十月的芙蓉前,爱者唱起歌声来了;还有同几个朋友的狂歌与豪饮。唉!但留给我些什么呢?我还留恋起它们么?

现在,我不活泼了?我对十七八岁的少友底滔滔如流水的传情,我只微笑地静默了。他们底话是说的何等可爱呀,我只静心倾耳听着罢了。自己已不能即开生命底真正的幸福之门,回身于年少,自己又将何种冀求呵!但这不是我悲哀,我已经没有悲哀了。

月亮从东而西,朋友们则从西而东:澄清而幽渺的明月呀,你将何所营?你将终古而不息?筑室在南山之南,尽力地犁锄了乱草之后,朋友们,自有我们底茅房,自有我们底芦屋,造物是不会欺负我们的,只要你们底忠诚不灭,我底努力不歇,将永有我们自己底一片土,又何用我今夜之悲哀?

虽则朋友们已经散了。

《旧时代之死》自序

在本书内所叙述的，是一位落在时代的熔炉中的青年，八天内所受的"熔解生活"的全部经过。

回忆向前溯，说几句几年以前的事罢。那时正是段祺瑞在天安门前大屠杀北京学生的时候，我滞留在上海。那时心内的一腔愤懑，真恨的无处可发泄。加之同住在上海的几位朋友，多半失着业，叫着苦；虽则我们有时也喝两三杯酒，或打三四圈牌，可是在喝酒打牌的时候，朋友们却常引颈地长叹一声，从下意识中流露出一种人生的苦闷的痕迹来！欢乐时的悲哀是人生真正的悲哀，何况我们都是青年，不该有悲哀来冲洗的时代！

因此，我就收拾青年们所失落着的生命的遗恨，结构成这部小说。动手写起来，半个月，成就了上半部，后来杭州有点教书的事情叫我去做，就在杭州的公余之暇完成了下半部。

那年秋后，我因病的关系，带着这部稿子一同回到家乡。病愈后，个人的债愈积，却忙于求生活。虽伴我身边，长留着这部稿子，但总不得闲空来重修理他底面目。及到去年初夏，家乡留不得重回到上海来，闲住着，才誊出自己的青春放在一字字的改修与抄录中，正是溽暑焦人的时候。

上面已经说过，这部小说我是意识地野心地掇拾青年苦闷与呼号，凑合青年的贫穷与忿恨，我想表现着"时代病"的传染与紧张。可是自己的才力不够，又是我长篇小说的第一部，技巧上定有许多的罅漏。因此，我所想说的，读者或感觉到不要；我所着重而卖力的，或使读者失望地呼喊，说所化去的书价是冤枉的了。不过我却忠诚地向站在新时代台前奋斗，或隐在旧时代幕后挣扎的朋友们，供献我这部书。

一九二九年八月十六日于上海闸北，柔石

《希望》自序

收在这里的二十几篇小说，多半是在一九二八夏到一九二九秋这中间写的。

从前（五六年前）我曾自己出钱印过一本薄薄的小说集，可是装订完毕之后，自己就愿意它立刻灭亡，因为发现出内容之幼稚与丑陋。那本书，以后是送给我底开着一家小店的哥哥，拆了包货物用了。

现在我又将出这本书，可是我底心又在微颤，会否这本书底命运，同上一本一样，丢入和粗纸同样的地位里。

可是这是无可如何的事，我只希望以后自己能有更好的作品，供献给买我书的读者。

生命是在递变的，人与社会应当也走着在无限的前进的途程中，我底"希望"是如此。

一九二九年冬于上海

丰子恺君底飘然的态度

最近在一本杂志上读到两篇丰子恺君底随笔。他在这两篇随笔上底意思，都叫青年学生们放下课本去观赏梅花，似乎不去观赏，连做人的意义都要失去了一样。他彻底地赞美了当作国花的梅花，似乎非常地用了他底思想与美丽之笔。可是我看了，几乎疑心他是古人，还以为林逋姜白石能够用白话来做文章了。

本来丰子恺君是"最欢喜在吴昌硕的梅花图前低徊吟味"，则赞美我们底数千年来文化所钟的国花，原也是丰君的自由；他"又欢喜坐在黄包车中低声背诵暗香疏影的词"（当然，这时黄包车夫底喘气与流汗他是看不见的），我们自然也不能将他从车中拉下来；正如他之欢喜吃素，我们不能硬用牛肉来塞在他底口里一样。可是他用著作的形式，来发表他底教学生的议论，却令人有点骇异。我虽知道"我们的地位是中产阶级"的学生诸君，不尽是个个人在放下课本之后，就在做有意义的社会的革命工作，他们有的连课本都没有拿起就在和舞女拥抱了。但我以为，在这个"中产阶级已在崩溃的途上"的时代，他们比较的应该走进社会一些，向社会底核心钻研一些，也就好一些。在访问了河浜上的以船为家的他们底苦况以后，或去看看马路上的美国的带白帽的水兵，用棍棒似的短 stick，没头没脑地敲着拉不快的老黄包车夫底头皮，我以为定比去看梅花要多一点感想，多一点益处，至少，当回来再拿起课本的时候，比较的总要认真些，着实些，也有志气些，不致如丰君做那两篇文章时的态度的那么飘然了（当然，丰君是在观赏了梅花以后做的）。

还有最后几句话，是对丰君底那两篇文章底最后一段说的。丰君自赞了他底自画的《护生画集》，我却在他底集里看出他底荒谬与浅薄。有一幅，他画着一个人提着火腿，旁边有一只猪跟着说话："我的腿。"听说丰君除吃素以外是吃鸡蛋的，那么丰君为什么不画一个人在吃鸡蛋，旁边有一只鸡在说话："我底蛋"呢？这个例，就足够证明丰君底思想与行为底互骗与矛盾，并他底一切议论的价值了。

我希望于大众文艺的

  我曾看见修筑马路的小工,卧在马路旁的小棚中看《性史》,也曾看见站岗的警察,靠在电柱边的路灯下读《忠义二侠传》;此外,当然更有许多工农大众,在寻求着他们所需要的读物。因此我想,假如中国的文艺界能有一种好的期刊,会代替非科学的性的什么,或充满封建思想的忠义的什么等,那对于大众的供献实在是非常之大。我希望这责任,大众文艺能负担起来。

对 花

　　我用眼看你，你是何等美丽，但我用口嚼你，你是何等苦味呀！

　　唉，你含苞初放的时候，谁都知你脸上的春容，可掩映于三秋的流水，但当你凋零飘落于地面时，又谁知你心怀的凄楚，可共大地而长存？

　　我，而今知道了。

　　我将静默不移，永生在你的身前，用我的眼低视于我的脚下，待你飘落到我的脚下时，我将立刻轻轻地拾起你，葬在我的心头。

　　我用眼看着你，你是何等美丽，但我用口嚼你，你是何等苦味呀！

一九二五年五月八日

（据手稿）

无弦的琵琶

盲目的慈悲的乐师,
跄踉于深山空谷间,也有时
奔走于街头和巷尾——
弹着他无弦的琵琶。
没有声音的韵文呀,
有时飘动凝思的白云,
有时激起低泣的流水,
也袅袅地来到人们的耳际。
但有谁知道他悲哀的呜咽,
如除夕之夜的小姑娘,
哭地板上新死的母亲!
但有谁知道他雄壮的呼喊,
如朔风严厉的城头上的壮士,
正对着敌人挑战!
但有谁知道他甜蜜的细语,
如新婚之夕的女郎向她情人
红润的颊上接吻。
但有谁知道他惆怅的悲怨,
如落月孤灯将远行的年少

听他老母细腻的叮咛!
尽人间的声音,
三春桃李般的嫣笑,
九秋虫豸般的悲泣,
万籁自然的妙音。
只有他自己听到了,
心微微地颤着,
手微微地震着,
眼圈儿微微地酸起了!
盲目的慈悲的乐师,
跄踉于深山空谷间,也有时
奔走于街头和巷尾——
弹着他无弦的琵琶。

一九二五年
（据手稿）

秋风从西方来了

秋风从西方来了,
听芦苇的萧萧;
秋风从西方来了,
看落叶的飘飘。
秋风从西方来了,
青天遮起灰淡的云幕;
秋风从西方来了,
我心荡起辽远的波潮。
大地收敛了火焰似的狂飙,
三夏的威严与骄傲哪里去了?
蝉无声了,午后陡然地岑寂,
昼梦也将如蝉翅而羽化了。
浮上薄薄的寒霜的滋味,
平原展开了千里可驰骋的怀抱;
万有隐寓于天边,和平的休息,
恋爱也有如双双回北的候鸟。
我望着秋风所来自的西方,
西方告我永无消息;
我望着秋风所自去的东方,

东方又说漫无踪迹。

秋风秋风,

我将长在你的歧途中叹息,

秋风秋风,

我将长在你的歧途中呜咽。

一九二五年秋偕光熠作于北京白塔上

(据手稿)

战！

尘沙驱散了天上的风云，
尘沙埋没了人间的花草；
太阳呀，呜咽在灰黯的山头，
孩子呀，向着古洞深林中奔跑！
陌巷与街衢，
遍是高冠大面者的蹄迹，
肃杀严刻的兵威，
利于三冬刺骨的飞雪！
真的男儿呀，醒来罢，
炸弹！手枪！
匕首！毒箭！
古今武器，罗列在面前，
天上的恶魔与神兵，
也齐来助人类战，
战！
火花如流电，
血泛如洪泉，
骨堆成了山，
肉腐成肥田。

未来子孙们的福荫之宅,

就筑在明月所清照的湖边。

呵!战!

剜心也不变!

砍首也不变!

只愿锦绣的山河,

还我锦绣的面!

呵!战!

努力冲锋,

战!

一九二五年七月八日夜

(原载《诗刊》一九六〇年三月号)

夜 色

大而黑的手掩住了人类的眼睛,
谁都昏昏地如死后的麻木呀!
只多着烦恼的缠绕那灵魂之梦,
如死囚的挣扎于临刑之前。

一九二七年初

(据手稿)

晨　光

东方微现出他的笑窝了,
太阳如远征待发的壮士,
门前拴着晨风中高嘶的白马,
声音正激荡着壁上沉思的宝剑呀。

一九二七年秋初

（据手稿）

辽远的心

向何处去寻求？
又向何处去诉说呵？
笑声早已休歇了，
同流过的河水的飘渺，
小石沉到大海中去一样了。
南风从窗中吹近的时候，
我就想体验那青春的滋味，
我已经不能再见的你，
凭空的呼吸呀，你的
又何处是你微弱的声音呵？
从此我的心是撩乱了，
又如秋一般将老了，
但还是踯躅，还是徘徊，
还是将眼睛放在脚步的前面，
一步步地依着你的足印在找！
我的好妹妹你知道，
曾经被你呼过一百回的哥哥，
心是不在他自己的身内，

游荡呀！游荡呀！
在辽远的辽远的四方了。

一九二八年八月十六日
（据手稿）

夜半孤零的心

夜呀,假如你还有一分悯怜人们底不幸的意欲,
请赶快将"破晓"从东方的海上送来吧!
沉没了,我颠簸而动荡如风涛中的破舟的心儿。
只有星光底红色的哭肿了的泪眼瞧着我,
冷风从窗外刺进我冰冷的麻木的脚底;
我底乱发,团结而蓬松地揉擦着在枕上。
唉,追不回来的过去的美丽的痕迹,
一幕幕地如赛马的飞影一般溜过眼前。
怎样痛心呵,我至今成为孤零的人了!
美味的酒筵散了,你当不会再记住我,
虽则你曾经牢牢地用爱丝绕住过我身的。
现在,你终酒醉一般带着你微红的脸儿去了。
错误的,你底皇宫一般的庄严与美丽,
我唯恐你一时崩溃或毁伤了。
那时我和你都成了一对灰色的枯朽的罪囚。
你也追不回来仅留剩一堆堆灰烬的时候。
小羊在蔓草之中哀叫着,你或会感到凄凉。
现在,你是不懂得晚鸦的啼叫是我们的预言吧?

你挟着你被人们环你的欢呼，你骄傲地走了，
你连眼儿都不曾回一回，表示些最后对我的余意。
我固知野花眩耀着你底身前，但你不要迷入荒野中。
这是值得我系念的一回事，我永将忘不了你，
直到你心再来回顾我底脆弱的影子的时候。
但这是怎样的一个妄念呀，夜半的孤零的心！
我检视过去对你的行踪如没有云翳的青天，
我不曾对你有个小小的错误的想念，
你为什么看我似一只飞过头上的老鸦呀？
蒙起眼儿来的爱神，请你锐利地瞧着吧。
你应望着东方的彩霞而欢呼，而跳舞，
你不可看化身的魔脸而赞美它底美丽呵！
夜色压住我将使我窒塞而不能呼吸了，
再也没有一句终结的呻吟的话向你烦赘。
你也能再伸一伸你有力的柔手么？
横在我们的身前有巍峨崄巇的高山，
我不愿说沉沦到深渊中去的弱者的哀音了！
但总望你回顾头来，用手牵着我的前襟。
我也愿将我的全力顶戴你轻轻的身，
搂抱你底病弱，在我强壮而柔和的怀内，
灌溉着你底心使你苞发灿烂的花球。
你能这样勇敢地做么？我心内的人儿，
运命的多脸的神色围着你，任你冲向何方而去，
昏暗的四周，快到我这一边来吧！

我们可以将过去的一切收藏了,埋葬了,
用新生的意志来开辟未来的小圃。
直向前途的你,请留住脚步呀!

一九二八年九月

(原载《朝花周刊》第二期,一九二八年十二月十三日)

人　间

人间本来有些什么呢？

无声的叹息，

隐约的流泪，

和不曾告知的离别。

现在人间有些什么呢？

叹息的默然了，

流泪的沉寂了，

离别到永不相知了！

一九二九年五月二十六日

（原载《朝花旬刊》第一卷第三期，

一九二九年六月二十一日）

遐 思

白云片片的飞过我头上，
就眩耀着你底影子在身前；
阴阴沉沉的西风天气呀，
山上也有你，水边也有你。
终究难想尽大地的辽阔，
从哪里来捉摸你美丽的身？
只微笑地低头看着自己底脚下，
从白云的影子里问问你底消息。

一九二九年七月

（原载《朝花旬刊》第一卷第十期，一九二九年九月一日）

晚　歌

第一节

暮色沉沉地送过了阳光最后的转眼，
人们从郊外回来正走进休息的内室。
我兀立在冷气所嘘成的庭前，
仰看天河星五千年的光辉照到心坎。
快乐正降临，悲伤谁在饮宴？
环我四周有一阵笑声的挥霍——
这是生命底泉源，也是生命底火焰；
孤苦者却冻泪在眼檐有如星点！
请听大自然所吟咏的歌曲罢；
墙角的寒虫，长空有白色的鹳鸟，
激浪那平宁的夜气而微吁着，
还有黄叶的飞舞如少女之羞见人形。
收藏你将滴落在黄土上之酸泪，
用洗净的手放在你跳动的脉搏上，
净静与清寂会加增你底勇敢与智慧，
啊，那宇宙的四际是不可知察的辽远。

第二节

过去的是一片渺茫的大海,
浪花翻成了多少凶暴的波涛,毕竟平无踪迹。
先烈者所掌舵的白帆的小小的船,
正一安一险航渡此岸而彼岸。
请高嘶而长啸罢,吾们的友朋们,
声浪之悠扬可直冲水天相接的尽头,
共鸣的潮汐的怒号呵,
是一种不可捉摸的悲哀。
绿色而动荡的小岛屿,
点着那明灭如死眼的探险灯,
谁都回避着生命的符号,
过去了,瞑目的海与浪底接吻。
但欢乐的锣鼓,显示着
满面为海风所吹皱的皮色。
惊怕的回想在眼角之间,
将有新的握手在远岸之上。

第三节

找住你所要得的!
呼吸那夜之清风的真髓。
尘世之丑和酸味呀,

你别和白昼之腥唇相接吻。
上帝底理智的手的提携，
群星之慧眼的惠顾，
前进！祈祷那运行，
一切的主宰齐开着未来的樱花。
美丽也现出清秀的笑窝，
姊姊的手中将给我以赠品，
冻泪流下两颊而滴到前襟了，
但黑暗的四周山水仍令我胆寒。
远大而神奇呀，远大而神奇呀！
前进！祈祷那运行，
消息流到我心之深处，
五彩之云的羽翼在我头上鼓动了。

第四节

盲目的夜之论相者：
谛听罢，那使命的全存在，
披着了锦绣的大红的披风，
指示那耀目的前路有人欢迎你了！
地球的不可想象的寿命，
一个倏忽的延长与绵续。
指划在空虚之中，
难能有自我的满足呀。
请勿因此而悲伤罢！

生命之祖抱着生命之孙,
华耀在未来者的身上,
你可努力进行你预定的买卖。
前进！祈祷那运行。
回看屋之四周的嚣扰,
正忘了白昼之死筵的笑谑,
请你也做丑角之一员而登场罢！

（原载《朝花旬刊》第一卷第十二期,
一九二九年九月二十一日）

血在沸

——纪念一个在南京被杀的湖南小同志底死

血在沸,
心在烧,
在这恐怖的夜里,
他死了!
他死了!
在这白色恐怖的夜里——
我们的小同志,
枪杀的,
子弹丢进他底胸膛,
躺下了——小小的身子,
草地上,
流着一片鲜红的血!
国民党,
魔脸的刽子手。
狼的心,
狐狸的尾巴,
狗的鼻;
嗅到他了,

咬去他了,
吞下他了!
血在沸!
心在烧!
地球在震动!
火山在爆发!
帝国主义呀,
记住你们的末日!
大风在飞沙,
猛浪在卷石。
从工厂的烟囱里喷出火,
在犁锄上,土地溅出了血!
一切,你们的一切,
都在崩溃了,
都在收场了!
金钱,淫威,压迫,剥削,
还给他们罢!
大炮,飞机,毒瓦斯,电网,
你们快些布置罢!
这是最后的一幕,
在人类斗争的历史上。
血腥的历史,
枪和炮的历史,
地球震撼着的历史呀!
我们的小同志,

十六岁的人类底兄弟,
就牺牲在这一幕的历史上了!
——切断!号哭!恸心!
子弹穿过他底脑袋。
伴着他有五人,
排成一列的;
伴着他有五百人,
排成一队的;
伴着他有无数万人,
全世界无产阶级的队伍!
奋斗的队伍呀,
敢死的队伍!
血在沸,
心在烧!
我们小同志有铁的筋肉,
——如火的眼睛。
子弹向他们飞进去了!
他做了打靶者的靶子,
瞄准的黑点,
他被残杀而死了!
"起来!
饥寒交迫的奴隶!"
全国的工农劳苦群众呀!
一齐起来,
解放我们自己!

黄河的红水冲上两岸了，
苏维埃的旗帜，
在全国的山巅上飞！
伟大的革命，
伟大的斗争，
我们的小同志，
少年先锋队的队长，
就死在这里面了！
疯狂的夜，
白色恐怖的夜。
处处有狼的心，
狐狸的尾巴，
狗的鼻！
群山号叫了！
统治阶级，
你们的末日，
白衣，
白棺，
快些预备罢！
你们的坟墓，
工农群众，
早已亲手给你们掘好了！
挽歌被唱着：
"我们有锄，
我们有斧，

我们有热血,

我们有赤心!"

疯狂的夜,

白色恐怖的夜。

鼾卧的人们是——

豪绅,

买办,

资产阶级。

你们从此没有天明,

你们从此不能见晨星,

——"微笑你们自己底罢,

黑暗!在临死的时候!"

我们底小兄弟,

可敬可佩的 C.Y. 同志!

枪杀的,

你微笑而死去!

这是使命,

这是真理!

黑夜,

狂风,

迅雷,

暴雨,

——看,斗争的末日!

冲向前!

同志们!

我们要为死者复仇,
要为生者争得迅速的胜利!
血在沸,
心在烧,
我们十六岁的少年同志被残杀,
在这白色恐怖的夜里!

一九三〇年十月二十三日阴森的夜

(原载《前哨》第一卷第一期,

一九三一年四月二十五日)

生　日

夏历八月二十七的一天,是萧彬二十三岁的生日。本来,他底生日是不容易忘记的。自从进了小学校以后,这十数年来,当每次举行孔子底圣诞的祀礼时,他总在热闹里面舞跳着,暗地里纪念他自己底生辰。但自从离开中学以后,他底不易开展的运命,就放他在困顿与漂流的途中,低头踏过他无力的脚步。因此,他底生之纪念,也就和他生之幸福同样地流到缥缈的天边。这回,他能够在三天前重新记起了他底久被弃置的生日的就近,全是一位左邻的小学生底力量。

"萧先生,过了后天就是孔子底圣诞了。"

在二十四那一天底傍晚,萧彬正在沿阶上踱来踱去。他底左邻的维小友,腰间挟着书包,从学校跳步回来,这样对他说:"圣诞,是一个什么日子呢?"

萧彬微笑地似问非问的样子。维小友答:"是我们快乐的日子。"

说着便跑进他底家里去了。萧彬底如冬之沉寂的心海内,便刹时起了风涛。心想:"快乐的日子,是谁底快乐的日子呵?在我,已经不会再来了!"一边,他走进一间灰暗的房内,关起门,似乎要隔绝那恼人的思想;可是思想是个无赖汉,仍溜进房内与他为难了:——母亲呀,你何时再能为你流落的儿子烧碗米面呢?

在面上放着两只鸡蛋,一条鸡腿,这是多少年以前的事情了?

接着,他更辽远地缥缈地想起——他为什么要这样做人,假如那天他母亲不生他,人间与他无关系;这又何等干净呢!但一边他哈的冷笑一声,似笑他自己想念之愚。最后说:"那一天是谁底生日,该是上帝底意旨罢?"

这天早晨,萧彬起来很早。东方底云刚才染着阳光底桃色,他就披着一件青布长衫,拖着一双拖鞋,向淡雾的朦胧的田野间走去。草上底露珠,黏着了他底两脚,湿透他底鞋袜。他在清冷的空气中,深深地呼吸了几口呼吸。觉得空气刺激他底喉咙,有些清快,又有些酸辣。他再向前走,似要走上前面那座小山去一样。他胸中毫无目的,也毫无计划。只是有心无心地向前走去,一种块垒难于放下似的。草底下的虫儿,唱歌还没完毕,树枝上底小鸟,已开始跳舞了。他也毫不留心地走过,简直大自然底早晨底优美,于他毫没关系般。清晨的弥漫的四周激荡他。他就站在田塍上,向东方回忆起来:——今天是我底生日,也是孔子底圣诞,在古今的时间线底这一点上,究竟发生什么特殊的意义呢!二十二年前的此刻,我呱呀一声坠地。这又不过是一种自然的现象,如苹果成熟了的坠地一般。母亲告诉我——在那时,外祖母得到消息,立刻拍手叫我"归山虎",因这年是寅年。又叫我是"熟年儿郎",因她正在打稻的时候,禾黍丰登,满田野都是黄金色的佳穗。我四周的人们,个个为我快乐。我固肥白可爱,而天公也似特意厚待我:我生之晨,天空有五彩绚烂的云霞拥护着屋顶;数十头喜鹊不住地在我家屋檐上叫而且跳;父亲拿些檀香在香炉里烧烧,香味也异常透人鼻髓。个个脸上底笑纹,个个口里底祝福——将从我带来许多美丽到人间。可是现在呀,我之为我，正与人们所祈望的相反了！自从十六岁离家，流年漂泊，饱尝风霜野店的滋味。时觉庞大山河，竟没有我驻足之所，更无望前途有所依归了。少年底理想与雄心，一阵阵被春雨秋风所摧残与剥落。现在呀，所遗留的我，不过是一个该忏悔的活尸罢？还有什么别的生命之真正的另一种意义呢？

他不愿再想下去。一边又慢慢地向前走，走到一株苍劲盘曲的老松树下，他蹲下去，似要在它伞一般底荫下安睡一息。但到田间来工作的农夫们多了，一个个走过他身边用奇异的不可解释的目光看一回他，他羞涩了，又立起低头走回来。他一边口里念念：

无聊的生命呀，

你来到人间何所求？

太阳呵，你不过，

助无聊的人更无聊罢！

早餐他吃过了一碗稀饭，就站在檐下望天。蔚蓝的天宇满盖屋上，白云有如青草地上底蝴蝶，从西向东掠飞过去。实际，在地面是感不到什么风，虽则庭前底柳树，有时也飘落几片细瘦黄叶到他底身上来。照他自修表上所规定的，这时该是他用功的时候了，而且英译本的莫泊桑底《一生》，已读到最后几页了。但他，不知什么缘故，老是呆立着，不想去完结它，也一些不想去做。他自念：今天应该过个痛痛快快的日子才是，饮酒呢，放开肚皮，喝个酩酊大醉；或到什么高山底极顶上去，大笑一场。忽一转念："这些都适合我底生日底情调的和谐么，还是静默罢！"

一边他又走进那间灰暗的寓室,坐下椅子。一时,又向抽斗里拿出一本簿子,似乎要做过去的回忆:将他二十二年来的生活情形,飘流,失望,烦恼,灰心,以及可纪念可感激的亲友,他要详尽地写在这本簿子上。他还想用美丽的笔写就之后,再找那同调的人儿,敬赠给她,以博得嫣然之一笑,或幽声之一哭。但他磨好墨,濡好笔,又停滞着。他不知从何处写起,又从何事写起,生活是碎屑的,平常的,过去又是恍恍惚惚的,真实的他,一刻刻地在转换着,那过去的他底事迹,也随着时间之影的变幻而倏灭了。"况且你是个庸众!"最后他自己这样咒骂了一句,竟在椅上不稳定起来,身子震撼着,四周觉到空泛。于是他又站起,在房内徘徊了一息。又开了门,用沉重的脚步向门外走出去。

　　走不到半里,他就见对面来了一队约百数十个小学生。他们是到大成殿去祀孔的。他认识在旗帜飘扬底下,衣冠整齐的是某小学校底教员金先生。他忽然觉得不敢往前走去,似有些惶恐。金先生是青年,但有老人似的极严正苛刻的人生观,这时在萧彬看来,简直有一种不可侵犯的神圣围护在他身边,他自己是渺小如有罪的因犯,他没有勇气去碰见他,点个无聊的勉强微笑的头。就一闪转弯到一条僻静的小巷。

　　他只是没精打采的瞎走,自己是非常消沉。但一忽,却有一种清脆的小女底卖花的声音,从远处叫近了。一位年约十四五岁的女郎,身穿柳条花布衫裤,手挽花篮,盛着一篮香气扑鼻的桂花,几乎拦住在他底身前。

　　"先生,你要买桂花么?"

　　"桂花,它已经开了?"

萧彬稍稍兴奋地。女郎就从篮里拿取一枝，递给他。

"开的盛呀，这枝。"

他就受去放在鼻上闻一闻。女郎同时又用微笑的眼给他。他几乎忧戚地问她："多少钱？小姑娘。"

"四枚铜子罢，先生。"

"为什么这样便宜呢？"

"便宜吗？先生。"

女郎活泼地，伶俐的眼珠不住地看他。一个却简直发痴似的，也看看她，缥缈地想开来——一个可爱的女郎，在街头巷尾卖花，喊破她底幽喉，为几个铜子！这样，他一边问："小姑娘，你家住什么地方？"

"西门，美记花园是我底爸爸底。我们都靠花养活。我们底园里四季都开着好花。先生有闲，可以到我们那里来玩玩的。"

"谢谢你，小妹妹。可是你这篮花要卖几多钱呢？"

女郎轻便地动着两唇："不过两角钱。"

萧彬却兴奋地说："那末小姑娘，我给你两角钱，你索性将这篮花都卖给我罢。"

女郎一时说不出话来了。许久，她问："你要这许多桂花做什么呢？"

"那你今天可以不必到处乱叫了。"

"明天还是要卖的，先生。"

女郎低下头，似触着了什么悲伤。可是一息说："先生，给我钱。卖花是要赶时候的，花谢了，谁要呢？"

他也立刻醒悟过来，"该死，该死，我还缠着她做什么？"心想，一边就从袋内摸出几个铜子，掷在她手内，愤怒地走开了。

女郎在他底身后说:"先生有闲,可以到我们花园里来玩玩的。"

随即又听她尖脆的凄凉的叫起卖花的声音来,"桂花!桂花!"一声声似细石掷下深渊中去一样,声浪悠远地绕着他耳际。

他手里捻着花,低头默默地前走,也没有方向。心是胡乱地想,一息想那位可爱而又可怜的卖花女郎,一息又想他自己,一息又想那位女郎和他自己的关系——在生日送他芬芳的花,有意点缀他这个无聊的日子似的。他轻笑了一笑,又闻了一闻花。在这冷气涨满的巷里,竟似一个人在演剧一般,表现他喜怒哀乐的各种情绪。

"我不该有这枝花罢?小姑娘是可爱的。"

一息这么想,一息又那么说:"荣幸!我该清供在花瓶中。"

同时脚步有些走快起来。刚刚走到巷口,又见国旗飘扬的过去,这是一队女小学校的学生,也是往学宫祀孔的。他被挤在观众中,一时呆立着,百数十个女孩子,从五六岁到十五六岁,身上穿着华美的衣服,脸上浮现出笑容,他想:"在圣诞节横行街市,是多么幸福呀!"更有几位年轻而美貌的女教师,撑着石榴花色与翡翠色的小伞,掩映她们骄傲的脸儿在阳光之下,而且偷偷地横视他一眼,这使他惭愧了。他底两颊落下红色,心颤跳着,一时怒恨起来:"她们得到上帝底什么呢?"他很想将他手里底花掷过去,打在她们底脸上,打破她们薄薄的脸皮。但巷口拥着的观众,个个都是目光炯炯的好汉,好像生来就为保护女性和拥护礼教似的,萧彬怎么敢做一个用花打人的凶手呢?幸得全队也一息就通过他底前面了。

他没精打采地回到寓里。将桂花插在一只缺口的白瓷花瓶里，又将瓶里换了清水。就对花用手支头靠在桌上，呆坐着。他一些也不想什么，也想不出什么来。他很像身体被无聊所凝冻了，而同时又感到要溶解似的。阳光照在他底桌上，桂花底香气一阵阵冲入他鼻，他竟倦倦地想睡去了。但他瞧一瞧他底自修表，觉得工作又紧催着他，他顿时叹息了一声，伸一伸他底腰，似要振作一下的样子。

太阳在他底头上，似乎走的慢极了。红色的无力的脚跟，和他同样地在阶前缓步。这是下午一时，他想他自己底生日，还只有过了一半。"睡罢，睡是死底兄弟！要将这无用的光阴一霎送过去，非求睡神底恩赦不可。"于是他又回到房内，脱了他外面的长衣，睡下。但怎样睡得着呢？一切无挂念，远离颠倒梦想，他能够做得到吗？他只有诅咒他自己，念念南无阿弥陀佛，听听钟摆得答的声音，或记数数一二三四五，但有效验吗？心是愈想弄静而愈躁，脸发烧了，背透汗了，他似睡在赤道底下一样，但他睡不着了。掀开被，昏沉沉地坐起，无所适从的样子。一息，他又重开出房门，心想到他好久不去的悲湖了。"向秋子长空去看看鸢飞鱼跃罢。"一边又用他脚镣镣着犯人似的脚步向一面城墙走出去。

苍穹更展开它宽阔的怀抱，大地吐着媚人的颜色——绿的水，青翠的山，疏散的堤边杨柳，金黄色待割的禾。他走向翠桥底石栏杆边，坐下。口子吮吸着好像鱼吸水一样，这时他好像和阳光接吻。他回首望望城墙的危垝，耳又听到隔岸的捣衣声，想象他自己是一个落魄的英雄，一边就记起了数日前读了的陆放翁作的一首《秋思》来。他不觉低声咏吟道：

> 日落江城闻捣衣，长空杳杳雁南飞。
> 桑枝空后酺初熟，豆荚成时兔正肥。
> 徂岁背人常冉冉，老怀感物倍依依。
> 平生许国今何有？且拟梁鸿赋五噫！

他觉得这首诗非常恰合他这时的心境。只可惜他年龄轻些，不能学放翁一样，寄身于陇亩，酒酣耳热之际，跌宕淋漓，唱唱他自己底"壮心空万里""向暗中消尽当年豪气"的诗句。至于梁鸿呢，他有举案齐眉的妻子，不免连放翁也羡慕起来。但他，又哪里能谈得到呀。他觉得他有一腔无名的幽怨，向他底心坎紧紧地涨上来。这时，有四五个身穿制服的英俊少年学生，从桥上过去，一边议论着，什么"路里丢着银子都没人拾去"，"三个月鲁国太平"，"圣人底政策总胜于共党的暴动"一类赞颂孔子底盛德的话。他听过，觉得心里更不舒服。好像连孩子们都比他切实，比他强韧，他们底两脚踏在地球上是稳定的。他垂下头，眼望那桥下的水草，微波激着水草夭夭的动着。可是一忽，他又对他自己说道："走罢！呆坐在这里做什么呢？"

他就站了起来，向桥底那边走去。

随后到了一座寺院，他就跨进大门。他看大笑的弥勒佛似在欢迎他，又看两旁雄赳赳的金刚似威吓他，他乐意又胆怯，但还当作毫没事般进去。寺内十分沉寂，一派阴森的寒气。数十头鸦雀这时正在庭前的松柏上聒噪着。他先到一边厢房，供奉着伽蓝菩萨。它底台座前满挂各种大小不同，新旧不等的匾额，香案上点着煌煌的长蜡烛，香炉里有渺渺的香烟，在烟烛之间放着一只签诗筒，显然是一刻以前有人祈祷过的。于是他也想：伽蓝称护法之神，或者也能指示他底迷途，有些灵验。于是他就借了别人未烧完的香烛，卜他残破的人生底去处的机运。拿了签诗筒来，也不跪下，也不摇，就从许多竹签里面抽出一支竹签来，他看签上写着：

"第九十九签，中平。"

于是他再到签诗堆里去对，寻出一张第九十九签的签诗纸来。他一读，知道是一首八句的七言律诗。后四句是：

> 大鹏有翅狂风日，野鹤无粮朗月时。
> 一片茫茫随君意，车可东行马可西。

他念了几遍，也觉得里面含有一种玄妙的隐机。他向伽蓝微微一笑，似称赞它值得悬挂"丕显哉"的匾额一般。再看签诗底小注，是"行人在""婚姻成""功名第"等，更没什么意义了。于是走出来到大雄宝殿。也没有什么心思，就回出寺门。

太阳与地平线成三十度的角度。他觉得没有新鲜的地方可玩，仍又回到堤上来。

这时，他望见城门内跑出一匹肥大白马，红鞍之上坐着一位丰姿奕奕的美少年。他一手挥着皮鞭，一手揽着缰绳，汗流地飞过他身边。"得得"的马蹄翻起泥尘，泥尘就飞扬于湖上，雾一阵地。随后蹄声渐远，飞尘渐低，人与马也悠悠地向山坡隐没而去。于是萧彬底周身底血流又快起来。他想："骑着白马，扬鞭于美丽的湖山间，侧目道旁的弱者，这又何等可羡慕的呵！忍气吞声地在人间偷活着，倒不如自杀了干脆罢！"但不敢用花打人的人，又怎么会有自杀底勇气呢？他终于怅怅然低下头去了。

一边他慢慢地走到水边,就将他手里底第九十九签的签诗,平放在水上。纸湿透了水,沓沓地向湖心流去。同时他昂头高声向天道:"车可东行马可西,英雄仗剑正当时!"

他不愿再留恋山水间,正似赴战场一样走了回来。

当晚,他又坐在书桌前,眼望窗外黄昏底天色。房东走到他底房外叫他吃饭,他说:"我此刻不要吃。"房东问他为什么。他答:"不为什么,只是今天是我特殊的日子。"

约莫呆坐了一点钟,他才站起来,走出去,向一家小菜馆里踏进。心里想:喝点酒罢,喝个醉罢,送过今前之一切陈腐,换得今后底一个新生罢!

他喝了半斤黄酒,神经有些摇动了。他看着他旁边的一桌——三个兵士同一个妇人。她用极丑陋的笑脸丢给兵士,提着酒杯将酒灌下到兵士底喉咙里,兵士用手打着妇人底面颊,还用脚伸放在她底腿上,互相戏谑着,互相谩骂着。菜馔摆满桌上,两个堂倌,来回不住地跑。萧彬看得很气忿,他诅咒人间的丑恶。忽然,堂倌跑来低声说:"营长来了。"于是妇人就避入别室,兵士也整理一下他们底衣帽,坐着。可是他不愿吃饭了,不知怎样,全身火焰一般地烧着,就愤愤地站起走了。营长上梯来,跟着四个兵士。他迎面碰着,用仔细的发火的眼向营长一看,营长也奇怪地打量了他一下。他跑下楼很快,护兵回头看着他,似疑心他是刺客一般。他毫不觉得,一直跑到付账处。

掌柜是一个身躯肥胖的矮子,口边有八字胡须。这时却正动着他底八字胡须,骂一个十三四岁的小伙计。小伙计掩着脸在门边哭。堂倌在楼上高声叫,"三角五分呀!"萧彬就递一块钱给他找。掌柜毫不理会,声势汹汹地继续骂着。"请找给我钱罢",他说。掌柜还没有听到,甚至要伸手去打那位小伙计。于是他发怒地问:"你们不做生意吗?我站着看你们打骂吗?"这样,掌柜转出笑脸向他说:"先生,这小家伙实在坏极!时常没心做事,打碎东西,方才又跌碎一只盆子,还说是我碰着他的。"他说:"打碎盆子总有的,盆子也值几个钱呢!"掌柜转一转他底肚皮答:"二角二分大洋啊!"他正色的作笑说:"那让我赔偿你罢,不要打他了。"掌柜连忙恭敬地答:"哪里,哪里。"可是一边却在算盘上打着三角五分,一边又加上二角二分,于是向他说:"那末,叨光,先生,一共五角七分。"这时营长和护兵已下楼来,围着付账处看。看到这里才冷笑一声,打着官话去了。掌柜用找还的钱递给他说:"这里,先生,四角三分。"他没有说话,受了钱,一径走出来。

路里,他又悲哀又骄傲地叹息一声说:"唉,我底无聊的生日总算过去了。"

一九二四年秋作于慈溪
一九二九年一月修改

人鬼和他底妻的故事

一

谁都有"过去"的,他却没有"过去"。他不知道自己活了多少年了,他的父亲在什么时候离开他而永不再见的,并且,他昨天做些什么事,也仅在昨天做的时候知道,今天已经不知道了。"将来"呢,也一样,他也没有"将来"。虽则时间会自然而然地绕到他身边来的,可是"明日"这一个观念,在他竟似乎非常辽远,简直和我们想到"来世"一样,一样的缥缈,一样的空虚,一样的靠不住。但他却仿佛有一个"现在",这个"现在"是恍恍惚惚的,若有若无的,在他眼前整齐的板滞的布置着,同时又紧急地在他背后催促着,他终究也因为肚子要饿了,又要酒喝,又要烟抽,不能不认真一些将这个"现在"捉住。但他所捉住的却还是"现在"的一个假面,真正的"现在"的脸孔,他还是永远捉不住的。

他有时仰头望望天,天老是灰色的非常大的一块,重沉沉地压在他底头顶之上。地,这是从来不会移动过的冷硬的僵物,高高低低地排列在他底脚下。白昼是白色的,到夜便变成黑色了;他也不问谁使这日与夜一白一黑的。他也好像从没有见过一次红艳的太阳，清秀的月亮，或繁多的星光，——不是没有见，是他没有留心去看过，所以一切便冷淡淡的无关地在他眼前跑过去了。下雨在他是一回恨事，一下雨，雨打湿他底衣服，他就开口骂了。但下过三天以后，他会忘记了晴天是怎样一回事，好像雨是天天要下的，在他一生，也并不稀奇。

此外对于人，他也有一个小小的疑团，——就是所谓"人"者，他只看见他们底死，一个一个放下棺，又一个一个抬去葬了，这都是他天天亲手做着的工作，但他并没有看见人稀少下去。有时走到市场或戏场，反有无数的人，而且都是从来没有见过面的，在他底身边挨来挨去，有时竟挨得他满身是汗。于是他就想，"为什么？我好像葬过多少人在坟山上了，现在竟一齐会爬起来么？"一时他又清楚地转念，"死的是另一批，这一批要待明年才死呢！"这所谓明年，在他还是没有意义的。

二

他是 N 镇里的泥水匠，但他是从不会筑墙和盖瓦，就是掘黄泥与挑石子，他也做的笨极了。他只有一件事做的最出色——就是将死人放入棺中，放的极灵巧，极妥帖，不白费一分钟的功夫。有时，尸是患毒病死的，或死的又不凑巧，偏在炎热的夏天，所以不到三天，人就不敢近它了。而他却毫不怕臭，反似亲爱的朋友一般，将它底僵硬的手放在他自己底肩上，头——永远睡去的人——斜侵在他底臂膀上，他一手给它枕着，一手轻轻地托住他底腰或臀部，恰似小女孩抱洋囡囡一样，于是慢慢地仔细地，唯恐触着他底身体就要醒回来似的，放入棺里，使这安眠的人,非常舒适地安眠着。这样,他底生活却很优渥地维持着了,大概有十数年。

他有一副古铜色的脸;眼是八字式,眼睑非常浮肿,所以目光倒是时常瞧住地面,不轻易抬起头来向人家看一看;除了三四位同伴以外,也并不和人打招呼;人见他也怕。有时他经过街巷,低下头,吸着烟,神气倒非常像一位哲学家,沉思着生死问题。讲话很简单,发了三四字音以后,假如你不懂,他就不对你说了。

他底人所共知的名字是"人鬼",从小同伴们骂他"三分像人,七分像鬼",于是缀成一个了。他还有母亲,是一位讨厌的多嘴的欺骗人的老妇人,她有时向他底同伴们说,"不要叫错,他不是人鬼,是仁贵,仁义礼智的仁,荣华富贵的贵。"可是谁听她呢?"仁贵人鬼,横直不是一样,况且名字也要同人底身样相恰合的。"有时不过冷笑的这样答她两句罢了。

三

但人鬼却来了一个命运上的宣传,在这空气从不起波浪的N镇内,好像红色的反光照到他底脸上来了。说他有一天日中,同伴们回去以后,命他独自守望着某园地的墙基,而他却在园地底一角,掘到了整批的银子。还说他当时将银子裹在破衣服内,衣服是从身上脱下来的,上身赤膊,经过园地主人底门,向主人似说他肚子痛而听不清楚的话,他就不守望,急忙回家去了。

这半月来,人鬼底行径动作,是很有几分可以启人疑惑的!第一,他身上向来穿着的那套发光的蓝布衫裤脱掉了,换上了新的青夹袄裤。第二，以前他不过每次吸一盅鸦片，现在却一连会吸到三盅，而且俨然卧在鸦片店向大众吸。第三，他本来到酒摊喝酒，将钱放在桌上，话一句不说，任凭店主给他，他几口吞了就走；而现在却像煞有介事的坐起来，发命令了，"酒，最好的，一斤，两斤，三斤！"总之，不能不因他底变异，令人加上几分相信的色彩了。

有时傍晚，他走过小巷，妇人们迎面问他："人鬼，你到底掘到多少银子？"

而人鬼却只是"某某"的答。意思似乎是有，又似乎没有，皱一皱他底黑脸。妇人或者再追问一句："告诉我不要紧，究竟有多少？"

而他还是"某某"的走过去了。

妇人们也疑心他没有钱。"为什么一句不肯吐露呢？呆子不会这样聪明罢？"一位妇人这样说的时候，另一位妇人却那样说道："当然是他那位毒老太婆吩咐他不要说的。"于是疑窦便无从再启，纷传人鬼掘到银子，后来又在银子上加上"整批的"形容词，再由银子转到金子，互相说："还有金子杂在银子底里面呢！"

四

人鬼底母亲却利用这个甜上别人底心头的谣言了。她请了这X镇有名的一位媒婆来，向她说："仁贵已经有了三十多岁了，他还没有妻呢。人家说他是呆子，其实他底聪明是藏在肚子里的。这从他底赚钱可以知道，他每月真有不少的收入呵！现在再不能缓了。我想你也有好的人么？姑娘大概是没有人肯配我们的，最好是年轻的寡妇。"

"但人鬼要变作一镇的财主了，谁不愿嫁给他呀！"媒婆如此回答。

事情也实在顺利，不到一月，这个姻缘就成功了。——一位二十二岁的寡妇，静默的中等女人，来做人鬼底妻了。

她也有几分示意，以为从此可以不必再愁衣食；过去的垃圾堆里的死老鼠一般被弃着的命运，总可告一段落了。少小的时候呢，她底命运也不能说怎么坏，父亲是县署里的书记，会兼做诉状的，倒可以每月收入几十元钱。母亲是绵羊一般柔顺的人，爱她更似爱她自己的舌头一样。她母亲总将兴化桂圆的汤给她父亲喝，而将肉给她吃的。可是十二岁的一年，父亲疟病死了！母亲接着也胃病死了！一文遗产也没有，她不得不给一份农家做养媳去。养媳，这真是包藏着难以言语形容的人生最苦痛的名词，她就在这名词中度过了七年的地狱生活。一到十九岁，她结婚，丈夫比她小四岁，完全是一个孩子气的小农夫。但到了二十一岁，还算爱她的小丈夫，又不幸夭折了。于是她日夜被她底婆婆手打，脚踢，口骂，说他是被她弄死的。她饿着肚子拭她底眼泪，又挨过了一年。到这时总算又落在人鬼底身上了。——命运对她是全和黄沙在风中一样，任意吹卷的。

当第二次结婚的一夜，她也疑心："既有了钱，为什么对亲戚邻里一桌酒也不办呢？"只有两枚铜子的一对小烛，点在灶司爷的前面，实在比她第一次的结婚还不如了！虽则女人底第二次结婚，已不是结婚，好像破皮鞋修补似的，算不得什么。而她这时总感到清冷冷，哪里有像转换她底生机的样子呢？后来，人鬼底母亲递给她一件青花布衫的时候,她心里倒也就微笑地将它穿上了。接着,她恭听这位新的婆婆切实地教训了一顿——

"现在你是我底媳妇了,你却要好好地做人。仁贵呢,实在是一个老实的又听话的,人家说他呆子是欺侮他的话,他底肚子里是有计划的。而且我费了足百的钱讨了你,全是为生孩子传后,仁贵那有不知道的事呢?你要顺从他,你将来自然有福!"

她将话仔细思量了。

第三夜,她舂好了米,走到房里——房内全是破的:破壁,破桌,破地板,——人鬼已经睡在一张破床上面了。她立在桌边,脸背着黝黯的灯光,沉思了一息:"命运""金钱""丈夫"。她想过这三件事,这三件事底金色与黑脸,和女人的紧结的关系。她不知道,显示在她底前途的,究竟是那一种。她也不能决定,即眼前所施展着的,已是怎样!她感到非常的酸心,在酸心里生了一种推究的理论——假如真有金钱,那丈夫随他怎样呆总还是丈夫;假如没有金钱,那非看看他呆的程度怎样不可了。于是她向这位"死尸底朋友",三天还没有对她讲过一句话的丈夫走近,走近他底床边,怯怯地。但她一见他底脸,心就吓的碎了!这是人么?这是她底丈夫么?开着他底眼,露着他底牙齿,狰狞的,凶狠的,鼾声又如猪一样,简直是恶鬼睡在床上。她满身发抖了,这样地过了一息,一边流过了眼泪,终于因为命运之类的三个谜非要她猜破不可,便不得不鼓起一点勇气,用她女性的手去推一推恶鬼底脸孔。可是恶鬼立刻醒了,一看,她是勉强微笑的,他却大声高叫起来,直伸着身子。

"妈!妈!妈!这个!这个!弄我……"

她简直惊退不及,伏在床上哭了。隔壁这位毒老太婆却从壁缝中送过声音来，恶狠而冷嘲的："媳妇呀，你也慢慢的。他从来没近过女人，你不可太糟蹋他。我也知道你已经守了一年的寡，不过你也该有方法！"

毒老太婆还在噜苏，因为她自己哭的太厉害，倒没有听清楚。但她却又非使她听见不可一样，狠声说："哭什么，夜里的哭声是造孽的！你自己不好，哭那一个？"

五

一个月过去了。

人鬼总是每夜九点十点钟回来，带着一身的酒糟气，横冲直撞地踏进门，一句话也没有，老树被风吹倒一般跌在那张破床上，四肢伸的挺直，立刻死一般睡去了。睡后就有一种吓死人的呓语，归纳起意思来，总是"死尸""臭""鬼""少给了钱"这一类话。她只好蜷伏在床沿边，不敢触动他底身体，唯恐他又叫喊起来。她清清楚楚地在想，——想到七八岁时，身穿花布衫，横卧在她母亲怀里的滋味。忽而又想，银子一定是没有的，就有也已经用完了，再不会落到她底手中了。她想她命运的苦汁，她还是不吃这苦汁好！于是眼泪又涌出来了。但她是不能哭的，一哭，便又会触发老妇人的恶骂。她用破布来揩了她自己底酸泪，有时竟辗转到半夜，决计截断她底思想，好似这样的思想比身受还要苦痛，她倒愿意明天去身受，不愿夜半的回忆了。于是才模模糊糊地疲倦的睡去。

睡了几时，人鬼却或者也会醒来的，用脚向她底胸，腹，腿上乱踢。这是什么一回事呢？人鬼自己不知道，她也怕使人鬼知道，她假寐着一动也不动。于是人鬼含含糊糊地说了几句话，又睡去了。

天一亮，她仍旧很早的起来，开始她破抹桌布一般的生活。她有时做着特别苦楚的事情，这都是她底婆婆挖空脑子想出来的。可是她必须奉她底婆婆和一位老太太一样，否则，骂又开始了。她对她自己，真是一个奴隶，一只怕人的小老鼠。

六

不到一年，这位刻毒的婆婆竟死掉了。可是人鬼毫没两样，仍过他白昼是白色，到夜便成黑色了的生活。在白色里他喝着一斤二斤的黄酒，吸着一盅二盅的鸦片；到黑色里，仍如死尸一般睡去。妻，——他有时想，有什么意思呵，不过代替着做妈罢了。因为以前母亲给他做的事，现在是全由妻给他做了：补衣服，烧饭，倒脚水。而且以前母亲常嚷他要钱，现在妻也常嚷他要钱。这有什么两样呢！

但真正的苦痛，还来层层剥削她身上底肌肉！婆婆一死，虽然同时也死掉了难受的毒骂和凶狠的脸容，然而她仍不过一天一回，用粗黑的米放下锅子里烧粥。她自己是连皮连根的嚼番薯；时节已到十月，北风刮的很厉害了，她还只有一件粗单衣在身上。她战抖地坐在坟洞似的窗下，望着窗外暗惨的天色，想着她苦汁的命运，有时竟使她起一种古怪的念头："如果妈妈还没有死，我现在总不至于这样苦罢。"但又转念："妈妈死了，我也可以死的！"死实在是一件好东西，可以做命运的流落到底的抗拒——这是人生怎样不幸的现象呵！

她的左邻是一家三口,男的是养着一妻一子,30多岁的名叫天赐,也是泥水匠,然而是泥水匠队里的出色的人。他底本领可是大了,能在墙上写很大的招牌字,还会画出各样的花草,人物,故事来,叫人看得非常欢喜。他有时走过人鬼底门口,知道她坐在里面流泪,就想:"这样下去,她不是饿死,就要冻死的。"于是进去问问她,同时给她一些钱。后来终于是想出了一个方法来,根本的救济她衣食。他和她约定,由他每天给她两角钱,这钱却不是他自己出底,是由他从人鬼底收入上抽来的。就是每当丧家将钱付给人鬼的时候,他先去向主人拿了两角来,算作养家费。人鬼是谁也知道他一向不会养家的,所以都愿意。当初,人鬼也向主人嚷,主人一说明,就向天赐嚷,被天赐骂了几顿之后,也就没有方法了。

这个方法确是对。她非常黄瘦的脸孔,过了一月,便渐渐丰满起来,圆秀的眼也闪动着人生的精彩,从无笑影的口边也有时上了几条笑痕了。她井井有条地做过家里的事以后,又由天赐的介绍,到别人家里去做帮工——当然她的能力是很有限。生活渐渐得到稳定,她底模样也好看起来,但在这绕着她底周围全是恶眼相向的社会里,却起了一个谣言,说:"人鬼的妻已经变做天赐的妻了。"天赐也因为自己底妻的醋意,不能常走进她底门口,生活虽然还代她维持着,可是交给她钱的时候,已换了一种意义,以前的自然的快乐的态度,变做勉强的难以为情的样子了。

七

一天傍晚,天赐底妻竟和天赐闹起来:"别人底妻要饿死,同你有什么关系？你也知道你底妻将来也要饿死，你如此去对别人趋奉殷勤么！"天赐也不愿向她理论，就走出门，到酒店去喝了两斤酒——他从来没有喝过这样多的酒，可是今晚却很快地喝了，连酒店主人都奇怪。他陶然地醉着走出，一边又不自觉的向人鬼底家里去。人鬼不在家；他底妻刚吃了饭在洗碗。她放下碗，拿凳子来请他坐时，天赐却仔细地看了她，接着凄凉地说道："我为了你底苦，倒自己受了一身的苦了！你也知道外边的谣言和我底女人的吵闹么？"

她立刻低下头，变了脸色，一时说不出话来，眼里也充满了眼泪。天赐却乘着酒力，上前一步，捏住她底手——她也并不收缩——说道："一个人底苦，本来只有一个人自己知道，我们底苦，却我和你两人共同知道的！好罢，随他们怎样，我还是用先前的心对付你，你不要怕。好的事情我们两人做去，恶的事情我们两人担当就是了。你不要哭！你不要哭！"

他说完这几句话，便又走出去了，向街巷，向田畈，走了大半夜。

她也呆着悲伤的想："莫非这许多人们，除一个天赐之外，竟没有一个对我好意的么？"

八

这样又过去了半年，人鬼底妻的肚子终于膨大起来了。社会上的讥笑声便也严重地一同到她底身上。

人鬼，谁也决定他是一个呆子，不知道一切的。可是又有例外，这又使一班讥笑的人们觉得未免有些奇怪了。

人们宣传着有一天午后，人鬼在南山的树下，捉住一只母羊，将母羊的后两腿分开，弄得母羊大叫。于是同伴们跑去看见了，笑了，也骂了。人鬼没精打采地坐在草地上，慢慢底系他的裤。一位小丑似的同伴问他道："人鬼，你也知道这事么？那你妻底肚皮，正是你自己弄大的？"

可是人鬼不知道回答。那位小丑又说道："你究竟知道不知道做父亲呀？抛了白胖的妻来干羊做什么呢？"

人鬼还是没有回答。那小丑又说："你也该有一分人性，照顾你年轻的妻子，不使她被别人拿去才好呀！"

人鬼仍然无话的走了。他们大笑一场，好像非常之舒适。

后几天，一个傍晚，邻家不见了一只母鸡，孩子看见，说是被人鬼捉去了。于是邻妇恶狠狠地跑到人鬼底家里，问人鬼为什么去偷鸡。这时人鬼卧在棉被里，用冒火的眼看看邻妇，没有说话。他底妻接着和婉地说道："他回家不到一刻，你底鸡失了也不到一刻。他一到家就睡在床上，怎么会拿了你底鸡呢？"

邻妇忿忿地走上前，高声向他问："人鬼，你究竟有没有偷了我底鸡？孩子是亲眼看见你捉的。"

而人鬼竟慢慢地从被窝里拿出一只大母鸡来，一面说："某，某，它底屁股热狠呢。"

邻妇一看，呆的半句话也没有。他底妻是满脸绯红了。

"天呀！你要把它弄死了！"邻妇半晌才说了一句，又向她一看。拿着鸡飞跑回去了。

但这种奇怪的事实，始终不能减去社会对她的非议的加重。结果，人鬼底妻养出孩子来了，而且孩子在周围的冷笑声中渐渐地长大起来了。

孩子是可爱的，人鬼底同伴底议论也是有理由的。他们说小孩底清秀的眉目，方正的小鼻和口子，圆而高的额，百合似的身与臂腿，种种，都不像人鬼底种子。孩子本身也实在生得奇异，他从不愿人鬼去抱他，虽则人鬼也从不愿去抱他。以后，他一见人鬼就要哭，有时见他母亲向人鬼说话也要哭，好像是一个可怕的仇人。有时人鬼在他底床上睡，他也哭个不休，必得母亲摇他一回，拍他一回，他才得渐渐地睡去。竟似冥冥中有一个魔鬼，搬弄得人鬼用粗大的手去打他，骂他："某，某，你这野种！"他底妻说："你有一副好嘴脸，使孩子见你如同夜叉一样！"闹了一顿才罢。但这不幸的孩子，在上帝清楚的眼中，竟和其余的孩子们一样地长大起来。现在已经有了五岁。

九

造物的布置一切真是奇怪。理想永远没一次成功的，似必使你完全失败，才合它底意志。人鬼底妻有了这样的一个孩子，岂不是同有了一个理想一样么？她困苦寂寞的眼前，由孩子得以安慰；她渺茫而枯干的前途，也由孩子得以窥见快乐的微光。希望从他底身上将她一切破碎的苦味的忍受来掩过去，慢慢地再从他底身上认取得一些人生真正的意义来了。每当孩子睡在她底身边，她就看看孩子，幻想起来。她想他再过五年，比现在可以长了一半，给他到平民学校去念两年书，再送到铺子里去学生意。阿宝——孩子底名——一定是听话的孩子，于是就慢慢的可以赚起钱来了。或者机会好，钱可以赚的很多，因为阿宝将来也一定是能干的人，同天赐一样的。于是再给阿宝娶了妻，妻又生子。

她一直线的想去,将这线从眼前延长到无限的天边,她竟想不出以后到底是怎样了。于是她底脸上不自觉地浮上笑纹,她底舌头上也甜出甘汁来了。

一天傍晚,人鬼踏进门,就粗声叫:"某,某,打酒!"

一边拿了脚桶洗脚。这时孩子在灶后玩弄柴枝,见人鬼这样,呆着看他。他底母亲在灶前烧饭,也没有回答他。人鬼就暴声向孩子骂起来:"某,贼眼!"

她知道事情有些不好,就向孩子说:"阿宝,你拿了爸爸底鞋来,再到外边去玩。"

孩子似乎很委屈地走出门外。

一刻钟后,人鬼自己去打了两斤酒来,放在灶边一张小桌子上就喝。她也一面叫,一边将饭盛在碗里了。

"阿宝,好吃饭了。"

但这小孩坐在桌边一条板凳上,不知什么缘故,却不吃饭,——往常他是吃的很快的,而现在却只两眼望着人鬼底脸,看他恶狠狠的一口口地喝酒。他母亲几次在他身边催:"阿宝,快些吃饭!"又逗他,"阿宝,比比谁吃得快,阿宝快还是妈妈快。"但无论怎样,总不能引起阿宝底吃饭心来。他似乎要从人鬼底脸上看出东西来,他必得将这个东西看的十分明了才罢。但人鬼底脸上有的什么呢?罩上魔鬼的假面具罢?唉!可怜的孩子,又那能知道这些呢!只好似恶星照着他底头上,使他底乌黑的两颗小眼珠钉住人鬼底脸纹看。忽然,他"阿哟!"一声,就将小手里捧着的饭碗,落在地上去了,碗碎了,饭撒满一地。他母亲立刻睁大眼睛问:"阿宝!你怎样了?"

可是阿宝却只"妈妈!妈妈!"向他母亲苦苦的叫了两声。

她刚刚弯下腰去拾饭,人鬼已经不及提防地伸出粗手来,对准小孩底脸孔就是一掌,小孩随着从板凳跌下,滚在地上,大哭起来了。

他母亲简直全身发抖起来的说不出话去抱起小孩,一时拍着小孩底背,又擦着小孩底头上,急迫地震着牙齿说:"阿宝,阿宝,哪里痛呵?"

而阿宝还是"妈妈!妈妈!"苦声的叫。她饭也不吃了,立刻离开桌,到她底房内去。将阿宝紧紧地搂在胸前,摇着他,一手在他背上轻轻地拍。小孩还呜咽着,闭了两眼,呼吸也微弱了,不时还惊跳的叫"妈妈!痛呵!"

人鬼仍旧独自在那里喝酒,吃饭,一碗吃了又一碗,半点钟后,她见人鬼已经死猪一般睡在床上了。她忍不住了,向他问:"你为什么这样狠心打小孩?你究竟为什么?阿宝犯你什么呢?你从哪里得了一股恶气却来向小孩底头上出?你究竟为什么呀?"

人鬼突然凶狠地呷唔的说:"某,谁都说是野种!某,我要杀了他!"

她真是万箭穿心!似乎再没有什么可怕可伤心的话,在这"野种"二字以上了。她立刻向人鬼骂,虽然她是一个非常懦弱的女人:"你可以早些去死了!恶鬼呀!不必再和我们做冤家!"

但人鬼又是若无其事一般的睡去了。

十

小孩在被打这一夜就发热,第二天就病重了。以后竟一天厉害一天,虽经他母亲极力的调护。终于只好向天赐借了两元钱,请了一位郎中来，虽然在药方上写了些防风，荆芥之类，然而毫无效验，她请了两回以后，也就无力再请了。后来又因为孩子常在发热中惊呼，并且向她说"一个头上有角的人要拉我去，妈妈，你用刀将它赶了罢！"的话，她又去测了一个字。测字先生说是小孩的魂被一位夜游神管着，必得请道士念一番才好。她又由天赐底接济去请道士来。但道士念过咒后，于小孩还是徒然。于是她除了自己也天天不吃饭不睡觉的守着，有时默祷着菩萨显灵保佑以外，再没有什么方法了。

这样两个月，看来小孩是不再长久了。她也瘦的和小孩一样。

一天下午，天气阴暗的可怕。小孩在床上突然喊着跳了起来，她慌忙去安慰他，拍他，但样子完全两样了。这小孩已经不知道他母亲说什么话，甚至也不认识他底母亲了。他只是全身发抽，两眼紧闭着，口里呜呜作咽，好像有一种非常的苦痛在通过他底全身。

她知道这变象是生命就将终结的符号。她眼泪如暴雨般滚下，一时跑到门外，门外是冷清清地没有一个人，又跑回房内推他叫着儿子，可是儿子是不会答应了。她不知道怎样好，如热锅上的蚂蚁一般，想跑去叫天赐，问他有无方法可使孩子再活几时。可是天赐和人鬼一同做工去了，她又不知道他们是在什么地方。她只是在孩子耳边叫，小孩一时也微微地开一开眼，向他母亲掷一线恩惠的光，两唇轻轻地一动，似乎叫着"妈妈"，但声音是永远没有了。

她放声大哭，两手捶着床，从此，她底理想，希望，是完全地被她底儿子携去了。

邻近有几个女人闻声跑过来,一个更差了一位少年去叫人鬼。这时天将暗了,也该是人鬼回家的时候。

一息,人鬼果然回来了,在他后面,懊伤地跟着天赐。人鬼走到小孩底尸边,伸出他前次打他的手向脸上一摸,笨蠢的发声道:"某,死了!"

接着是若无其事一般,拿脚桶洗脚。——他对于死实在看得惯了,他不知每年要见过多少的死尸,像这样渺小的一个,又值得什么呢。

天赐也走到小孩的尸边,在他额上吻一吻,额上已冰一般冷了。他想,没有方法。又看一看正在窗边痛哭的她,同时流了几滴泪,叹了一声,仍然懊伤地出去了。

人鬼洗好脚,走到灶边一看,喊:"某,吃饭!"

她简直哭的死去,一听这话,却苏醒的大骂了:"鬼!孩子是你打死的!你知道不?就是禽兽也有几分慈心,你是没有半分慈心的恶鬼!你为什么不早去死了让我们活,一定要我们都死了让你活呢?恶鬼……"

人鬼终究还是毫无是事的。知道饭是没有吃了,就摸一摸身边,还有几个角子,他一边叫:"某,回来去抛。"

一边又走出门外去了。

房内只剩着伤痛的母亲和休息的小孩。一种可怕的沉寂荡着屋内,死底气味也绕得她很紧很紧。天已暗了,远处有枭声。她也无力再哭了,坐在尸边回想,——从小父母是溺爱的,一旦父母死了,自己底人生就变了一种没有颜色的天地。人鬼是她底冤家,但赖天赐底救济与帮忙,本可稍慰她没有光彩的前途,而现在,小孩被打,竟死了!——她想,所谓人间,全是包围她的仇敌之垒,好似人类没有一个是肯援救她的救兵,除了天赐。但天赐也竟因她而受重伤了!她决定,她在这人类互相残杀的战场中,是自己欺骗了自己二十八年!现在一切前途的隐光完全吹灭了,她可以和孩子同去,仍做他亲爱的母亲去养护他,领导他。除出自杀,没有别的梦再可以使她昏沉地做下去了。

这样,她一手放在孩子底尸上,几乎晕倒地立了起来。

十一

天很暗了,人鬼酒气醺醺地回家来。推进门,屋里是漆黑的,而且一丝声音也没有。他"某,某,"的叫了两声,没有人答应。于是自己向桌上摸着一盏灯,又摸了一盒洋火,一擦,光就有了。但随即在他身前一晃,他只好放直喉咙喊了:"某!某!某!吊死!吊死!吊死!"

邻里又闻声跑过来,天赐是第一个。他一眼望见她挂在床前,便不顾什么,立刻将她解下。但很奇怪,小孩的死尸竟裹在她底怀中。她底气已经没有了。她还梳过头,穿着再嫁时人鬼底娘给她的那件青花布衫。用麻绳吊死的,颈上有半寸深的青痕,口边有血。

邻里差不多男男女女有十多人,挤满了门口和门外。屋内也有四五位年纪大些的在旋转,都说,似乎叹息而悲哀地:"没有办法了!死了!"

人问人鬼,有没有出丧的钱呢,人鬼说方才还有两角,现在是喝酒吃饭用完了。他们倒反而笑起来。于是商量捐助;而人鬼似乎以为不必,到明天背她们母子向石坑一抛,就可以完事,不费一个钱的。邻居都反对,说是石坑只可抛下婴孩,似她母子是使不得,必须做一圹坟,安慰她困苦了一世。人鬼是没有话说,天赐却忍不住了,开口说:"同呆子有什么商量呢!当然要做一圹坟,你们不必费心,一切丧费我出。就在明天罢!"

十二

第二天,一具松板的油漆的棺材,里面睡着一位母亲和孩子,孩子卧在母亲底身边,上面盖着一条青被,似非常甜蜜地睡去了。棺材被另两个年轻泥水匠抬着——一个就是前次在南山嘲弄人鬼的小丑,此刻是十分沉默了。——人鬼和天赐都低头跟在棺后面,天赐手里捻着冥纸与纸炮,人鬼背着锄。在棺前,还有一人敲着铜锣,肩着接引幡,锣约一分钟敲一下,幡飘在空中。七人一队,两个死的,五个活的,很快地向着乱草蓬勃的山上移动了。

路旁有人冷笑说,"她倒有福,两个丈夫送葬。"但是悲哀她的人似乎也很多。

晚上,人鬼从葬地回来,走进门,觉得房子有些两样了,似被大水冲过一样。他有些不自在;他是从来没有不自在过的,所以不多久,终于觉着,"死了""葬了""完了"!仍和往常一样,拿脚桶洗脚。

以后,他还是喝酒,抽烟,放死人在棺内,过他白昼是白色,到夜便成黑色了的生活。不过连"某"字也很少了。走进酒店,仍将钱放在桌上,店主人打酒给他,他仰着头喝了就走。饿了,走进饭店去,也一声不响的将钱放在桌上,饭店主人也以最劣等的饭和菜盛给他，他也似有味无味的吃完了。以后，他除出给人家将死尸放下棺，帮人家抬去葬，于是自己喝酒抽烟以外，和人们的接触也很少了。有时，他也到他妻子的墓边坐一回，仿佛悲痛他先前对待她的错误似的，但又似乎还是什么也没有。不过些微有个观念，"死了""葬了""完了"！

天赐经过这一次变故以后，心也受了极大的打击，态度也不似先前之和善，令人乐于亲近了。除出认真的照常工作以外，对于别人底消息一概不闻不问。他想道："人只有作恶的可以获福，做好人是永远不会获福的。"但他也并不推究那理由。以他的聪明，不去推究这个理由是可惜的。

此外，一班观众和喜欢讲消息发议论的人，倒更精彩，更起劲，更有滋味一般，谈着"人鬼和他底妻的故事"。很久很久以后，还是一谈到人鬼和他底妻，就大家哗然地说，"这真是一件动听的故事呀。"

第二辑　旧时代之死

上部　未成功的破坏

第一　秋夜的酒意

　　凄惨寒切的秋夜，时候已经在十一点钟以后了。繁华的沪埠的Ｓ字路上，人们是一个个地少去了他们的影子。晚间有西风，微微地；但一种新秋的凉意，却正如刚磨快的钢刀，加到为夏汗所流的疲乏了的皮肤上，已不禁要凛凛然作战了。何况地面还要滑倒了两脚；水门汀的地面，受着下午四时的一阵小雨的洗涤之后，竟如关外久经严冬的厚冰到阳春二三月而将开冻的样子。空间虽然有着沐浴后的清净呵，但凄惨寒切的秋夜，终成一个凄惨寒切的秋夜呀！在街灯的指挥之下，所谓人间的美丽，恰如战后的残景，一切似被恐吓到变出死色的脸来。

　　一个青年，形容憔悴的，年纪约二十三四岁，乱发满盖头上。这时正紧蹙着两眉，咬坚他的牙齿，一步一步地重且快，在这Ｓ字路上走。他两眼闪着一种绿色的光芒，鼻孔沉沉地呼吸着，两手握着拳，脚踏在地上很重，是使地面起了破裂的回声。被身子所鼓激的风浪，在夜之空间猛烈地环绕着。总之，他这时很像马力十足的火车，向最后一站开去。

　　他衣服穿的很少；一套斜纹的小衫裤之外，就是一件青灰色的爱国布长衫。但他非特不感到冷，而且还有一种蓬蓬勃勃的热气，从他的周身的百千万毛孔中透出来。似在夏午的烈日下，一片焦土中,背受着阳光的曝炙;还有一种汗痛的侵袭,隐隐地。但有谁知道他这时脑内的漩涡,泛滥到怎样为止呢?

"我为什么要在这样深夜的冷街上跑?我为什么呵?这个没眼睛的大蠢物!人们都藏进他自己的身子在绣被中,但我却正在黑暗之大神的怀中挣扎。我将要痛快地破坏这存在中的一切,唉,我并要毁灭我自己灵肉之所有;世界的火灾呵,一群恶的到了末日,人类呀,永远不自觉的兽性的你们!"

他的两唇颤动着,他的神经是兴奋而模糊地。他觉着什么都在动摇;街,房屋,小树;地也浮动起来。他不住地向前走,他极力感到憎恶;好像什么都是他的仇敌。同时他又念了:

"这样的夜有何用?开枪罢!开枪罢!敌人!敌人!残暴者把持所有,这是怎样的一个时代呀?"

走不到半里,他无意识的将他的拳头举起,像要向前打去了。一边他又半吞半吐地咒道:

"勾引,拖拉,嘲笑,詈骂;四周是怎样地黑暗呵!夜之势力的汹涌与澎湃,我明白地体验着了。但谁愿做奴隶的死囚?荣耀的死等待着!出发罢!向前进行!这是最后的动作。"

他的本身简直成了狂风暴雨。一种不能制止的猛力,向四周冲激;他走去,空气也为他而微微沸热了。一时,他立住,头似被什么东西重重地一击;精神震撼着,恍惚,他又抬起眼来;——天空是漆黑的,星光没有半丝的踪迹;宇宙,好像是一座大墓。但他并不是找寻星月,他也没有这样的闲心意。空际似落下极酸的泪来,滴到他的额角,他不觉擦了擦他自己的眼睛,仍向前跑了。

这时,在他的身后,出现四位青年。从他们索索的走衣声听来，很可以知道他们之间有一种紧张，急迫，高潮的关系。当他们可以在街灯下辨别出前面跑着的影子是谁的时，他们就宽松一些，安慰一些，同时也就沉寂一些，脚步放轻一些了。

"前面？"

"前面。"

"是呀。"

"叫一声他吗？"

"不要罢。"

这样陆续发了几句简单之音以后，又静寂走了几分钟，一位说："雨来了，已有几点滴到我的面上了。"

"是，天气也冷的异样呵！"

另一位缓而慨叹的回答，但以后就再没有声音了。四个注意力重又集中到前面的他的变异上。前面的人又想道：

"将开始我新的自由了！一个理想的名词，包含着一个伟大的目的；至尊极贵的伟大哟，任我翱翔与歌唱。——努力，努力，你们跟我来罢！"

朱胜瑀的变态，是显而易见的了。近两三日来的狂饮，和说话时的带着讥讽，注意力的散漫，都是使这几位朋友非常的忧虑。神经错乱了，判断力与感情都任着冲动，一切行为放纵着。实在，他似到了一个自由的世界，开始他新的自由了。但有意无意间，却常吐出几句真正不能抑遏的悲语；心为一种不能包含的烦恼所涨破，这又使他的好友们代受着焦急。星期六的晚上，他们随便地吃了晚餐以后，在八点钟，李子清想消除朋友的胸中的苦闷，再请他们去喝酒。他们吃过鱼了，也吃过肉了，酒不住地一杯一杯往喉下送，个个的脸色红润了。话开始了，滔滔地开始了：人生观，国内外新闻，所努力的工作，家庭的范围。清说着，他们也说着，一个个起劲地说着。但瑀却一句也不说，半句也不说，低头，默想着。时间一分一分地过去了，瑀却总想他自己所有的：——想他所有的过去，想他所有的眼前，并想他所有的将来。唉！诅咒开始了，悲剧一般的开始了。他想着，他深深地想着。一边他怀疑起来了，惭愧起来了，而且愤恨起来了。壁上的钟是报告十一时已经到了，他却手里还捻着一只酒杯，幻想他自己的丑与怨。正当他朋友们一阵笑声之后，他却不拿这满满的一杯酒向口边饮，他却高高地将它举起，又使劲地将它掷在地上了！砰的一声，酒与杯撒满一地。朋友们个个惊骇，个个变了脸色，睁圆他们的眼睛，注视着他和地。一边，听他苦笑说，"我究竟为着什么呀！？"一边，看他站起来，跑了，飞也似的向门外跑去。

这时，S字路将走完了，他弯进到M二里，又向一家后门推进；跑上一条窄狭而黑暗的二十余级的楼梯，照着从前楼门缝里映射出来的灯光，再转弯跑进到一间漆黑的亭子间。房内的空气似磨浓的墨汁似的，重而黏冷。他脱了外面的衣衫，随被吞蚀在一张床上，蒙着被睡了。

四位朋友也立刻赶到，轻轻地侦探似的走进去。四人的肩膀互撞，手互相牵摸，这样他们也就挤满了这一间小屋。

有一位向他自己的衣袋里掏取一盒火柴，抽一根擦着，点着桌上那枝未燃完的洋蜡，屋也就发出幽弱的光亮来。棺材式的亭子间，和几件旧而笨重的床桌与废纸，一齐闪烁起苦皱的眉头的脸了。墙边是一张床，它占全屋子的二分之一，是一个重要的脚色；这时，我们的青年主公正睡着。床前是一张长狭的台桌，它的长度等于那张床子；它俩是平行的，假如床边坐着三个人，他们可以有同一的姿势伛在台桌上写字了。他们中的一位坐在桌的那端，伸直他的细长的头颈，一动不动，似正在推求什么案子的结论一样。一位立在床边，就是李子清，他是一个面貌清秀，两眼含着慧光，常常表现着半愁思的青年。一位则用两手掩住两耳，坐在桌的这端，靠着桌上。一时，他似睡去了，微醉地睡去了；但一时又伸出他的手来拿去桌上的锈钢笔，浸入已涸燥了的墨水瓶中，再在旧报纸上乱划着。还有一位是拌着手靠在门边，他似没有立足的余地了，但还是挺着身子站在那里。这样，显示着死人的面色的墙壁与天花板，是紧紧地包围着他们，而且用了无数的冷酷的眼，窥视这一幕。

　　窗外，装满了凄凉与严肃的交流，没有一丝乐快之影的跳动。寒气时时扑进房里来，烛光摇闪着，油一层层地发散。冷寂与悲凉，似要将这夜延长到不可转不可知的无限。四人各有他们自己的表情，一种深的孤立的酸味，在各人的舌头上尝试着，他们并不曾互相注意，只是互相联锁着同一的枷梏，仿佛他们被沉到无底的深渊中，又仿佛被装到极原始的荒凉的海岛上去一样。迷醉呀，四周的半模糊的情调。不清不楚的心，动荡起了辽阔而无边际的感慨，似静听着夜海的波涛而呜咽了！

　　许久许久，他们没有说一句话。有时，一个想说了，两唇间似要冲出声音来；但不知怎样，声音又往肚里吞下去了。因此，说话的材料渐渐地更遗失去；似乎什么都到了最后之最后，用不着开口一般，只要各人自己的内心感受着，用各人不同的姿势表示出来就完了。

　　夜究竟能有多少长呢？靠在门边的一个，他的身体渐渐地左倾,像要跌倒一下,他说了出来:"什么时候了?"

"一点一刻。"

这端桌边的一位慢慢地回答他一下,同时看了一看他的手表。

"清哥,怎样?"那人轻问着。

"你们回去罢,我呢,要陪瑪随便地过一夜。"

清的声音低弱。

这样,第二重静寂又开始了。各人的隐隐的心似乎更想到,——明天,以后,屋外,辽远的边境。但谁也不曾动一动,谁也还是依照原样继续。这是怎样的一个夜呵!

忽然间,瑪掀动了,昂起他的头向他们一个个看了一下,像老鹰的恶毒的眼看地下的小鸡一样。于是他们也奇怪了,增加各人表情的强度。他们想问,而他抢着先开口道,做着他的苦脸:"你们还在这里么?这不是梦呀,真辛苦了你们!"接着换了他一鼻孔气,"我的身体一接触床就会睡去,我真是一只蠢笨的动物!但太劳苦你们了,要如此的守望。你们若以为我还没有死去,你们快请回寓罢!"

声音如破碎的锣一样,说完,便又睡倒。

这样,"走,"颈细长的青年开口,而且趁势立了起来。他本早有把握,这样无言的严涩的看守,是不能使酒的微醉和心潮的狂热相消灭的。"顺从是最大的宽慰,还是给他一个自由罢!"他接着说,镇静而肯定的口吻。于是门边的一个也低而模糊的问:

"清哥,你怎么样?"

"我想……"清又蹙了一蹙眉,说不出话。

"回去。"决定者动了他的两脚,于是他们从不顺利中,用疲倦的目光互相关照一下，不得已地走动了。他们看了一看房的四壁，清还更轻轻地关拢两扇玻璃窗，无声的通过，他们走了。一边又吹熄将完的烛光，一边又将房门掩好；似如此，平安就关进在房内。蹑着各人的脚步，走下楼去。

走出了屋外，迎面就是一阵冷气，各人的身微颤着。但谁的心里都宽松了，一个就开了他自然的口说道："他的确有些变态了，你看他说话时的眼睛么？"

"是呀，"清说，一边又转脸向颈细长的那位青年问道，"叶伟，你看他这样怎么好呢？"

"实在没有法子，他现在一来就动火，叫我们说不得话。"

"今夜也因他酒太喝醉了，"另一位插嘴，"他想借酒来消灭他的苦闷，结果正以酒力增加他的苦闷了。"

"他哪里有醉呢，"清说，"这都是任性使他的危险，我们不能不代他留意着。"

脚步不断地进行，心意不断地转换。一位又问："C社书记的职，真辞了么？"

"辞了，"清说，"一星期前就辞了。但他事前并没有和我商量，事后也没有告诉过我，我还是前天N君向我说起，我才知道的。"

"什么意思呢？"又一位问。

"谁知道。不过他却向我说过一句话，——他要离开此地了。我也找不到他是什么意思。实在，他心境太恶劣了。"

清用着和婉而忧虑的口吻说着又静寂一息，叶伟和平地说："十几天前，他向我说起，他要到甘肃或新疆去。他说，他在三年前，认识了一位甘肃的商人，那人信奉回教。回教徒本不吃猪肉的,但那人连牛肉羊肉并鸟类鱼类都不吃,实在是一个存心忠厚的好人。他说他的家本住敦煌,这是历史上有名的地方。现在安西亦有他的家,都在甘肃的西北境。那位商人常到新疆的哈密去做生意,贩布,锡箔,盐之类。据说地方倒很好,一片都是淡黄色的平沙,沓沓渺渺地和天边相联接。在哈密,也有澄清的河流,也有茂盛的林木。不过气候冷些,而生活程度倒极低,能操作,就能够活过去。那位商人曾和他相约过,告诉他安西,哈密的详细地址,及一路去的情形方法。嘱他有机会,一定可以去玩玩。那位商人还说:'那边的地方倒很好玩的,正像北方人到江南来好玩一样。'因此,现在瑪是很想到那边去一趟,据他说,已经有信写给那位商人了。"

伟说完,空间沉静一下,因为谁的心里都被这新的旅行兴所牵动。以后,清问:"那边怎样适宜他的身体呢?"

"是呀,"伟答,"我也向他说过,你是有 T.B. 的病的,不能有长途的跋涉和劳苦。但他却说,旅行与大陆性的气候,或者对于他的精神与身体都有裨益些。因此,我也没有再说了。"

这样又静寂了一息,只有脚步节节的进行。另一位有意开玩笑似的叹:"会想到沙漠那里去,他为什么不变一只骆驼呀!"

但伟接着就说,"我想,我想劝他回家去。在这样混浊的社会里呼吸空气,对于他实在不适宜。往西北呢,身体一定不能胜任。我想还是劝他回家乡去;并且解决了他的婚姻问题。你觉得怎样?"

清答,"他实在太偏执了,他不能听我们一句话。"

"不,假如我们的决定于他真正有利益,那我们只好当他是一件货物,任我们的意思搬运。"伟笑了一笑。

清辩护了一句:"心境不改变,到底是没有药救的。"

"有什么方法呵?除安睡到永久的归宿之家乡去以外,有什么方法呵?"

一边就没有人再说话了。

这时相距他们的寓所已不到百步,他们走的更快;但各人还没有睡意,关于夜深,天冷,说了几句,就两两的分别开来。

第二　不诚实的访谒

当他们的脚跟离开了他的门限时,他几乎伏在他的枕上哭出声音来了。

他怎样也不能睡着。虽则微弱的酒的刺激,到此已消散殆尽;而非酒的刺激,正如雷雨一般地落到他的心上来。一边,他觉得对于友谊有几分抱歉;但有什么方法呢?他没有能力消灭他对于他自身的憎恨,他更不能缓和他对于他自己的生活的剧苦的反动,这有什么方法呢?他想坐起来写一封家书,寄给他家乡的老母和弱弟:他想请他的母亲对他不要再继续希望了!他从此将变做断了生命之线的纸鸢,任着朔风的狂吹与漫飘,颠簸于辽阔的空际,将不知堕落到何处去了!深山,大泽,又有谁知道呢?——他眼圈不自主地酸楚起来,昂起头看一下。但房内什么东西都不见,只见一团的黑暗,跑进到他的视线之中。他终于又倒在枕上而不想写信了!头昏沉沉地,周身蒸发着汗。当朋友们坐着时,他一动不曾动,现在却左右不住地辗转,辗转,他不知怎样睡才好。好像这并不是床,——这是沙漠,这是沙漠,他已睡在沙漠之上了!枯燥,凄凉,冷寂,紧贴着他的周身。北极来的阴风,也正在他的耳边拍动;骆驼的锐悲的鸣声,也隐隐地可以听到了。怎样的孤苦呵!一时似睡去了,但不一时又醒来。左脚向床板重敲一下,仿佛他梦中的身子,由壁削千仞的岩崖上流落去一样。

东方一圈圈的发白。人声如蝇地起来，远远的清弱的声音，也逐近到他的房外，变做复杂与枯涩。他这时神经稍稍清楚一些，耳内也比较净朗一些；他辨别出屋外各色的怪声来：——呜呜，呜呜，汽车跑过去了。咯，咯，咯，卖馄饨的打着竹筒来了。"冷来死，"女子卖媚地说道；但哈哈哈哈，男人接着笑了。小孩子又有咽，咽，咽的哭泣声；一边，卖大烧饼油条的，又高声喊着。此外，骂"死乌龟"的，卖火熟包子的，货车的隆隆的震耳的响，脚踏车的喔喔的讨厌的叫；唉，他不愿再静着他的耳朵做受声机，各种奇怪的震动，有的是机械的，有的从口腔里出来，尖利，笨拙，残酷，还有的似悲哀；实在，他听不出这其中有什么意义存在。他想，"这不过是一千九百二十五年沪埠的 M 二里的一个秋天早晨的一出独幕剧。"随即他翻过身子，勉强地想再睡去。

正在这时候，有人推进门来，是清、伟二君。这倒使他吃了一惊，似乎他们昨夜并没有回寓去，只在他的门外打了一个盹，所以这么早，就进来了。一边，他们本是絮絮地谈着话走上楼的，但一进房门，就不说了。只用慈惠的眼睛，向他的床上看了看，似代替口子的问好。于是一位坐在床边，一位仍坐在昨夜坐过的桌旁。

清几次想说，颤动着两唇似发音的弦一般，但终冲不出声音来。他这并不是胆怯，实在不知道拣选出哪一句话讲，是使床上的朋友投机。一时他转过脸看一看伟，似授意请他先发言；但伟不曾理会，清也只得又默默地视在地上。

伟正用着指甲刨着桌上的烛油，昨夜所烧过的。他将它一块块的抛到窗外去,小心地,含着几分游戏的意味。一时,他又挺了一挺他的胸部,鼻上深吸进两缕清冷的空气,似举行起新呼吸来。但接着就缓缓地说话了:"我下午要去领这月份的薪金,领来我一定还你一半。还想去买一件马褂来,因为天气冷得太快了。——假直贡呢的,三块钱够罢?"

于是清抬起头答:"我的暂时不要还,我横是没有什么用。前天拿来的三十元,除出付十元给房东,昨夜吃了三元以外,其余还在袋里,我没有什么用了。"

"这月的房租你又付他了吗?"伟立刻问。

"给他了,连伙食十元。"清答。

"我曾对他说过,还是前天早晨,叫他这月的房钱向我拿,怎样又受去你的呢?"

一边他从衣袋里掏出一块手帕,擦了一擦鼻子。清微笑地说:"你的月薪真丰富呵!二十四元,似什么都应付不完了。"

"不是,"他也自己好笑的辩论,"我已向会计先生说妥,今天拿这月的,明天就拿下月的,我要预支一月。"

"下月你不生活了么?"一个无心地反诘了一句,一个却窘迫似的说:"你也太计算的厉害了!这当然是无法可想,——有法么?总是用的不舒服;还是增加下月的不舒服,得这次的舒服些。不见没有理由罢?会计先生也说,'朋友,下月的三十天呢?'我答,'总不会饿死罢?'现在连你也不原谅人的下计。"

他停止了;一息,又说了一句:"还为瑀着想。"

但二人的谈话没有再进行。一提到瑀,似乎事情就紧迫起来,也不顺利起来。

阳光忽然从东方斜射进窗角,落在墙上很像秋天的一片桐叶。但不一刻，又淡淡地退回去了。

这时又有二人上楼的声音，脚步停止在他们的门外；一息，也就推进门来。无疑的，仍是昨夜发现过的两位，一位名叫方翼，一位名叫钱之佑。他们带着微笑，仔细而迟钝地看看床上一动不动的瑀。于是翼坐在桌边，佑立着吃吃说道："奇怪，奇怪，在 M 二里的弄口，我们碰着一个陌生人，他会向我们笑起来，莫明其妙地。我们只管走，没有理他，而他却跟着我们来了。我偶一回头去，他又向我笑，还要说话的样子。我始终没有理，快走了两步，走进屋里来。奇怪，他有些什么秘密告诉我呢？在上海这种人多有，其目的总是路费没有，向你借贷一些。"

"或者他有些知道你，你该和他招呼一下。"伟一边翻着一本旧《大代数学》，一边说。

"怎样的一个人呢？"清无心的问。佑答："蓝布衫，身矮，四十岁左右，似乡下人，似靠不住的乡下人！"

没有等他说完，楼下却送上女子的娇脆的唤声来了："朱先生！朱先生！"

"什么？"伟问，随将他的头伸出窗外。他就看见蓝布衫的乡人走进屋子里来。女子在楼下说："一位拜望朱先生的客人上楼来了。"而伟回头向窗内说："奇怪的人却跟你到这里来呢！"

可是朱胜瑀还一动不曾动简直不是他的客人一样。一边是走梯的声响，一边是咕噜的自语："真不容易找呵，梯也格外长，狭。——这边么？"

前个奇怪的佑，这时真有些奇怪，他窘着开了门去迎他进来。

他是一个身材短小，脸圆，微有皱，下巴剃的很光的乡人。

他常说常笑，还常笑着说，说着笑的。任什么时候，他都发同样高度的声音，就是跑到病室和法庭，他也不会减轻一些。而且也不想一想，他所说的话究竟有什么意思没有。总之，他什么都不管，短处也就很多了：——废话，静默的人讨厌他，即多嘴的妇人也讨厌他。而且爱管闲事，为了小便宜，常爱管闲事。虽讨过几次的没趣，被人骂他贪吃，贪东西，甚至要打他，但他还是不自觉的。在他是无所谓改过与修养。因此，现在一进门，话又开始了："唉，满房是客，星期日么？李子清先生也在，你是长久没有见过面了，还是前年，再前年见了的。今天是星期日么？朱先生还睡着，为什么还睡着？听说身体不好，不好么？又是什么病呢？受了寒罢？这几天突然冷，秋真来的快。我没有多带衣服来，昨夜逛屋顶花园，真抖的要命。喝了两杯酒，更觉得冷，硬被朋友拉去的。不到十一点也就回来了。我不愿费钱在这种地方。昨夜游客很少，为了冷的缘故罢？上海人也太怕冷了，现在还是七月廿外。不过容易受寒，朱先生恐怕受寒了吗？苦楚，他是时常有病的！"

他哪里有说完的时候。他一边说，一边在房中打旋，看完了个个青年的脸孔，也对着个个脸孔说话。这时清忍不住了，再三请他坐，于是打断他的话。他坐下桌的一边，还是说："不要客气，不要客气。"不到一分钟，又继续说道："朱先生患什么病？看过医生么？不长久？药吃么？就是生一天病，第二天也还该补吃药。朱先生太用功了，乡里谁都称赞他用功，身体就用功坏了。身体一坏，真是苦楚，尤其是青年人！——这位先生似身体很好？"

他还是没有说完，竟连问句也不要别人回答。只眼不住地向大家乱转，又偷看房的四角。清有些讨厌了，于是一到这"好"字，就止住他解释道："瑀哥没有什么病，不过有几分不舒服。"一边又丢眼给伟道，"请你去泡一壶茶罢。"

伟起立，来客坚执地说，"不要去泡，我是喝了很多来的，不要去泡。"清说，"我也口干的很，虽则没有多说话。"来客无法了。

伟向桌上拿去一只白瓷的碎了盖的大茶壶，一边吹了灰，似有半年没有用过它。方翼说"我去泡"，他说"不要"，就下楼去了。

来客接着又问，可是这回的语气，却比前慢一些了。或者因他推演他的三段论法，"不舒服？为什么不舒服呢？不舒服就是病，身子好，还有什么不舒服呢？"

这时候在床边作半坐势的钱之佑却说道："心不舒服。"心字说的很响，或者也因来客的眼睛，常圆溜溜的盯住他的缘故。

于是来客静默了一息，房内也随之静默了一息。来客是思索什么辩护，但辩护终究思索不出来。他却转了说话的方向对钱之佑说："这位先生，我很有些面熟；但现在竟连尊姓大名也记不起了。"

"有些面熟么？"佑问。

"有些面熟，是不是同乡？口音又像不是？"

"哪里不是。"

"是么？"来客的语吻似乎胜利了，"所以面熟。"他接着说。

"面熟呢，或者未必，"佑窘迫而讥笑地说，"但同乡是一定的；我脸黄色，你脸也黄色，哈。"

清和翼也似乎好笑起来，但忍止住。因此，来客也不自然地无言了。

　　瑀始终不曾动,似乎连呼吸都没有了。但静听着谈话,谈话如无聊的夜雨般落到他的心上来,他将如何地烦恼,如何地伤感呵!他想一心用到他自己的幻想上去,"造我自己的楼阁罢!"但未失去他两耳的注意力时,耳膜怎样也还在鼓动着。"讨厌的一群!"他快要暴发了,不过终怂恿不起力来。他还是无法可想,如死地睡着,沙漠上的睡着。

　　房内平静不到十分钟。清想:"这样给多言的来客太不好意思了。敷衍,当敷衍的时候。"因此,他问了:"王家叔,你什么时候到上海的?为什么生意?"

　　"到了已经三天,"来客倒没精打采起来,"也不为什么买卖,纯来玩一趟。上海有一年多没有来了,想看看大马路有什么改变没有,新世界有什么新把戏没有?还有……"

　　他似还要往下说;伟回来了,把茶壶放在桌上。一边说:"茶叶想买包龙井,足足多跑了三里路。"一边喘着气的拿了两只茶杯,茶杯也罩上一厚层的灰,洗了,倒出两杯淡绿色的热茶来,一杯放在来客的桌边,递一杯给清,"请你喝",清也就接过去。来客似不知所措,于是清说:"喝茶罢,方才也还没有说完。"他自己喝了一口,来客也捧起喝了一口,他已忘了"喝了很多"的话,只是说:"是呀,没有说完。"一边又喝了一口,接着说,"我来的时候,朱先生的娘托我来看看朱先生,朱先生是很久没有写信到家里了。还有……"一边又喝了一口茶:"还有什么?"清问。

　　"还有谢家的事,他娘是叫我问问朱先生,那边时常来催促,朱先生究竟什么意思?"息一息,似扫兴一般,又说,"现在呢,朱先生的心不舒服，也没有什么话好说了。"

而伟偏滑稽的说："你说罢，不妨，他娘有什么意思？"

"意思呢，老人家总是这么，怕还有不爱她儿子的地方？"来客的喉又慢慢地圆滑起来，"谢家的姑娘是很长大了，她实在是一位难得的姑娘；貌好而且贤惠。她整天坐在房内，从不轻易的跑出大门外一步。祠庙里的夜戏，已经许多年没有去看了。人们想看一看她也万难。她曾说了一句话，惊倒我们乡村里的前辈先生什么似的；谁不称赞她？她说的有理极了！她说，'女子是属阴的，太阳是阳之主人，女子不该在太阳之下出头露面。'谁有这样的聪明？因此，她自己也就苦煞了。连她的衣服也只晒在北面的墙角，或走过了阳光的廊下。现在，她终日坐在房内做女红。她什么都会，缝，剪，刺，绣，哪一样不比人强？说到读书呢，会写会画，画起荷花来，竟使人疑作池里长出来的。《诗经》也全部会背诵的，哼，她虽没有进过学校，可是进过学校的人，有谁能比得她上呢？"

他喘了一口气，一边又喝了一口茶，接着说："也无用我来称赞她了，村前村后，谁不知道她是一位难得的姑娘？这也是因缘前生注定。现在，她年纪大了，不能不出阁了。虽则外貌看看还只有十八九岁模样，实在，女子到了廿二三岁，是不能不结婚了。她的父母几次叫我到朱先生的娘的跟前催促，他娘当然是说好的，但说朱先生不愿意，要想再缓几年；哪里再有几年好缓呢？朱先生的娘说，她要早把瑀的婚事办好，再办他的弟弟的璘婚事了。他娘说，她今年已经六十岁，哪里还有一个六十岁呢？以前倒也还算康健的，近一年来，身体大差远了，——背常要酸，眼也会凭空地流出眼泪来，夜里不能久坐，吃过中饭非睡一觉不可。因此，她更想早娶进玛的妻来，也好帮帮她的忙。这次，特意叫我来问问朱先生的意思，否则，十二月有很好的日子。——而现在……朱先生的心不舒服，也没有什么好商量了。"

他说完，似败兴一般，而且勉强地做了微笑。

个个人呆呆地听着。用难受的意识，沉思地听他一段一段的叙述，——女的才，老母的苦楚，谁都闷闷地不能忍受。但谁也没有说一句话。

玛呢，也听的清楚了。以前是气愤，想他的代定妻，简直不是一个人！老古董，陈旧的废物！来客愈夸张，他愈憎恨！但以后，无声之泪，竟一颗一颗地渗透出来，沿着耳边潜湿在他的枕上。

太阳淡黄色，大块的秋云如鲸一样在天空游过。因此，房内的阳光，一时漏进来，一时又退回去。

玛微微转了转身，似乎他的身子陷在极柔软的棉堆里一样。他想开口向来客说几句，可是他的心制止他的口："闭住！闭住！闭住！"而泪更厉害地涌出来。

清这时坐在床边，他觉察玛在流泪了。他想提出问题来解决，否则也应当和平地讨论一下，这是他的义务，总不可闷在肚子里。但无论怎样，说不出话来，"说什么好呢？""玛会不会赌气？"于是他只好低头。看看伟，伟也是如此，用眼看住他自己的胸膛。

房内一时沉寂到可怕的地步。

来客虽爱说话，但坐在这一班不爱说话的青年中，他也不好说话起来。他像什么也不得要领，又不能自己作主地。他偷看各人的脸上，都浮着一种不能描摹的愁思，——远而深的愁思，各种成分复杂的愁思,他更难以为情起来了。清脸清白,伟也黄瘦,瑀,他访谒的目的物,因一转身,略略的窥得半面,更憔悴的不堪!他想,"究竟有什么心事呢?"如此岑寂的延长,将拉他到苦楚之门阈,他不能忍受。有时,他拖上一句,"这房是几块钱一月的房租?"或凑上一句,"这么贵吗?"但回答不是冷淡的"是",就是简慢的"非"。他再也无法可想,除非木鸡似的坐着。

忽然,他想,"还是走罢"。一边,立起来,理由是"恐怕好吃中饭了"。实在,时候还很早。翼看了一看他的表,长短针正重叠在十点。但他们也没有留他,只随着立起来听他说:"我要回到旅馆里去。还想趁下午四点钟这班轮船回家。要买些东西,邻舍托我的,各种零碎的东西。关于婚事,望你们几位向朱先生说说,他应当顺从他娘的苦心。可寄信到家里,十二月有好日子。我不能多陪了,心不舒服,还要保养,请医生吃几帖药。"

两脚动了,许多脚也都在地板上动起来。瑀是死心塌地的一动不曾动。来客又奇怪的看了一看他的被,有意说:"朱先生睡着不醒呢!我也不向他问好了。"一边就走出门外。"留步,留步",他向清等说,但他们还是送出门,似送晦气出去一样。一边,他们又回复了原有的布局。

第三　反哲学论文

这时,在瑀的脑内,似比前爽朗一些;好像不洁的污垢,都被那位多嘴的乡人带去了。但杂乱的刺激会不会再来,只有等待以后的经验才知道。现在,在他自己以为,凭着清明的天气说话,他很能认得清楚。因此,当朋友们布好第三幕的剧景时,他开口说话:"你们离开我罢!现在正是各人回到各人自己的位子上去做事的时候了。"

声音破碎,语句也不甚用力。清听了,似寻得什么东西似的,问道:"你能够起来么?"

"不,让我独自罢!"

"为什么?"

"还是你们离开了我!"

"你不能这样睡,你也知道不能这样睡的理由么?"

"我无力地在床上辗转,假如四周没有一个人伴着我,任我独自睡一个痛快,一天,二天,或三天也好,不会永久睡去的,你们放心——。让我独自的睡罢!"

语气悲凉,说时也没有转他的眼睛。清说:"瑀哥,不对罢?当一个人不能在床上睡着的时候,'空想'这件无赖的东西,就要乘机来袭击了!空想占领了你有什么益处呢?无非使你的神经更衰弱,使你实际的步骤更紊乱罢了。"

他也似伴着死人忏悔似的。瑀苦笑一下说:"你不必代我辩护,世界对我,已变做一张黑皮的空棺,我将厌恶地被放进去就完了。现在呢,你也该知道,睡是死的兄弟啊!"

"这是小孩子说的,实在是一句陈腐的话,瑀哥!"

"还是一样,请你们离开我罢。"

"怎么离法呢?"

"好似棺已放下了泥土以后一般的走开了。"

个个的心很伤感,房内一时又无声音。几分钟,伟说:"我实在不知道你这几天来的欲望是怎么样?不过,你不能跑出我们的队伍以外。你也该用修养的功夫,来管束你自己的任性一下。世界的脸色已经变换了,未来的社会是需要人们的力量,宝贵的理想,隐现于未来的天国里,你是有知识的,我们将怎样去实现它?"

"请不要说罢!请不要说罢!你的大题目将窒死我了!我是一个幼稚的人,我自认是一个幼稚的人!我的眼前已不能解决了,在我已没有论理和原则,请你不要说罢!"

"什么是眼前不能解决的呢?"清问。

"债与性欲吗?"伟愤怒地答。

"不要去解决就是咯,"清说,"就是婚姻,也不值得我们怎样去注意的。我们只要做去,努力向前做去,'不解决'自然会给我们解决的。"

"好罢!你们的哲学我早明白了。人与人无用关心的太厉害。"

"我们看着你跑进感情的迷途里去么?"

清几乎哭一样。房内一时又只有凄楚。

什么似不能宣泄一般。空气也死了,僵了,凝固了,一块块的了。几人各管领着他们自己的眼前,他们是悲伤的,愤怒的,郁结的,气闷的,复杂的;科学不能用来分析,公理不能用来应用的时候,这是怎样的一个时候呵!

而伟却似火引着似的说:"不必再空谈了,瑀,起来罢!太阳跑到天中来,是报告人们到了午餐的时候。下午,去找一块地方玩一趟,你喜欢什么地方玩啊?问题是跟着生活来的,我们只好生活着去解决问题,不能为问题连生活都不要了。"

"盲目地生活,浸在生活的苦汁里吸取苦汁,我自己想想有些怀疑起来了,有些怀疑起来了。"

"怀疑有什么用呢?"伟说。

"怀疑之后是憎恨。"

"憎恨又有什么用呢?"清问。

"是呵,我知道自己还是不能不活下去!还是不能不活下去!可是我的思想是如此,有什么方法呢?所以请你们离开我,让我独自罢!"

"但是我们不走,仍可与你决断!"伟说。

"瑀哥,我们是幸福了么?你眼前的我们,竟个个如笨驴,生命受着鞭挞而不自觉的么?"清说。

"我们也有苦痛呵,"翼说,"但我们还连睡也睡不安稳呵!"

"好,请你们制止罢!"

停一息,又说,并转了一身,语气极凄凉的:"我也知道你们对于我的友谊了!假如你们一定要我的供状,那我不得不做一篇反哲学论文来宣读。"

没有说下去,又停止了。

他们倒又吃一惊，简直摸不着头脑。时候将近中午，阳光也全退出他们的窗外。接着，又听瑀说："我所以要请求你们离开我，就想减轻我的苦痛。我本怀疑我自己的生活，这因我的思想无聊，无法可想的！每天早晨，我向自己问，你为什么要穿起这件灰色的布衫呢？天不使你发抖，你又不爱穿它，你为什么不赤裸裸地向外边去跑呢？警察要揪住你，你可不必管，总之，我一些勇气也没有。这并不是因布的不爱它，实在觉得穿这样的衣服是没有意义！对于住，我也一样，一样憎恨它，我憎恨这座地狱！床对我已变做冷冰冰的死土，但我总还要睡在它上面，我多么苦痛。我有我自己的大自然的床，我可以每夜在星光的眼中眠着，我多么快乐呀！我已成了我自己错误的俘虏了，我无法可想。我也不愿食，胃对于我似讨厌的儿子对于穷苦的母亲一般。受累呀，快给他杀死罢！但我一边这样喊，一边还是吃，食物到口边，就往喉下送，不管咸酸苦辣。有时我更成为一个贪吃的人，比什么人都吃的快，比什么人都吃的多，抢着吃，非吃不可，虽则自己在诅咒，还是非吃不可。一等到吃完了，吃好了，那就心灰意冷，好似打败仗的兵士一般。自己丧气，自己怨恨自己了！我真矛盾的厉害，我真矛盾的不可思议呀！"

　　说到这里，他停了一息，朋友们是个个屏息听着。他似良心压迫他说，非如此说完不可。但愈说脸愈苍白，虽有时勉强地苦笑了一声。神色颓唐，两眼眨眨地望到窗外。

　　"在昨夜吃酒的时候，我本来已失了快乐之神的欢颜的光顾。不知什么缘故，我是觉到一点兴趣也没有。你们是喝着，说着，笑着；而我却总是厌恶，烦乱，憎恨！我只有满杯地喝自己的清酒，我只有自己沉默地想着。同时，你们的举动、你们的人格,却被我看得一文不值了!"以后他更说重起来。"你们的人格是光明灿烂的,神圣不可侵犯的,而我却看做和生了梅毒被人拷打的下流妓女一样,和在街头向他的敌人作无谓的诟笑的小人一样,和饿毙而腐烂的乞丐一样!唉!我怎么丑化你们到如此!你们的身体,纯洁英隽的,春花秋月一般的,前途负有怎样重大的使命的;而我却比作活动的死尸!饿鹰不愿吃它的肠,贪狼不愿吃它的肉!唉,该死的我,不知为什么,将你们腐化到这样!没智慧,没勇敢,向自私自利顺流,随着社会的粪土而追逐,一个投机的动物,惯于取巧而自贪荣誉的动物。唉,我何苦要告诉你们呢?我何苦要向你们陈说呢?你们不愿意听么?真诚的朋友们,请你们勿责,请你们勿怒!我还有我自己对于自己!我伤心呀,我流泪呀,我痛彻心髓而不渝了!粉碎了我的骸骨,磨烂了我的肌肤,我还有未尽的余恨!孑孓也可爱,蝌蚪也可贵,我竟远不如孑孓与蝌蚪了!痛心呵,我又何用尽述呢?给你们以悲哀,给你们以苦痛,真诚的朋友们,请恕我罢!万请恕我罢!恕我这在人间误谬的动物,恕我这在人间不会长久的动物!"喘了一口气,又说,"因此,我掷碎了酒杯,我走了!现在,你们在我身边,我的苦痛将如野火一般燃烧,我的憎恨将如洪水一般泛滥!我是一个极弱极可怜的东西,如黑夜暴风雨中跄踉于深山丛谷内!唉,我失掉了驾御自己的力量,感情夺去了我理智的主旨,不,还是意志侵占了我冲动的领域罢!因为自己愿意这样做,自己愿意变做一滴醋,牛乳放到唇边也会凝固了。什么一到我身边,就成了一件余剩的东西;所以人间的美丽与幸福,在我已经是例外呀,我的末日,我的未为上帝所握过的手,我将如何来结算呢?"语气呜咽,竟说不上来。一时,又说,"现在,朋友们,请离开我罢!请永远离开我罢!负着你们的使命,到你们的努力道上去,保重你们的身体,发扬你们的人格,向未来的世界去冲锋罢!莫在我身前了,你们的身体在我前面,你们的精神就重重加我以苦痛,要拉我到无底的地狱中去一样!真诚的朋友们,你们爱我的,让我独自罢,以后请勿再见了!我内心有万恶的魔鬼,这魔鬼使我牺牲与灾难。因此,我不能在光天化日下行走,我不能在大庭广众前说话,更不能在可敬可爱的人们眼前出现了!我将永不回家,我将到荒僻的沙漠上去,我决意到人迹很少的沙漠上去生活。亲爱的朋友们,这是我的反哲学论文,也是我对你们的最后的供状。还要我怎样说呢?你们竟一动也不动么?唉!唉……"

他说完,长叹了一声。

四位朋友,没一个不受惊吓,脸色青了,白了。他们的两眼的四周含着红色的润,在润中隐荡着无限的汹涌的泪涛哟!清全身颤动,以后,嗫嚅的说,"瑀哥,你……究竟为什么这样说呢?"一边几乎滴下泪来。瑀说,"这样想,就这样说。""你不想不可以么?这种胡思乱想,对你好像是强盗。"翼说。

"不,比强盗还凶!"佑悲哀的加上一句。瑀说:"你们何苦要压迫我?"

伟说,"谁压迫你?谁还有力量压迫你!不过你既不能立刻就毁灭掉你自己,又不能遂愿毁灭了你所憎恨的社会,什么沙漠,荒僻的沙漠,在这篇反哲学论文中间,究竟有什么意思呢?"

"你听着我此后的消息便是了。"瑀冷冷地。清急向伟轻说:"辩他做什么?"一边向瑀说:"我无论如何不能离开你。"

"你又为什么呢?压迫么?"瑀微笑地。

"你是我二十年来的朋友,从小时一会走,就牵着手走起的。"

"那我死了呢?"

"这是最后的话。"

"当我死了就是咯!瑀死了,葬了!"

"不能,没有死了怎么好当他死了呢?肚饿好当吃饱么?"

"不当就是。你自己说过,'辩他做什么?'"

房里一时又无声。

太阳渐渐西去了,他们的窗外很有一种憔悴的萎黄色的昼后景象。他们个个很急迫似的。虽则伟,他已经决定了,还是暂时的回避他,使他尽量地去发展他自己,就是杀人也有理由。佑和翼呢,是介乎同情与反感之间,捉摸不到他们自己的主旨。对眼前似将死的朋友,也拿不出决定来。而清呢,一味小弟弟的模样,似在四无人迹的荒野,暮风冷冷地吹来,阳光带去了白昼的尊严,夜色也将如黑脸一般来作祟;他怎样也不能离开,紧拖着他哥哥的衣襟似的。

独瑀这时的心理,反更觉得宽慰一些了。吐尽了他胸中的郁积与块垒,似消退了几层云翳的春天一样。他静听着朋友们谁都被缠绕着一种无声的烦恼,这是他所施给他们的,他很明白了。所以他勉强笑了一声,眼看了一看他们,说:"你们何苦要烦恼?老实说罢,前面我说的这些话,都是些呓语。呓语,也值得人们去注意么?我的人生已成了梦,我现在的一切话,都成了呓语了。你们何苦要为这些呓语而烦恼呢?"

停一息,又说:"我还要向你们直陈我辞退 C 社书记的职的理由:我生活,我是立在地球上生活,用我的力去换取衣食住,谁不能赐与的。但我却为了十几元一月的生活费，无形地生活于某一人的翼下了；因他的赐与，我才得生活着！依他人的意旨做自己所不愿意做的事以外，还要加我以无聊。我说，'先生，这样可以算罢？'他说，'重抄，脱落的字太多了！'因此，我不愿干了。现在我很明白，社会是怎样的一个怪物！它是残暴与专横的辗转，黑暗与堕落的代替，敷衍与苟且的轮流，一批过去，一批接着；受完了命令，再去命令别人。总之，也无用多说，将生命来廉价拍卖，我反抗了！"

接着又摇头重说了一句："将生命来廉价拍卖，我反抗了！"

他的眼又涌上了泪，但立刻自己收住了。一息，又说："也不必再谈别的了，太阳已西，你们还是去吃中饭罢！"

清才微笑地说："我的肚子被你的话装的够饱了，——你们饿么？"一边转眼问他们。

"不"，伟说。

"也不"，翼答。

"我也不"，佑答。

于是玛又说："你们也忘记了社会共同所遵守而进行的轨道了么？吃饭的时候吃饭，睡觉的时候睡觉，用得到许多个不字？"一边他又想睡去。

清立刻又问："你也想吃一点东西么？"

"不必讨我的'不'字了。"玛说着，一边掀直他的棉被。

这时伟说，一边立了起来："我们去罢！让他睡，让他独自静静地睡。"

"是呀，你们去罢，给我一个自由。我很想找到一个机会，认识认识自己，认识到十分清楚。现在正有了机会了。"一边转身向床内。

"瑀哥……"清叫。

"我们走罢。"伟又催促的。

于是各人将不自由的身子转了方向：伟首先，佑第二，翼第三，清最末，他们排着队走下楼去。

第四　空虚的填补

他们去了，缓滞的脚步声，一步步远了。

他睡在床上，一动没有动，只微微地闭着两眼。一时眼开了，他又茫无头绪。他好像愿意到什么地方去受裁判，虽则过去的行动和谈话，他已完全忘记了，但未来总有几分挂念，他将怎样呢？他坐起，头是昏昏的；什么他都厌弃，他也感到凄凉了。好似寂寞是重重地施展开它的威力，重重地高压在他的肩上。窗外，楼前，楼下，都没有一些活动，他又觉得胆怯了。他起来，无力地立在房中，一种淡冷的空气裹着他，他周身微微震颤了。他的心似被置在辽远的天边，天边层层灰暗的。他在房内打了一个旋，他面窗立着，两颗深陷的眼球一瞬也不瞬。但窗外如深山的空谷，树林摇着尖瘦的阴风，雨意就在眼前了。他又畏吓了，重仰睡倒在床上。他静听他自己的心脏跳动的很厉害，他用两手去压住他的心胸，口齿咬得紧紧的，他好像要鼓起勇敢来，但什么都没有力气。他又微微地闭起眼，一边，周身浸透出冷汗来。呼吸又紧迫的，他叫了："唉！我怎会脆弱到这个地步！我简直不如一个婴儿了！我要怕，我心跳，母亲呀，你赋给我的勇敢到哪里去了？"

一边流出一颗泪，落在被上。

这时他想起他家乡的母亲，——一位头发斑白了的老妇人，偻着背,勤苦地渡着她日常细屑的生活。她嚼着菜根,穿着粗布的补厚的衣服,她不乱费一个钱,且不费一个钱在她自己的身上;她只一文一文的贮蓄着,还了债,并想法她两个儿子的婚姻。她天天挂念着他,希望他身健,希望他努力,希望他顺流的上进,驯服地向社会做事,赚得钱来。就不赚钱也可以,只要他快活地过去,上了轨道的过去,为了盲目的未来而祈求吉利地过去;不可乱想,不可奢望,不可烦恼而反抗的,这是她素所知道她儿子的,她常切戒他。但他却正因这些而烦恼了,苦闷了,甚至诅咒了。他气愤人类的盲目,气愤他母亲的盲目;一边她自己欺骗过她自己的一生,一边又欺骗别人来依她一样做去。这时,他竟将最关心切爱的老母,也当作他的敌人之一了!他觉得没有母亲,或者还要自由一些,奔放一些,任凭你自杀和杀人,任凭你跑到天涯和地角去,谁关心?谁爱念?但现在,他以过去的经验来说,他无形中受着母亲的软禁了!他想到这里,好似要裂碎他的五脏,他叫道:"母亲呀,你被运命卖做一世的奴隶了!你也愿你的儿子继续地被运命卖做一世的奴隶么?"

他叫着母亲,又叫着运命,——他低泣了!

这样几分钟,他忽然醒悟的自说:"我为什么悲哀?我为什么愁苦?哼,我真成了一个婴儿了!我没有母亲,我也没有运命,我正要估计自己的人生,抛弃了一切!我没有母亲,我只有自己的肉和血;我也没有运命,只有自己的理想与火!我岂为运命叹息?我岂为母亲流泪?哼,我要估计自己的人生,将抛弃一切!我得救了,我勇敢了,在这样的灰色的天和灰色的地间,并在灰色的房内,正要显现出我的自己来!"

他勇敢了,内心似增加一种火,一种热力。一边他深深地吐出一口气，一边将床上的棉被完全掀开。两手两脚伸得很直，如死一般的仰卧在床上。——这样经过许久。

太阳西斜了，光射到他窗外一家黄色的屋顶上，反射出星眼的斑点来。而他的房内更显示的黝黯了。

正在这个时候，突然有人推进他的房门。他一惊，以为朋友又来吵扰他。随转他的头仔细一看，是一个二十岁左右的姑娘，他房东的女儿，名叫阿珠。

"阿珠，做什么？"他立刻问，眼中射出幽闪的光。

这位姑娘，仔细而奇怪地看着他，好像不敢走近他，立在门边。于是他更奇怪，随即又问："阿珠，你做什么？"

这才她慢慢的娇脆的说，手里带着一封信和两盒饼干，走近他："朱先生，有人送信和饼干来。"

"谁啊？"

"我不知道，有信。"

"人呢？"

"人在楼下，请你给他一张回字。"

一边笑眯眯的将信和饼干放在他身边的桌上。

他就拿去信，一看，上写着："信内附洋五元送 S 字路 M 二里十七号朱胜瑀先生收清缄即日下午。"

一边就将信掷在床边，眼仍瞧着天花板。

但阿珠着急了，眼奇怪地注视着他苍白的脸上，说："为什么不拆信呢？他说信内夹着一张钞票，等着要回字的。"

"谁要这钞票！"

"你！"

"呀"，他才瞧了她一眼，苦笑的，重拾了信，拆了。他抽出一张绿色的信笺和一张五元的钞票,但连看也没有看,又放在枕边了。一边他说:"请你同来人说一声,收到就是了。"

"他一定要回字的。"

"我不愿写字。"

"那末写'收到'两字好了。人家东西送给你,你怎样连收到的回条都不愿写?你真马虎。"

"好罢,请你不要教诫我。"

语气有几分和婉的。同时就向桌下取了一张纸,并一支铅笔,手颤抖地写道:"钱物均收到。我身请清勿如此相爱为幸。"

笔迹了草,她在旁竟"哈"的一声笑出来。

他随手递给她:"阿珠,请你发付他!"

她拿去了,微笑的跑到门口向楼下叫:"客人,你上来。"

接着,就是来客走梯的声音,但玛蹙眉说:"你给他就是,不要叫到我的房内来。"一边想:"怎么有这样的女子?"

于是女子就在门口交给他回字,来客也就下楼去了。

阿珠还是不走,留在他床边,给他微笑的,狐疑而又愉快似的。一时,她更俯近头说道:"朱先生,你为什么啊?你竟连信也没有看,你不愿看它么?"

"是。"他勉强说了一字。

"你知道信内写些什么呢?"

"总是些无聊的话。"

"骂你么?"

"倒并不是,不过没怎样差别。"

"你应当看它一下,别人是有心的。"

一边就将这信拿去,颠倒看了看。

"请你给我罢。"

她就将这信递给他,他接受了,但仍旧没有展开,只将四分之一所折着的一角,他默念了:"这是自然的法则,我说不出别的有力量的话,今夜当不到你这里来,且头痛不堪,不知什么可笑,此亦奇事之一,而令人不能梦想者也。"

他一字一字的念了三行,也就没有再念了,又将它抛在床边。

女子不能不惊骇,她看瑀这种动作,似极疲倦似的,于是问道:"朱先生,你有病么?"

"什么病啊?

"我问你有病么?"

"我不知道。"

"你为什么这样呢?"

"怎样?"

"懒,脸色青白。"

"呀,"一边心想:"这女子发痴了,为什么来缠着我呢?"

想至此,他微微换了另一样的心。虽则这心于他有利呢,还有害?无人知道。可是那种强烈的冷酷,至此变出别的颜色来。

"阿珠,你为什么立在这里?"

"我没有事。"

"想吃饼干么?"

"笑话。"

"你拿去一盒罢。"

"不要。"但接着问:"是哪位朋友送你的?"

"你问这个做什么?"

"我想知道。"

"拿去吃就是咯。"

"不要吃。"

"那说他做什么?"

他的心头更加跳动起来。两眼瞪在阿珠的脸上,火一般地。而阿珠却正低头视着地板,似思索什么。

这样两分钟,她又问了:"朱先生,你为什么常是睡?"

"精神不快活。"

"我看你一天没有吃东西?"

"是的。"

"不想买什么东西么?"

"不想。"

"肚子竟不饿么?"

"饿也没有办法。"

"哈",她笑了。

"什么?"他瞧了她一眼。

"饿当然可以买东西。"

"什么呢?"

"当然是你所喜欢的。"

"我没有喜欢的东西。"

"一样都没有?"

"好,给我去买罢。"

"买什么呢?"

"一瓶膏粱!"

"膏粱?"她声音提高了。

"是呀,我所喜欢的。"

"还要别的东西么?"

"不要。"

"专喝膏粱么?"

"你已经许我去买了。"

"钱?"

"这个拿去。"

随将五元的钞票交给她。

她一时还是呆立着,手接了这五元的钞票,反翻玩弄着。她似思索,但什么也思索不出来。终于一笑,动了她的腰,往房外跑下楼去。

他留睡在床上,还是一动不动地眼望着天花板。

第五 小 诱

原来他的二房东是一位寡妇,年纪约四十左右,就是阿珠的母亲。她有古怪的脾气,行动也不可捉摸,人们很难观察她的地位是怎样,职业是什么。她身矮,脸皮黑瘦,好像一个病鬼。但她却天天涂上铅粉,很厚很厚的。她残缺的牙齿,被烟毒熏染的漆黑,和人讲起话来,竟吐出浓厚的烟臭;但香烟还继续地不离了口。眼睛常是横瞧,有时竟将眼珠藏的很少,使眼白的部分完全露出来,——这一定在发怒了。衣服也穿的异样,发光的颜色,很蓝很黄的都有。她大概每星期总要打扮一次,身上穿起引人注目的衣服,涂着铅粉的脸,这时更抹上两大块胭脂,在眼到耳的两颊上。满身洒的香香的,袅袅婷婷的出去了,但不知道她究为何事。大部分的时间她总在家里,似乎发怒的回数很多。常是怒容满面,对她的女儿说话也使气狠声。但也有快乐的时候,装出满脸的狞笑来,一摇一摆的走到玛的面前,告诉说,用着发笑的事实来点缀起不清楚的语音,吞吞吐吐的腔花,有时竟使玛听得很难受。她会诉说她自己的心事,——丈夫死了,死了长久了,这是悲痛的!她留在人间独自,父母兄弟都没有,女儿又心气强硬的,不肯听她的使唤。因此,她似乎对于人生是诅咒的。但不,她眼前的世界仍使她乐观,仍使她快活地过活;因为有一部分的男人看重她,用他们不完全的手来保护她生活下去。她也会诉说关于她女儿的秘密，用过敏的神经，说她有了情人了，情人是一个年轻裁缝匠，钱赚的很大的，比起朱先生来，要多三四倍。但她最恨裁缝匠，裁缝匠是最没良心，她自己也上过裁缝匠的当的，在年轻的时候。可是现在她很能识别出人来，谁好谁坏；但裁缝匠是没有一个坏中之好的。因此，她看管她的女儿更厉害，周密严厉，防她或者要同她情人私自逃奔的缘故。

"朱先生，这种事情在上海是天天有发生的。"有时她竟这样说了一句。

"不会的，阿珠不过浪漫一些，人是很好的，她决不会抛弃孤独无依的母亲。"瑀却总是这么正经地答。

"天下的人心，哪里个个能像朱先生一样诚实啊！"

结果，她常常这样称夸他。

实在，她的女儿是一个怪物；或者有母亲这样的因，不得不有女儿那样的果。不过阿珠还是一无所知呵！

阿珠，是一个身躯发育很结实的强壮的女子。面圆，白，臂膀两腿都粗大；眼媚，有强光，唇红，齿白；外貌是和她母亲正相反。她常不梳头，头发蓬到两眉与肩上。脸不涂粉，但也不穿袜，常是拖着一双皮拖鞋，跑来跑去。她从没有做工作的时候，一息在弄堂里和人谩骂，开玩笑，一息又会在楼上独自呜呜地哭。

她们母女二人，前者的房在前楼，后者的房在后楼，相隔一层孔隙很大的板壁。所以每当夜半或午后，二人常是一人骂，一人应；一人喊，一人哭。有时来了许多客，不知是怎样的人。说他们是工人呢，衣服实在怪时髦，态度实在太活动的；说他们是富贵子弟呢，言语实在太粗鄙，举动实在太肉麻。或者是裁缝匠一流，但裁缝匠是这位妇人最不喜欢的。他们常大说大笑，在她母女二人的房内，叫人听的作呕。这样胡闹，甚至会闹的很久很久。

有时在傍晚，天气稍热一些。于是这位妇人，穿起一套很稀疏的夏布衫裤，其每个布孔，都可以透出一块皮肉来卖给人看。她却伸直着两腿，仰卧在天井里的藤眠椅上，一边大吞吐其香烟，烟气腾腾地。瑀或走过她，她就立刻装出狞笑，叫一声"先生！"声音是迟钝而黏涩的，听来很不自然。这时的女儿呢？却穿起了全身粉红色的华丝葛的衫裙，还配上同样颜色的丝袜，一双白色的高底皮鞋，装扮的很像一位少奶奶。皮肤也傅粉的更柔滑起来，浓香郁郁的，真是妖艳非常。这时，态度也两样了，和往日的蓬头赤足的浪漫女子，几乎两个人模样。走起路来，也有昂然的姿势，皮鞋声滴滴地，胸乳也特别地挺。假如遇见了瑀，也用骄傲妒忌的横眼，横了他一眼，好像看他不屑在她的屋内打旋一般。这样，她总要到外边去了，在门口喊着黄包车，声音很重很娇地，做着价，去了。这样，至少也要到夜半，极深极深的夜半才回来。

瑀在这个环境之内，当初是十二分地感受到不舒服。他是旧历三月半搬到这里，第一个月的房租付清了后，他就想搬出去；但一时找不到房子，于是就住着了。不料第二个月，因小病的缘故，竟将房租拖欠到端午，——照例是先付房租，后住屋的。——到第三个月，房租完全付不出了。一边，也因这房租比任何处便宜；何况这位大量的妇人，对他的欠租不甚讨的厉害。因此，一住住下，也就不以为怪了。以后，他对她们，更抱着一种心理，所谓"这样也有趣"。横是没有什么大关系，用冷眼看着她们的行动，有什么？"我住我的房，她们行她们所好。"以后他这样想，所以他每次出入总是微笑的对她们点一个头，她们来告诉他话，他也随随便便地听过了。但阿珠，对于这位住客，始终没有敬礼。这回，不知什么缘故，会到他身前来献殷诚，卖妖媚了。

大概十五分钟，阿珠买酒回来。她梯走的很快，一边推进门，喘着气；一边笑嘻嘻，将酒和找回来的钱，一把放在桌上。

"四个角子。"她随即说。

瑀仍睡着没动，也没有说，待她声音一止，房内是颤动的镇静。同时太阳已西下。

"朱先生，四个角子一瓶。"

"你放着罢。"他心头跳动。

"为什么不吃？"她问的轻一些。

"不要吃。"

"和饼干吃罢。"

"不想吃。"

"那为什么买呢？"

"我可不知道。"

"你在做梦吗？"

"是。"

这位女子很有些狼狈的样子，觉得无法可想。一息说："朱先生，我要点灯。"

一边就向桌下的板上找。瑀说，"没有灯了。"

"洋蜡烛呢？"

"亮完了。"

她一怔。又说："那末为什么不买？"

"我横是在做梦,没有亮的必要。"

"我再去代你去买罢。"

一边就向桌上拿了铜子要走。

"请不要。"瑀说。

"为什么?"

"我已很劳你了。"

他在床上动了一动,好似要起来。但她说:"笑话,何必这样客气呢!你是……"

她没有说完,停了一息,秘密似的接着说:"现在我的妈妈还没有回来,前门也关了,所以我可代你……"

她仍没有说完,就止住。瑀问:"你的妈妈哪里去了?"

他好像从梦中问出了这句话。阿珠没精打采地说:"不知道她到哪里去了。她去的地方从来不告诉我的。好像我知道了,就要跟着她去一样。而且回来的时候也没有一定,今天,怕要到夜半了。我的晚餐也不知怎样,没得吃了。她对我是一些也不想到的,只有骂。骂我这样,骂我那样,她又一些也不告诉我。常叫我没得吃晚餐。哈!"

她笑了一声,痴痴的。

这时瑀坐了起来,他觉得头很痛。看了看酒,又看了看阿珠,他自己觉得非常窘迫。用手支持着头,靠在桌上,神气颓丧地。

这样几分钟没有声音,阿珠是呆呆立着。瑀似要开口请她下楼去,而她又"哈!"的一声嗤笑起来,眼媚媚地斜头问他:"先生!我可以问你?"

"什么?"他抬头看了她一眼。

"你肯说么?"

"知道就可以说。"

"你一定知道,因为你是读书的。"

"要我说什么呢?"

"你不觉得难……?"

"什么意思?"

"不好……"

"明白说罢!"

瑀的心头,好似纺车般转动。

"我不好说,怎样说呢?"

"那要我告诉你什么?"

他的脸正经地。女的又断续的不肯放松,哀求似的:"告诉我罢!"

"什么话?"

"你,你,一定不肯说,你是知道的……"

瑀愁眉沉思的,女的又喘喘说:"我想……一个女子……苦痛……"

一边不住地假笑,终究没有说出完全的意义来。她俯着腰,将她的左手放在她的右肩上,呆呆地立着。

这时瑀却放出强光的眼色注视着她的身上,——丰满的脸,眼媚,鼻正,白的牙齿,红唇,婉润的肩,半球隆起的乳房,细腰,柔嫩的臀部和两腿,纤腻的脚。于是他脑里糊模的想:"一……个……处……女……"

她,还是怔怔的含羞的低头呆立着,她一言不发了,仅用偷视的眼,看着瑀的两脚,蓝色的袜和已破了的鞋。她的胸腔的呼吸紧迫地,血也循环的很快,两脚互相摩擦着:他觉察出来了。他牙齿咬的很坚,两拳放在桌上,气焰汹汹地。虽则他决意要将自己的心放的很中正,稳定,可是他的身子总似飘飘浮浮,已不知流到何处去。他很奇怪眼前的境象有些梦幻,恍惚,离奇,——这时太阳已西沉,房内五分灰暗了。他不能说出一句话,一句有力的话,来驱逐眼前的紧张与严肃。一派情欲之火,正燃烧着他和她两人的无言之间。

正当这个时候,却来了很急的敲大门的声响,接着是高声的喊叫:"阿珠呀!阿珠呀!开门!"

寡妇回来了,不及提防的回来了。她回来的实在有力量!

于是这位女子,不得不拔步飞跑。一边喃喃的怨:"这个老不死!"

瑀目不转睛的看阿珠跑出门外,再听脚步声很快地跑下楼梯。一边就听开门了,想象寡妇怒冲冲的走进来。

忽然,他的眸子一闪,好似黑暗立刻从天上落下。他自己吃一惊,随即恨恨地顿了一脚,叹道:"唉!我究竟在做什么?梦罢?"

一边立起身子将桌上新买来的这瓶膏粱,用力拔了木塞。一边拿一个玻璃杯子,将酒满满地倒出一杯,气愤愤地轻说一句:"好,麻醉了我的神经罢!"

就提起酒杯,将酒完全灌下喉咙里去了。

他坐下床,面对着苍茫的窗外。一时又垂下头,好像一切都失败了。于是他又立起,又倒出半杯的膏粱,仰着头喝下去。他掷杯在桌上,杯几乎碎裂,他毫不介意的。又仰卧倒在床上,痴痴的。一边又自念了:"这个引诱的世界!被奴隶拉着向恶的一面跑去的世界：好，还是先麻醉了我自己的神经罢！"

于是他又倒出半杯的膏粱，喝下去。

接着，他就没有思想和声音，似鱼潜伏在海底似的。

他眼望着窗外，一时又看着窗内。空间一圈圈地黑暗起来，似半空中有一个大魔，用着它的黑之手撒着黑之花，人间之一切都渐渐地隐藏起它们的自身来。一边，在他的眼内，什么都害怕着，微微地发颤。酒杯里的酒，左右不住地摇摆，窗格也咯咯有声了。窗边贴着一张托尔斯泰老翁的画像，——这是他唯一信仰的人，也是房内唯一的装饰了。——这时也隐隐地似要发怒，伸出他的手，将对这个可怜的青年，施严酷的训斥一般。一时，地也震动了，床与天花板，四壁，都摇动起来。身慢慢地下沉，褐色的天空将重重地压下了。冷风从窗外扑进来，凛然肃然的寒，也将一切压镇到无声，而且一时将它们带到辽远去，一时又送它们回到了就近，和他的自身成同样的不稳定。他的心窝似有一只黑熊在舐着，战跳的厉害，一缕酸苦透过它。周身紧张，血跑的如飞。他竟朦朦胧胧地睡去一般。

一忽，他又似落下大海中去了。波涛掀翻着他的身，海水向他的耳鼻中冲进去，他随着浪潮在沉浮了。一忽，他又似升到寒风凛冽的高山上，四周朦胧，森林阴寂地。一忽，他又似在荒坟垒垒的旷野中捉摸，找不到一星灯火，四周围满了奇形怪状的魍魉，它们做着歪脸向他狞笑，又伸出无数的毛大的黑手，向他募化，向他勒索，向他拖拉了！这时，他捏起一只拳头，向床上重重地一击，身体也随即跳动起来，他说："我做什么？"

随即又昂起半身，叹一声："呀，昏呀！"

骤然，他竟坐起身来。

他的眼向四周一转,半清半醒的自己说道:"我在哪里?我做着什么?这是世界!发昏的世界!我醉了?我实在没有醉!我能清楚地辨别一切:善恶;美丑;颜色,我一点不曾错误!我坐在小室中;这是夜;这是黑暗的夜。"

他模糊的说着,他有些悲酸!

他觉得他头是十分沉重,脑微微有些痛。房内漆黑的,微弱的有些掩映的灯光和星光。他想他自己是没有醉,到这时,他也不拒绝那醉了。于是他又不知不觉地伸出手去拿那瓶酒来,放到口边,仰着头喝起来,口渴一般的,只剩着全瓶五分之二的样子,他重放在桌上。一边立起,向门走了两步。他不知怎样想好,也不知怎样做好,茫茫地,不能自主。一时他向桌上拿了一本旧书,好似《圣经》。他翻了几页,黑暗与酒力又命令他停止一切活动,他还能从书中得到一些什么呢?随即放回,他想走出门去。

"我死守着这黑暗窟做什么?"

他轻轻地说了这一句,环看了一遍四壁,但什么都不见。于是他又较重的说了这一句:"快些离开罢!"

他披上了这件青灰色长衫,望了一望窗外,静静的开出门,下楼去了。

第六　墙外的幻想

　　灯光灿烂的一条马路上，人们很热闹的往来走着。他也是人们中的一人，可是感不到热闹。他觉得空气有些清冷，更因他酒后，衣单，所以身微微发抖。头还酸，口味很苦，两眉紧锁的，眼也有些模糊。他没有看清楚街上有的是什么，但还是无目的地往前走。一时他觉得肚子有些饿，要想吃点东西；但当他走到菜馆店的门口，又不想进去。好像憎恶它，有恶臭使他作呕；又似怕惧而不敢进去，堂倌挺着肚皮，板着脸孔，立在门首似门神一般。他走开了，又闻到食物的香气。红烧肉，红烧鱼的香气，可以使他的胃感到怎样的舒服。这时，他就是一汤一碟，也似乎必须了，可以温慰他的全身。但当他重又走到饭店之门外，他又不想进去。他更想，"吃碗汤面罢！"这是最低的限度，无可非议的。于是又走向面馆，面馆门首的店伙问他："先生，吃面罢？请进来。"而他又含含糊糊的，"不……"不想吃了，一边也就不自主地走过去了。他回头一看，似看它的招牌是什么。但无论招牌怎样大，他还是走过去了。

　　这样好几回，终于决定了，——肚不饿，且渐渐地饱。他决定，自己恨恨地："不吃了！不吃了！吃什么啊？为什么吃？不吃了！"

　　一息，更重地说："不能解脱这兽性遗传的束缚么？饿死也甘愿的！"

　　一面，他看看从菜饭店里走出来的人们，脸色上了酒的红，口衔着烟，昂然地，挺着他的胃；几个女人，更摆着腰部，表示她的腹里装满了许多东西。因此，他想，——这有什么特殊的意义？不过胃在做工作罢了！血般红，草般绿，墨汁般黑，石灰般白，各种颜色不同的食品，混杂地装着；还夹些酸的醋，辣的姜，甜的糖，和苦的臭的等等食料，好似垃圾桶里倒进垃圾似的。

　　"唉！以胃来代表全部的人生，我愿意饿死了！"他坚决地说这一句。

　　但四周的人们，大地上的优胜的动物，谁不是为着胃而活动的呵！他偷眼看看身旁往来的群众，想找一个高贵的解释，来替他们辩护一下，还他们一副真正的理性的面目。但心愈思愈酸楚，什么解释也找不出来，只觉得他们这样所谓人生，是亵渎"人生"两个字！他莫明其妙地不知走了多少路。街市是一步步清冷去；人们少了，电灯也一盏盏的飞升到天空，变做冷闪的星点，从枫，梧桐，常青树等所掩映着的人家楼阁的窗户，丝纱或红帘的窗户中，时时闪出幽光与笑声来，他迷惑了。这已不是嚣嚷的街市，是富家的清闲的住宅，另一个世界了。路是幽暗的，近面吹来缥缥缈缈的凄冷的风。星光在天空闪照着，树影在地上缤纷纷地移动；他一步步地踏去，恰似踏在云中一样。他辨别不出向哪一方向走，他要到哪里去。他迷惑了，梦一般地迷惑了。

　　他的心已为环境的颜色所陶醉，酒的刺激也更涌上胸腔来。他就不知不觉的在一家花园的墙外坐下去。墙是红砖砌成的，和人一般高，墙上做着卷曲的铁栏栅，园内沉寂地没有一丝一缕的声光。

正是这个醉梦中的时候,在灰暗的前路,距他约三四丈远,出现了两盏玲珑巧小的手提灯,照着两位仙子来了。他恍惚,在神秘的幽光的眼中,世界已换了一张图案。提着灯的小姑娘,都是十四五岁的女孩子,散发披到两肩,身穿着锦绣的半长衫,低头走在仙子的身前,留心地将灯光放在仙子的脚步中。仙子呢,是轻轻地谈,又轻轻地笑了:她们的衣衫在灯火中闪烁,衫缘的珠子辉煌而隐没有如火点。颈上围着锦带,两端飘飘在身后,隐约如彩虹在落照时的美丽。她们幽娴庄重地走过他,语声清脆的,芬芳更拥着她们的四周,仿佛在湖上的船中浮去一般,于是渐渐地渐渐地远逝了。景色的美丽之圈,一层层地缩小,好似她们是乘着清凉的夜色到了另一个的国土。

这时,他也变了他自己的地位与心境,在另一个的世界里,做另一样的人了。他英武而活泼的,带着意外的幸福,向她们的后影甜蜜地赶去,似送着珍品在她们的身后。她们也听见身后的脚步声音,回过头,慢慢的向他一看,一边就笑了。小姑娘也停止了脚步。她们语声温柔地问:"你来了么?"

"是。"一边气喘的,接着又说了一句:"终究被我追到了。"

于是她们说:"请你先走罢。"

"不,还是我跟在后面。"

她们重又走去。他加入她们的队伍,好像更幸福而美丽的,春光在她们的身前领导她们的影子,有一种温柔的滋味,鼓着这时的灯光,落在地上,映在天上,成了无数个圈子,水浪一般的,慢慢的向前移动。她们的四周,似有无数只彩色的小翅,蝴蝶身上所生长着的,飞舞着,飞舞着,送她们前去。迷离,鲜艳；因此，有一曲清幽而悲哀的歌声起了，似落花飘浮在水上的歌声。她们的脸上，她们丹嫩的唇上，她们酥松的胸上，浮出一种不可言喻的微波与春风相吻的滋味来。

她们走到了一所，两边是短短的篱笆，笆上蔓着绿藤。上面结着冬青与柏的荫翳，披着微风，发出优悠的声籁。于是她们走过了桥，桥下流着汀淙的溪水。到了洞门，里边就是满植花卉的天井，铺着浅草。茉莉与芍药，这时正开的茂盛，一阵阵的芳香，送进到她们的鼻子里。

东方也升上半圆的明月，群星伴着微笑。地上积着落花瓣，再映着枝叶的影儿，好似锦绣的地毯一般。

她们走进到一间房内，陈设华丽的，一盏明晃如绿玉的电灯，照得房内起了春色。于是小姑娘们各自去了，房内留着他与她们三人，——一个坐在一把绿绒的沙发上，这沙发傍着一架钢琴，它是位在墙角的。一个是坐在一把绛红的摇椅上，它在书架的前面。当她俩坐下去的时候，一边就互相笑问："走的疲乏了么？"

"不"，互相答。

一边靠沙发的眠倒了，摇椅上的摇了起来。

他正坐在窗边的桌旁。桌上放着书本和花瓶，瓶上插着许多枝白蔷薇和紫罗兰。他拿了一本书，翻了两页，又盖好放转；又拿了一本，又翻了两页，又盖好放转。他很没精打采，似失落了什么宝贵的所有，又似未就成什么要实现的理想似的。他眼注视着花瓶，头靠在桌上。

"你又为什么烦恼呢？"坐在摇椅上的仙子这样问他，"如此良夜，一切都在微笑了，你倒反不快活么？"

他没有回答。而坐在沙发上的仙子接着说了:"他总是这样颓丧,忧郁。他始终忘了'生命是难得的'这句话。"

"我有什么呀?谁烦恼呢?"他有意掩饰的辩。

"对咯,"摇椅上的仙子说,"只有生活在不自由的世界中的人有烦恼,这烦恼呢,也就是经济缺乏和战争绵连。"

"这也不一定。"

于是沙发上的仙子微笑道:"难以完成的艺术,或是穷究不彻底的哲理,也和烦恼有关系罢?"

他没有回答。于是她接着对摇椅上的仙子说道:"安姊,我又想起一篇神话来。这篇神话是说有一位中世纪的武士,他誓说要救活一位老人。在未能救活以前,他永远不发笑。可是这位老人早已死去,连身子也早已烂了。于是这位武士,无论到什么王国,青年公主爱护他,公爵夫人珍惜他,他终究未发一笑,含泪至死了。他有些似那篇神话里的主人,要救活早已死去的老人以后才发笑的。"

一边,她自己笑起来。于是安姊说:"琪妹,他和古代的哲人或先知差不多。他披着长发,睡在一个大桶内,到处游行,到处喊人醒觉。虽则踏到死之门,还抱着身殉真理的梦见。"

这时他说道:"你们只可作我是小孩,你们不可以生命为儿戏。"

"真是一位以生命殉生命的大好健儿!"

琪妹赞叹的。一边她向衣袋内取出一方锦帕,拭了她额上的汗珠。

房内一时静寂的,只微微闻的花香酝酿着。忽然,不知从何处流来了一阵男女杂沓的大笑声。于是安姊说:"假如笑声是生命的花朵,那你就不该摘了花朵而偏爱花枝呢?否则,还是哲理是哲理,生命是生命。"

"是呵,"琪妹接着说,"就是尝着苦味的时候,我们也要微笑的去尝。何况一个人不可为生命,而反将生命抛弃。有如今夜,你不可忘了你的荣归,不可忘了你的皈依,不可忘了你的净化!"

"我倒不这样想,"他淡淡的,"我以为我们踏到天国之门的,还该低头沉思的走去牵那上帝之手;假如我们要从河岸跳落河底时,我们还可大笑一声,去求最后的解决。"

一息,他接着又说:"不过我又有什么呢?我岂不是得了你们的安慰么?"

"谁知道?"

安姊微笑说。一边她就从摇椅上走了起来,向钢琴边前去,眼看一个琴上的乐谱,似有一种深思。一回又拿乐谱,一手在琴的键上弹着。她的手飞弹的很快,似机器做的一般,于是她又疑思着乐谱,不发一声。

而这时沙发上的琪妹,微声的一笑。一边眼一瞧他和安姊,一边又斜一斜头,——而他还是靠着头,想些什么。——于是她自己对她自己似的说道:"你还是喝你自己的葡萄酒!"

安姊是没有听到,而他却慢慢的笑转过头向她说:"我也想喝一杯。"

"你喝它做什么呢?你有你的思想就够了,正似她也有她的音乐就够了一样。"

他一笑,琪妹就立了起来,向一只橱中取出一瓶葡萄酒,两只白色杯子。走到他的身边,倒出两杯,放在桌上。

"安姊，你有音乐就够了么？"他问。

"谁够了？"安姊无心的说。

"你！"

"什么？"

"你有音乐就够了么？"

"还有什么？"她的眼仍注视着乐谱。

这时琪妹轻轻的一笑。

"笑我么？你们吃什么？"

"葡萄酒。"

"好妹妹，你给我一杯罢！"

她口里这样甜蜜的说，但身子仍没有动。

"沉醉于艺术，比沉醉于美酒有味罢？"

这时琪妹已喝了一杯，她心里立时有一种荡漾，于是这样的问着。

"是呀！"他答。

"那末比较思想呢？"她进一步问他。

"思想的味终究是苦的！"

于是他们一笑，接着也就无声了。

房内有一种极幽秘的温柔与甜蜜。各人的心浸在各人自己的欲望中，都微微地陶醉。她们有如秋天的鸿雁，翩翩飞翔于苍空；又如春水绿波中的小凫，拍着两翅在沐浴着。一种清凉的愉美，缭绕于各人的身肢间。

正是这个时候，各人的眼互相微笑着，似有一个狰狞可怕的黑人，向他的房中走进来！她们立刻发出极骇的叫声，她们立时不见了。他的面前的美景，也随之消灭！

"喂！你是什么人？"

一个北音的巡捕，走到他的身边，严厉地向他问。

他没有答，愤愤地。

"你是怎样的人？"

"你为什么要问我啊？"

"因为你不该在这里睡觉！"

"唉！先生，我没有好的睡所，竟连一个墙外也不能给我做一个好梦么？太严酷了！"

他忍耐不住，似要流下眼泪！

这位巡捕到这时，却起了奇怪而怜悯的态度，和声些说："因为这有害于你的身体和公众，——你是否酒醉了？你是在干什么的人？"

"完全没有醉，可请你放心。但职业与我有什么关系？我自己也早早想过，我在干什么？但结果一无所干！我做什么事情都失败了！我只有做梦！巡捕先生，假如你要听，你有闲，我可以将我的好梦告诉你。但我没有职业，我一无所干！"

"你说什么话？我听不懂。"

"我说的是梦，我有真的梦，假的梦，日里的梦，夜里的梦。"

"我不能听你的话，"巡捕着急了，"还请你走罢！"一边挥他的木棍。

接着他想："这人有些疯了。"

"走，走，世界没有我的一片土，梦都没处去自由做了。这是怎样的凶暴的世界呵！但自然有等待我的等待着！"

可怜的玛，说着走去。

他仍在一条苦闹而秽臭的小街上走。在他的身边，仍是可怕的男人，可憎的女子，一群群在恶浊的空气里挨来挨去。他实在奇异了，他实在愤恨了。他的周身立时流出冷汗来，一种黏湿的冷汗，浃着他的背，胸部，额上。他觉得自己发怔，身震动着，眼呆呆的睁着，两手伸的很直，甚至两脚立住不动。他的肺部收缩的很紧迫，几乎连呼吸都窒塞住了。全身的血泛滥着，似乎在他的鼻孔中，将喷出火来。他觉得眼前在震动，自己要昏倒了。他嘴里突然痛问："什么一回事？我在哪里？"

一边他又向前冲去。

一时，他又回转头来向后边一望，好似方才的梦境，还在他的身后继续的表演一般；又似要找寻方才的两位仙子，他要请她们领他去，任她们领他到山崖，领他到海角，甚至领他到地狱之门，死神的国！但没有，还是什么也没有。在他的身后，仍是暗灯照着的污臭之街，——矮屋，杂货摊，三四个怪状的女子绕着一个男人。

他刺激得很厉害，他低头看看他自己灰色的长衫，他用两手紧紧地捏着，他恨要将他撕破了，千条万条的撕破了！他的两手一时又在头上乱撩了一阵，一时又紧紧搂着他自己的胸部。一边口呢喃的说道："眼前是什么？我还做梦么？还没有醒么？我不会看么？我不会听么？没有嗅着么？去，去，去：什么呵？去！"

这样，他又鼓起他的勇气来。

"梦！什么也再找不到了。完了，完了！我是什么？我眼前有的是什么？他们曾给我什么？我死过一回么？方才又是怎样一事？这个世界！恶的，丑的：引诱我到死所！我在哪里？她们二人又到哪里去了？再不要受愚弄了：再不要受欺骗了：去，去：

从梦的世界走出来：梦也应完结了！"

　　他一边颠仆不稳地走，一边七忐八忑地怒想。

　　这样，他回到 M 二里。

第七 莽 闯

时候已十时以后，空气中有一种严肃的寒威，而地面又似蒸发着一缕缕的郁闷的热气。

他推进了后门，一口气跑上了楼。一边他急忙地脱下他的青灰色的长衫，掷在梯边的栏杆上。一边他就立住，抬起下垂的头向前楼一看。好似前楼有人叫他一声，而且是女子用娇脆的声音叫他似的。昏迷的他，竟用两眼在半幽半暗的空气中，对前楼的门上，发出很强的光来看着。他的全身着了火，而且火焰阵阵地冲出，似要焚烧了他自己和一屋似的。

这时他脑膜上模模糊糊的现出了四个字来：

"一……个……处……女……"

接着就有一个傍晚时在他的房内要问他什么秘密的女子的态度，恍惚在他的眼中活动。一边他就立时转过身，蹑着脚向前楼一步一步一步的走了三步。他又立住，他似不敢进去，又似无力进去。他的头渐渐的斜向地上，两眼昏昏地闭去，他几乎要跌倒了。但忽然，又似有什么人在他的肩上拍了一拍，又带着笑声跑走了。他一惊，又什么都幽暗，一切如死的，只有从前楼的门缝中射出一道半明半暗的光来。

这时他身上的火焰更爆发了一阵，他立刻似吃下狂药一样，他的勇敢到了极度。他走重脚步，竟向门一直冲去。很快的推开了门,立着,一看,呀,在灯光明亮的床上,阿珠睡着,阿珠睡着,而且裸体仰睡着!白的肌肤,丰满的乳房,腹,两腿,呀,阿珠裸体仰睡着。床上的女人,这时也似乎听到有人闯进门,转一转她的身子。但他呵,在千钧一发的时候,心昏了,眼迷了,简直看不出什么。身体也卖给了恶魔似的,不能由他自己作主。他向前扑去,神经错乱地;带着全身的火,抱住了床上的女人的头,用两手捧住她的两颊,他似要将她的头摘起来一样,他吻着,吻着,再吻着!但这时却骤然使他骇极了,他感不到半丝温爱的滋味,他只觉得有一种极浓臭的烟气,冲进了他的喉,冲进了他的鼻,冲进了他的全身。满怀的火,这时正遇着一阵大雨似的,浇的冰冷。他用极奇怪而轻急的声音叫,"阿珠!"

这头没有回答。

他又叫:"阿珠!"

只听这头答:"叫谁?"

"阿珠!"

只是他的声音重了。

但这女人,就自动起来,用手紧搂着他的背部,而且将她自己的胸部密凑上去,触着他的身体;一边又将他的头用力攀到她的脸上,一边又摸着他的下部。她的呼吸也急迫而沉重。

"阿珠的妈么?"

他到此切实的问了一声。

"一样的!你这该死!"

他听的清楚了,同时也就看的清楚了,确是阿珠的母亲!皮肤黄瘦,骨骼显露着,恰似一个披着黄衣的骷髅。他的手触着她的胸上,感到一种无味的燥热。他急捷想走了,这时他的身子半伛在床上,而他的脚却踏在地下,他想跑了。他用手推住这妇人的两肩,而这妇人却不耐的说:"你为什么跑到这里来?"

"阿珠呢?"

"你不自己想想!"

"我恨她!我要她!"

他愤愤地说出这两句话。他的牙齿,简直想在她的胸膛上大咬一口,又想在她的腿边大咬一口!他的欲火烧到极点,他一下挣扎了起来。而这妇人却还揪着他的衣叫,十分哀求的:"先生!先生!求你!一样的!"

"哼!"

"先生!我早想着你了!"

"哼!"

他重重的两声,就很快的跑去到后楼。床上的寡妇,正在床上嚷,还是怒而不敢张声的:"该死!你这样!我要叫了!"

他没有听到,又重重地在敲阿珠的门。危险,门是怎样也推不进。这时那位妇人一边穿衣,一边嚷:"你这该死的!你这发狂的!你发狂么?现在是半夜,你发狂么?"

失败了!他知道什么都失败了!清清楚楚的。阿珠的声音,恐惧如哭一般在房内:"什么呀?什……么……呀?什……么……呀?"

他在她门口,很重地痛恨的顿了一脚。他胸中的无限的苦闷的气焰,到此已灭熄殆尽了。他叹息一声:"唉!"

一边跑回他的亭子间,睡在床上。

在这时那个寡妇,穿起衣服,到他的门外,高声咒骂:"你该死么?你发昏么?半夜的时候到处乱闯!想强奸么!想奸我女儿，你这该死的！你狂了么？"

一边又换一种口调叫："阿珠，你起来！为什么不起来？你们早已成就……起来！阿珠！为什么不起来？我们送他到巡捕房去！这个该死的！"

阿珠倒反一点没有声音。

他睡在床上，简直知觉也失去了，身子也粉碎了，每一颗细胞，都各自在跳动；这种跳动，又似在猛火里烧炼！他的肺部也要涨破了！一袋的酸气，一时很高的升到鼻中，要似喷出；一时又很低的向背，腰，腿，两脚间溜去。他一时能听见妇人的咒骂声，一时又什么也听不见。

而妇人正在咒骂："你这该死的，发狂的……"

以后，又听见一边说："阿珠，你起来呀！"

阿珠的声音："他跑了就算了，何必多骂，真吓死人！"

"喊你不起来，还说这话！"

"被邻舍听去有什么好听？半夜的时候，他酒喝醉了，跑了就算了。"

"我不肯放松，你起来，送他到巡捕房去！"

"我不起来！他酒喝醉了，送什么？"

妇人的声音更怒了："你养汉子！"

"谁？"

"你为什么帮他说话？"

"你自己常睡觉不关门。关好，会闯进去么？"

阿珠冷淡的样子。

"你还说这话么？你这不知丑的小东西！"

"不是么？你常不关门睡，你常脱了衣服睡，所以夜半有人闯进，不是么？"

于是妇人大嚷而哭："唉，我怎么有这样强硬的女儿，她竟帮着汉子骂我！她已早和这该死的穷汉私通了！这个不知丑的东西！"

她竟骂个不休，于是阿珠说："妈妈，不必多说了！邻舍听去不好，他是个醉汉，算了他罢！"

"谁说醉？他有意欺侮我们！"

"他喝了一瓶膏粱呢。"

"你这不知丑的东西！"

他剧痛的心脏，这时似有两只猛兽在大嚼它，无数只鹰鸷在喙吃它一样。他用他自己的手指在胸上抓，将皮抓破了。血一滴滴地流出来，向他的腹部流下去。一时他又从床上起来，他向黑暗中摸了一条笨重的圆凳子，拿起向脑袋击，重重地向脑袋击。他同时诅咒："毁碎你的头罢！毁碎你的头罢！毁碎你的头罢！"

空气中的击声的波浪，和他脑的昏晕的波浪成同样的散射。这样，他击了十数下。他无力执住这凳子，凳子才落在地上。

黑暗的房内，似闪着电光。

无数的恶魔在高声喝彩，鼓掌欢笑。

一切毒的动物，用碧绿的眼向他谄媚，向他进攻。

时光停止了，夜也消失了，大地冷了。

他恍恍惚惚仆倒在床上，耳边又模模糊糊的听见妇人的咒声，"你这个混蛋！""你这个流氓！""你欺骗我的女儿！""你这个发狂的！"

这样，他又起来，无力昏沉的起来，咬破他的下唇，手握着拳，战兢的，挣扎着。又向桌上摸了一枚钻子，他竟向耳内钻！

"聋了罢！聋了罢！"

一边自咒，一边猛力而战抖地刺进，于是耳内也就迸出血来，流到他的颊。他再也站不住了，他重又仆倒在床上。妇人的骂声，至此毕竟听不到了。

这样，他昏睡了一息。突然又醒过来，身子高高的一跳。他梦中被无数的魔鬼擎到半空，又从半空中抛下到地面来。他不能再睡觉，他觉得这房很可怕，和腐臭的坟穴一样。他一动身子，只觉全身麻痹，肉酸，骨节各不相联络。头如铁做的一样，他恍惚听到很远很远的地方，有女人在哭她的丈夫，什么"丈夫呀！""我的命苦！""有人欺侮她！""女儿又不听话！"这一类的话。一忽，又什么都如死，只有死的力量包围着他。

又过一刻钟，他渐渐的精神豁朗一些。好像已经消失去的他，到此时才恢复了一些原有的形态。他渐渐了解起他自己和那位妇人并女子的胡闹来。

"我怎样会到了这个地步？唉！死去罢！"

一边，从他眼中流出汹涌的泪来。

"唉！死去罢！死神哟，请你赐给我秘诀罢！简捷了当去死去！可怜的人！还有什么最后的话？也太作恶了！除了死去外，没有别的方法！"

这时他又转展一下身子，但还是手是手，腿是腿，躯干是躯干；身体似分尸。他觉得再不能停留在这房内，他的房如一只漏水的小舟，水进来了，水已满了地面，房就要被沉下海底去了！他再不找救生的方法，也就要溺死了。

但一时，他又不觉得可怕，只觉得可恨！他不愿求生，他正要去死！

他起来向窗站着,全身寒战。

他一时用手向耳边一摸,耳中突然来了一种剧痛。一时又在额上一摸,觉得额上有异样的残破。一时两手下垂很直。

他在黑暗的房内,竟变做死神的立像!

"离开这坟穴罢!快离开这坟穴罢!不能勾留了,而且是人类存在的地方,也不能驻足了。离开罢!简捷了当的!"

他又慢慢的环顾房内,房内是怎样的可恨呵!

这时隐隐约约的听见,什么地方的钟敲了二下。

"走罢!快走!死也不当死在这房内!"

勇气又鼓起他,唯一的离开这里,避了妇人的枭的鸣叫。

他垂下头,似去刑场被执行死刑一般地走了。

第八　死岸上徘徊

他走出门外，深夜的寒气，立刻如冷水一样浇到他的身上来。他打一寒怔，全身的毛发都倒竖起来，似欢迎冷气进去。他稍稍一站，随即又走。

他走了一里，又站住想："往那边去做什么？"

一边回转来向反对的方向走。又想："一条河，我要到那河边去。"

这时，东方挂着弓形的月亮。这月亮浅浅红色，周围有模糊的黄晕，似流过眼泪似的。一种凄凉悲哀的色素，也就照染着大地，大地淡淡的可辨：房屋，树，街灯，电杆，静的如没有它们自己一样。空气中没有风，天上几块黑云，也凝固不动。

他在街边走，这街半边有幽淡的月色，半边被房屋遮蔽着。他在有月色的半边走。

他低头，微快的动着两脚。有一个比他约长三倍的影子，瘦削而头发蓬乱的，也静静地跟着他走。

他一边走，一边胡思乱想："我为什么要这样勉强地活？我为什么呵？苟且而敷衍，真是笑话！我侮辱我的朋友，我侵犯我的主人，我不将人格算一回事：我真正是该死的人！"

走了一段，又想："方才我的行为，究竟是怎样一回事？唉！我昏迷极了！我不酒醉，阿珠代我的解释是错的。我完全自己明白，我想侵犯人类，我想破坏那处女，那是我所憎恨的！我昏迷了！唉，什么事情都失败了！"

他仰头看了一看弓月，又想："天呀！我活着还有什么意思呢？我不该再偷生了！我是人的敌人，我自己招认，我还能在敌人的营内活着么？回到那妇人的家里去住么？和敌人见面，向敌人求饶，屈服于敌人的胜利之下，我有这样的脸孔么？不，不，决不。我是一钱不值的人！我活着还有什么意义呢？去死！去死！你还不能比上苍蝇，蛆，垃圾！你可快去毁灭你自己了！"

到这时，他悲痛而有力地默想出了两字："自杀！"

很快的停一息，又想出："自杀！！"

一边，他又念："还留恋什么呢？母亲呵，可怜，还留恋什么呢？决定自杀了！勇敢！不死不活，做什么人？而且这样的活，和死有什么分别呢？死是完了，死是什么都安乐了！死是天国！死是胜利！有什么希望呢？快去，快去！自杀！自杀！！"

他的脚步走的快了，地上的影子也移动的有劲。

他走到了一条河边，——这河约三四丈阔。——他站在离水面只有一步的岸上，他想："跳河死去罢！"

河水映着月光，灰白的展开笑容似在欢迎他。再走上前一步，他便可葬在水中了！但他立住，无力向前走。他胸腔的剜割与刀剖，简直使他昏倒去。身子似被人一捺，立刻坐下岸上。这时他心里决绝地想："死罢！算了罢！还做什么人？跳落河去！勇敢！"

但他两腿似不是他自己所有的，任凭怎样差遣，不听他的命令。泪簌簌的流，口子哀哀的叫，目光模糊的看住水上。

一时他卧倒。在他的胸腹内，好像五脏六腑都粉碎了，变做粉，调着冰水，团作一团的塞着一样。他一时轻轻叫妈妈，一时又叫天。他全身的神经系统，这时正和剧烈战争一样，——混乱，呼喊，厮杀，颠仆。

　　这样经过半点钟，他不动。于是周身的血，渐渐的从沸点降下来，他昏沉地睡在岸上想："无论怎样，我应该死了！明天我到哪里去呢？回到 M 二里去见那女子和妇人么？无论怎样，不能到天明，我应该结束我的生命了！此时自杀，我已到不能挽救的最后；得其时，得其地，我再不能偷生一分钟了！我还有面目回转家乡么？我还能去见我的朋友么？可以快些死了！可以快些死了！"

　　停一息，又想："今夜无论怎样总是死了！总等不到太阳从东方出来照着我水里挣扎的身，我总是早已被水神吹的身子青肿了！"

　　泪又不住地流下。

　　"唉，我如此一身，竟死于此污水之中，谁能想到？二三年前，我还努力读书，还满想有所成就，不料现在，竟一至于此，昏迷颠倒，愤怒悲伤！谁使我如此？现在到了我最后的时候了！我将从容而死去！还有什么话？不悲伤，不恐怕，我既无所留恋，我又不能再有一天可偷生，还有什么话？我当然死了！死神在河水中张开大口要我进去，母亲呵，再会了！"

　　这时确还流泪，而他沸腾的血冷了，甚至冰冷了！自杀，他已无疑义，而且他无法可避免，他只有自杀了！他看死已不可怕了！所以他一边坐起，再立起，在岸上种着的冬青和白杨树下往还的走。一时在冬青树边倚了一下，一时又在白杨树下倚了一下；眼泪还在缓缓的流,他常注意他自己的影子。

月亮更高,光比前白些。

他一边又想:"明天此刻,关于我死后的情形不知道怎样?清和伟,当首先找寻我,或者,我青肿难看的身子,在天明以后,就被人发现了。唉,我现在也没有权力叫人家不要捞上我的尸体,或者,我的尸体很容易被清、伟二人碰着。他们一定找到此地来,唉,他们的悲哀,我也无从推测了!唉,朋友呀,你们明天竟要和我的尸体接吻,你们也曾预料过么?你们现在做着什么梦?唉,你们明天是给我收尸了!你们的悲哀将怎样呢?唉,有什么方法,使我的身子一入河,就会消解了到什么都没有,连骨骼都无影无踪的化了,化了!我没有尸体,不能被别人捞起,不能给别人以难堪的形容,死神呀,你也应该为我想出方法来。否则,我的朋友们不知要悲伤到怎样。还有我的妈妈和弟弟,他们恐将为我痛哭到死了!清君找到我的尸体以后,他一定拍电报给我的母亲,唉!最亲爱的老母呀,你要为我哭死了!唉,妈妈,你不要悲痛罢!天呵,我又怎样能使我年老的母亲不悲痛呵!我杀了自己,恐怕还要杀死了我的母亲。假如母亲真为我而哭死,那我的弟弟,前途也和死一样的灰暗了!死神呀,你一定要告诉我,你有什么法子,可以使我的尸体不被人发觉呀!我的尸体不发觉,谁还以为我未死,到新疆蒙古去了;我的尸体一发觉,有多少人将为我而身受不幸呵!唉,我的名分上的妻,我的罪人,她是一个急性的女子,她早已承认我是她的丈夫,她一定也要为我而死去罢?一定的,她抱着旧礼教的鄙见,她要以身殉我了!虽则她死了一万个,我不可惜,但我如此潦草一死,害了多少人——悲苦,疾病,死亡,一定为我而接连产生了!唉,我是悲剧的主人么?叫我怎样做呀?叫我怎样做呢?我若没有使尸体分化,使尸体消灭,掩过了自杀的消息的方法以前,我似还不该死么?还不到死的时候么?唉,叫我怎样做呵!"

他一边徘徊,一边思想,简捷的跳河,所谓多方面的顾虑,有些犹疑了。这样,他一下又坐在冬青树下,自己转念:"我留恋么?我怕死么?还不到死的时候么?何时是我死的时候呢?我还想念我的母亲和人们么?我忘记他们是我的敌人么?贪生怕死的人,唉,懦夫!我是懦夫么?"

末了的几句,他竟捏着拳叫出。

于是他又忽然立起,向河水走了两步,再走一步他就可跳下河里。但他不幸,未开他最后的一步,他立住,他昏倒,同时他又悲哀的念:"我的自杀是没有问题了!偷生也没有方法,怕死也没有方法,我的死是最后的路!但这样苟且的死,以我的苦痛换给母亲和弟弟们,我又不能这样做了!无论什么时候,死神都站在我的身边的,明天,后天,时时刻刻。我该想出一个避免母亲们的苦痛的方法以后,我都可任意地死去。我既了草的活了几年,不可以了草的再活几天么?了草地生了,还可了草地死么?虽则我的自杀是没有问题!"

垂头丧气的他,在河边上徘徊,做着他的苦脸想,他脸是多么苦呵!他停了一息又念:"好,我决不此刻死。先要有遮掩死的形迹的方法!"

于是他就卧倒在一株白杨树下。死神似带着他的失望悲伤走过去了,一切缠绕没有了!他留着平凡,无味,硬冷的意识,在草地上,通过他的身子。

弓月很高,东方显示一种灰色,几片云慢慢动着,不知何处也有鸡叫的声音。一切都报告,天快要亮了。

他这时除了浑身疲乏,倦怠,昏瞶,仿佛之外,再不觉有什么紧张,压迫,气愤,苦恼了。他再也想不出别的,思潮劝告他终止了。他最后轻轻地自念,睡去时的梦语一般:"完了!完了!我已是死牢里的囚犯。任何时都可以执行我,听了死神的意旨罢!"

他看眼前是恍恍惚惚,四周布着灰白的网。一时他疑他自己是网里的鱼,一时又想,"莫非我已死了么?否则,我的身子为什么这样飘浮,似在水中飘浮一样呢?"但他睁眼视天,低头触地,他确未曾自杀。于是他更模糊起来,身子不能自主的,眼微微闭去;什么都渐渐的离开他,海上一般地浮去。

第九　血之袭来

月光透过纷纭的白杨枝叶，缤纷的落在地上；地面似一张淡花灰色的毡毯，朱胜瑀正在毯上僵卧着。

东方由灰色而白色了，再由白色而转成青色，于是大放光明；白昼又来了。安息的夜神，一个个打呵欠而隐没；日间的劳作的苦，又开始加给到人们的身上。

他醒来，他突然的醒来，似有人重重的推醒他来。

他很奇怪，他为什么会在这里？为什么会睡在这天之下？他从什么时候睡起，又睡了多少时候了？他想不清楚。

他揉了一揉眼，两眼是十分酸迷的；一边就坐起，无聊的环视他的四周，——河，路边，树，略远的人家。他就回想起昨夜的经过了。但回想的不是昨夜，可以回想到的事似不是昨夜的事；缥缈，仿佛，好似事情在很久很久以前，自杀的想念对于他，似隔了一世了。徘徊在河边上，似辽远的梦中才有过，不过他又为什么会睡在这里呢？

他经过好久的隐约的呆想，追忆；他才连接着他的自身与昨夜的经过的事情来。三三五五的工人，走过他的路边，他们谈着些什么，又高声而议论的；有的又用奇怪的眼睛看看他，他们是很快乐而肯定的一班一班走过去。

何处的工厂的汽笛也叫了。

他不能再留在这树下,他立了起来,身子几乎站不住。他的皮肤也冰冷,衣服很有几分湿。心头有一缕缕的酸楚。

他不知要到什么地方去,他沿着太阳所照的路边走,低头丧气的走。他的两脚震颤着,胸腔苦闷,腹更扰绞不安。胃似在摆荡,肠似在乱绕,这样,他似饿了!

他默默地走了一程,到了一条小街。马路的旁边,摆满各色各样的食摊,炒饭、汤圆、面、大烧饼、油条、豆腐浆,等等。许多工人和黄包车夫,杂乱的坐在或立在那里吃。口嚼的声音,很可以听见。东西的热气与香味,使他闻到。他默默地向那些目的物无心走近去。

有一摊豆腐浆在旁边,吃的人只有一两个。

他实在想不吃,立住而那位摊伙殷诚的招呼他:"先生,吃碗浆么?"

一边拿了一只碗用布揩着。举动很忙的,又做别的事。

他又不自主地走近一步。那位伙计又问道:"先生,甜的?咸的?"

他一时竟答不出来。没精打采地在摊上看了看,只模糊地看见摊上放着白糖,油渣,虾皮,酱油,葱之类。许久他才答:"咸。"

声音还是没有。

"甜的?咸的?"伙计重问。

"咸",终于说出很低。

那伙计又问,急促的:"虾皮?油渣?"

而他好似不耐烦,心想:"随便罢!"

在他未答以前,又来了一位工人,年纪约五十以外,叫吃油渣的腐浆一碗。于是这伙计就用早揩好的碗,将给瑪的,立刻盛了一满碗的浆,放在这老工人的面前。一边,又拿了一碗,用布一揩,放些虾皮,酱油,葱,泡满一碗热气蒸腾的浆,放在瑪的面前。

他呆呆的想吃了,唉,喉中不舒服,黏涩,随即咳嗽一声,送出痰,他一口吐在地上,一看,唉,却是一朵鲜血!血,他喉中又是一咳,又吐出一口来!这样接连地吐了三口,他不觉两眼昏眩了。他立刻想走,一边对那伙计低声说:"我不吃了。"一边就走。

但那不知底蕴的伙计,立时板下脸,高声说:"喂,怎么不吃?钱付了去!"

这时那位老工人已经看清楚这事,他和气的向那摊伙说:"给我吃罢,他已吐了三口血了!"

一边吃完他自己的,就捧过瑪的这碗去吃。伙计看了一看鲜血,也没有再说话。而那位老工人却慨叹的说道:"这位青年是患肺病的,唉,患肺痨病是最可怜!他好像是一位文人,穷苦的文人。像他这样,实在还不如我们做小工做小贩好的多!"

而这时的瑪呀,他虽在走着,却不知道他自己究竟在海底呢,还在山巅?在海底,海水可以激着他;在山巅,山风可以荡着他。而他是迷迷漠漠,他竟在灰色中走!四周是无限际的灰色呵;什么房屋与街道,嚣扰与人类,消失了,消失了!他好似他自己是一颗极渺小的轻原质,正在无边的太空中,飘呀,飘呀,一样。

"世界已从我的眼内消失了!"

他轻轻自己这么说,一边又咳出了一口鲜血。他不愿将他自己的血给人们看见,摸出一方手帕,以后的咳,他就将血吐在手帕内,这样又吐了几口。他恍恍惚惚的想坐一息,但又不愿坐,游泳一般的走去。这样,他心中并不悲伤,也不烦恼。他也不思想什么,记念什么。他只觉口子有些味苦,喉中有些气涩。

这时,他转到 S 字路,M 二里,无心的跨进他的寓所。他很和平,他很恬静,过去的一切,在他也若有若无。就是他记得一些,也不觉得事情怎样重大,不过是平凡的人类动作里面的一件平凡的事件,胡闹里面的一个小小的胡闹就是了。他一些没有恐怕,好像人们与他的关系,都是疏疏淡淡的。

当他上楼的时候,阿珠正将下楼。她一看见他,立刻回转身,跑回到她自己的房内去,十分含羞和怕惧他似的。等瑀走上楼,到了他的亭子间,轻轻的关上了门以后,她才再从她房中出来,很快的跑下楼去。

这时,阿珠的母亲还没有起来,她装起了病态。

第十　周到的病了！

他随手将门关好以后,他并没有向桌上或四周看,就向床睡下去。并不胡乱的就睡,是先拉直了棉被,又慢慢的很小心的将它盖好在身上。他十二分要睡,他十二分想睡,全身一分力也没有,他的身子贴在床上,似乎非常适宜,妥当。他一边将包血的手帕掷在床边的破痰盂中,一边又咳嗽两声,随即又吐出半血的痰。他闭着眼,睡在床上,并没有一动。他想:

"什么都永远解决了!生命也没有问题了!死也没有问题了!这样轻轻地一来,用心真是周到呀,比起昨夜的决绝,不知简便到多少了!轻轻地一来,还有什么更好的方法?"

这样,他又咳嗽了两声,又想:"真是我的无上的幸福!真是我的绝大的命运!还有什么更好的方法,比这病来掩过母亲的悲痛呢?美丽的病的降临呀,再也想不到上帝给我的最后的赠品,是这么一回事!"他又咳嗽,又吐一口血。"我为什么会咳嗽?虽医生早说我有肺病,但我从不会咳嗽过。唉!可见方法的周到,是四面八方都排列的紧密的。于是我就落在紧密的网中了,我真幸福呀!"

他镇静着他自己,以为这样的乱想也没有意思。"吐血就是了,何必多想?何况我的病是我自己制造出来的,是我自己一手培植起来的,安安静静地等着死,岂不是很幸福么?"这样,他不想"想"了，他要睡去。但还睡不着！他愈不想"想"，思想愈要来刺激他！于是他觉得全身有热度，手心和额角都渗透出汗来。似乎房内的空气很干燥，他很想饮一杯茶。但桌上茶壶里的开水昨天就完了，眼前又没有人。一瓶未完的膏粱放着，——它是恭恭敬敬的一动未曾动。他很想喝它一口。但手探出去，又缩回来了。不知怎样，似有人制止他，喝他一声："喂，还没有到死的时候呀，不要喝它罢！"他的本能也应答道，"是呀，酒是千万喝不得的！"

房内是很寂寞呵，房外也没有怎样的声音。有时他听得好像在前楼，那妇人叹声，又呢喃的说。但此外就一些声音也没有。

他这时似有几分寂寞的胆怯。不知怎样，他睡在那里，好像回避逮捕似的；而暗探与兵警，现在又来敲他的门了！他身子向床壁与被内缩进一下，他很想安全的睡他一下。但还是无效，他房内的空气，还是阴涩乏味，而又严重。一时，他又似他自己是卧在古墓的旁边，一个六月的午后，凉风与阳光都在他的身上。但一时他又似躲在高大的松林下，避那奔泻的狂风暴雨。睡着，他的心怎样也睡不着，一种微妙的悸怖与惊恐，激荡着他。他一边涔涔的流出几滴泪，一边隐约的想到他的母亲。

"妈妈呀！"

他叫了一声。但他的妈妈在哪里呢？辽远辽远的家乡呵。

这样，他一边害怕，一边干渴，有时又咳嗽，吐出半血的痰。他的内心感受着冷，他的身外感受着热。他足足辗转了二个多时，——这时，寡妇房内的钟是敲了十下，他才恍惚的闭上眼去，梦带着他走了。

一忽，他又醒来。他十分惊骇，当他两眼朦胧的向前看时，好像他的母亲，家乡的最亲爱的母亲，这时坐在他的床边。他几乎"妈妈呀！"一声喊出。他用手去握，但眼前什么人也没有。

于是他又昏昏的睡去。

在这次的梦境里，他确实地遇见了他的母亲。他还痛痛快快地流他的泪伏在他母亲的怀中。好像在旷野，他母亲也在旷野哭。但一息，情景又像在十数年前，他的父亲刚死掉的时候，他还是十一二岁的小孩子。他母亲终日在房内掩泣，而他却终日跟在他母亲的身边叫，"妈妈""妈妈""你不要哭了！""你止住哭罢！"一样。他被抱在他母亲的怀里，有时他母亲用劳作的手抚着他的头发，而他也用哭红的眼，含着泪耀着的眼，看着他母亲愁苦的脸色。有时他母亲滴下泪来，正滴在他的小口中，他竟慢慢的将泪吃下去了。这样，他在梦中经过许久。他受到了苦而甜蜜的，酸而温柔的母亲的爱的滋味。

但一下，他又醒来了。在他朦胧的眼中，眼前模糊的还有他的母亲的影子。微开了眼一看，又似没有人。但慢慢的，眼前仍有人影，呀，正是他的朋友李子清坐在他的床边，——低头深思着。再一看，还不止一个清，叶伟也坐在桌边，默默的；翼与佑也坐着，在门与窗的中间墙角，也默默的。满房的友，他稍惊怪，不知他们是何时进门，何时坐着的。他们个个都显了一种愁思，忧虑在他们的眉宇之间，他们一句话也没有说，当瑀醒时，他们还一句话也没有问，他们只睁睁眼，一齐看一看瑀，而瑀又不愿意似的，掉转头翻过身去。这样又一息，瑀觉得口子非常的渴，——他在梦中饮了他母亲的老年的咸泪了！——口子非常的渴，他想喝茶。这时眼又见桌上的酒瓶，他想伸手去拿来喝一下，横是借吐血之名而死，是代替他自杀的好方法。可是他没有

勇气，没有力量去拿，他的身体已不能由他的心指挥。他又不知不觉的转过头，慢慢的向清说道，

"清，我很想茶喝。"

"呵"，清立刻答应。

翼也立起，向墙角找久已坏了的那酒精灯。伟说，

"我到外边去泡罢，可以快些。"

"我去泡。"佑很敏捷的拿了茶壶，昨天用过的，开门出去。

房内又寂静一息，清似乎止不住了，开口轻轻的向瑀说，

"我想去请 Doctor 严来给你看一看。"

"不必。"

他说的声音很低，和平。一边，他很热似的伸手在被外，清就在他的脉搏上诊一诊，觉得他的脉搏很弱很缓，手心也微微的发烧。清说，

"请医生来诊一诊好些，横竖严君是我们的朋友，方便的。"

"不必。"

"什么时候起的？"

"早晨。"

"现在你心里觉得怎么样？"

"很好。"

"喉里呢？"

"没有什么。"

稍停一忽，清说：

"我们四人同来的时候，你正睡熟。我们是轻轻地推进门的。我们一见你的血，就什么话也说不出来。我们只静静地等你醒来。你在睡梦中好几次叫你的母亲，此外就是疲乏的叹息。伟哥

立刻就要去请 Doctor 严来给你诊察,我说等你醒,再叫,你现在觉得怎样?"

"没有什么。"他答。

这时泡茶的佑回来,他执礼甚恭的两手捧着茶壶进来,伟迎着,发了一笑,随即用昨夜瑀吃过酒的杯子,抹了一抹,倒出一杯开水。

"为什么不放茶叶?"他一边问。

"病人是开水好一点。"佑答。

但开水还是不好,开水很沸,瑀心里很急,又喝不得口,他蹙着眉说,

"拿冷水给我喝罢,自来水是不费钱的。"

但谁听他的话?过了两分钟,瑀也就将这杯开水喝完了。这有怎样的滋味?它正和梦中的那杯葡萄酒差不多。他顿时觉得全身舒畅,精神也安慰一些。一边清问,

"还要么?"

"还要。"

于是又喝下第二杯。

"这是仙露,这不是平常的开水。"瑀想,一边问,

"现在什么时候了?"

"十一点一刻。"佑查一查他的手表,答。

"是吃中饭的时候么?"

他们不了解他的意思。清又问,

"现在去请严医生来好么?"

"已经说过三次的不必了。"

他不耐烦地,一边心想,

"我假如昨夜自杀了,现在不知道你们怎样?另有一番情形了,另有一番举动了,但我昨夜又为什么不自杀呵?!"

一边,他低低的说,

"这次病的袭来,于我真是一种无上妙法,我还愿叫医生来驱逐去么?我于这病是相宜的,在我的命运中,非有这病来装置不可。因此,我决计不想将我的病的消息告诉你们,但你们偏要找到这里来。现在你们已给我两杯开水了,谢谢,还请给我第三杯罢。"

"好的。"清忙着答。

于是他又喝下第三杯,接着说,

"我很感激你们对于我的要求给以满足,但我不想做的事情,无论如何,请你们不要代我着想。"

一达似乎微笑,一边又咳嗽了两声。清说:

"你总是胡思乱想,何苦呢?你病了,你自己也知道这是重大的病,那应该要请医生来诊察,怎么又胡思乱想到别的什么呢?你总要将你的一切不规则的幻想驱除干净才好,你的病是从你的幻想来的。譬如这几天,你的精神有些衰弱,但你又偏要这样的喝酒。"他抬头看一看桌上的酒瓶。"酒吃了,幻想更兴奋,一边精神也更衰弱,这样是怎么好呢?瑀哥,你该保重你的身体才是,你应知道你自己地位之重要,无论如何,要扫除你的幻想才好。"

清慢慢的说来,似还有没说完,而瑀气急的睁大眼道:

"好了好了,清,你真是一位聪明人,但请不要在我的前面,卖弄你的聪明罢!"

"好的,你又生气么?"清悲伤地。

"谁?……"瑀还想说,可是又没有说。

而伟却关照清,摇一摇头,叫他不要和他多说。

关着的门,又被人推进来,是阿珠!

她很奇怪,她好像陌生的猫,想进来而又不想进来。她又很快的进来了,走到瑀的床前,清的身边,一句话也不说,只低头含羞似的。想说了,又不说。于是清问,

"你做什么?"

四位青年的八只眼睛都瞧在她的身上,等她回答。她眼看床上的棉被,娇饰的说:

"朱先生,妈说请你……"又没有说下去。

这时她也看清楚,痰盂内有血。她也似难受,话不好说。于是她立刻就跑,很快的袅着身子,低着头跑回去。

"奇怪的女子!"清愤怒的在后面说。

"怎么有这样妖怪式的年轻姑娘?"伟三人目送着她,心里也这么想。

瑀却明白了,她为什么来,负着她母亲的什么使命,想说些什么话,又为什么不说,又为什么要跑回去,——他对她不能不感激了。他的心头一时又难受,血又跳的快起来。一边又咳嗽。

这时清又轻轻的问:

"还要茶么?"

"不要了!"

他的口子还是干渴的,可是他不想再喝了。

伟看这样的情形,似乎不得不说。若再不说,那连朋友的义务都没有了。于是他等瑀咳完了以后,就向清说道:

"清,我想,无论瑀的心里怎样,我们不能不请医生来给他诊一诊,像这样的病是不能随随便便好去的,否则,我们连常识都没有了。我想停一息就走,回去吃了中饭,就请严医生同来,

你以为怎样？"

"是的，"清答，"这样很好。"

但瑀很急的转身要说，他的火似从他的眼中冲出，他竟想喊出：

"你若请医生来，先请你不要来！"

可是不知怎样，他终于没有声音。他叹息了一声，仍回身向床壁。清说：

"伟，你此刻就走罢，快些吃了饭就到严医生那里去，否则，他吃了饭会先跑走。"

"是的。"佑附和的说。

伟好似对于医生问题解决得胜的样子，立起身微笑地走去。

这时候，清又向佑，翼二人说：

"你们也回去吃饭罢。"

"你的中饭呢？"翼问。

"不吃也不要紧。"清答，接着又问：

"你们下半天来么？"

"来的"，二人回答。

"假如你们有事情，不来也可以；假如来，请你们给我买一个大面包来。"

"还有别的么？"佑问。

"带一罐果子浆来也好。"

"瑀哥也要吃么？我们看见什么，也可以买点什么来。"

"好的。"

于是他们互相一看，也就低头去了。

房内一时又留着沉寂。

第十一　诊　察

他们去了以后，房内许久没有声音。

瑀睡在床上，转着他的眼球向天花板和窗外观望。他心里似想着什么，但又不愿意去想它似的，眉宇间稍稍的含愁。他的苍白的脸，到日中的时候更显出苍白。清的表面上是拿来了一本《康德传》在翻阅，实际他的心又计算着什么别的。一时，从窗外飞来了一只蜜蜂，停在他的书上，鼓着它的两翼。清用指向它一弹，蜜蜂又飞回去了。

以后，听得前楼的寡妇，叫了许多声"阿珠！"当初阿珠没有答应，妇人又叫，阿珠就在后楼答应了。平均每分钟叫一次阿珠，什么事情，却因她说的很低，话的前后又不相连续，事又似不止一件，所以清听不清楚。阿珠的回答，却总是不耐烦。有时更似乎在反抗，当她从后楼跑下梯去的时候，又喃喃作怨语。阿珠跑到楼下，似为的拿点东西，但东西拿到前楼，寡妇又狠声骂她，阿珠竟要哭出来的样子。于是又跑回到她自己的后楼去。妇人又叫，又听见阿珠的冷笑声。阿珠跑下楼去不止一次，跑到前楼以后，她就跑回她的后楼。而寡妇的叫喊，却正不知有多少次！以后，清听得妇人骂了几句阿珠以后，接着是她高声的喃喃的自怨：

"我怎么有这样的一个女儿！对头的女儿！人家欺侮我，她更帮人家来欺侮我。差遣她，又不灵；我真不该生出她来！唉，我早知她是这样，我一定把她浸在开水里溺死了！我真不该生出这样的女儿。没有她，我还可以任意飞到哪里去，现在，她还帮着人家来压制我。唉！"

于是阿珠在后楼说：

"为什么不把我浸在开水里溺死呢？哼，我怎么也有一个对头的妈！你自己做不了的事情，偏要我做；我做了，你又骂我不对。我真不知道你为什么要生出我来呢？！不生出我，你可以自由；生出我，你还可以溺死我的。又为什么不溺死我呢？溺死我，我也可以安稳了，我也可以不要一天到晚听骂声了！"

前楼的妇人又说：

"你说呀？你现在已大了，你可以跟人家去了！"

阿珠又说：

"谁要跟人家去？你自己说没有我可以任意飞到哪里去。"

以后就是妇人的叹息声。

清听了这些话，心里觉得很气，他说不出的想对她们教训一顿。这时他向瑀说：

"这里是很不适宜于你的身体的。"

瑀没有答。一息，清又说：

"以你这样的身体，浸在枭声一样的声音中，怎么适宜呢？"

"清呀，你不要错误了！"瑀这时才眨了一眼，慢慢的开口，精神似比以前健康一些。他说："你不要看我看得怎样高贵，看她们看得怎样低贱啊！实在说，我现在身价之低贱，还不如那个妇人呢！"

"你又故自谦虚了，这是什么意思呢？"

"嘿,她要你们搬出这房子,你怎样?"

"搬好了。还怕租不到房子么?"

"是呀,她可以左右我!"

"这有什么稀奇呢?"

"不稀奇,所以我为社会廉价的出卖,又为社会廉价的使用!"

"不是这样说法,你错误了。"清微笑的。

"我有哪一分可以骄傲呢?"

"我们是有优秀的遗传,受过良好的教育;自己又尊重自己的人格。她们呢,母子做起仇敌来,互相怨骂,你听,成什么话?"

但这几句话,刺伤瑀的心很厉害。瑀自制的说:

"清呀,所以你错误了,你只知道人们表面的一部分事情呵!"

清总不懂他的意思,也就默然。一息,话又转到别一方面去,清说:

"我想你还是移到医院去住一月,好么?"

"可以不必。"

"听医生的说法,或者还是移到医院去。"

"没有什么。"

"这样的两个女人,实在看不惯,好似要吃人的狼一样。"

"不要提到她们了!"

瑀烦躁的,一边蹙一蹙眉。

这样又静寂许多时,佑与翼回来了。佑的手里是拿着果子浆与大面包,翼是捧着几个鸡蛋与牛肉。他们脚步很轻,举动又小心的将食物放在桌上。又看一看床上的瑀。佑说：

"东西买来了。"

"你们也没有吃过中饭么？"清问。

"吃过了。"

"买这许多东西做什么？"

"瑀哥也要吃些果？"

一边清就取出一把刀，将面包切开来，再涂上店里将罐开好的果子浆。一边问瑀，就递给他：

"你想吃片面包么？"

"好的。"瑀不自觉地这样说，手就接受过去了。

他一见面包，再也不能自制。清还只有吃一口，他已一片吃完了。于是清问：

"要牛肉么？"

"随你。"

"鸡蛋呢？"

"也好。"

"再给你一片面包么？"

"可以。"

"多涂上些果子浆好么？"

"随便。"

"还要什么呢？"

"是的。"

这样，他竟吃了三片面包，三块牛肉，两个鸡蛋。

他还想吃，终于他自己制止了。

他这时仰睡在床上，好像身子已换了一个。旧的，疲乏的身体,这时是滋润了,可以振作。一边,他想起他昨夜的赌咒来,"我是怎样的矛盾!"他自己心里感叹,什么话也没有说。

又过几分钟,清也吃好了。牛肉,鸡蛋,都还剩着一半。他又将它们包起来,放在桌下。放的时候,清说:

"晚餐也有了,我真愿意这样吃。假如再有一杯咖啡,二只香蕉,恐怕可以代表五世纪以后的人的食的问题了。"

于是佑接着说:

"生活能够简单化,实在很好。"

"这也并不是怎样难解决的事情,"翼慢慢的说,"在我呢,每餐只要四两豆腐,半磅牛肉,或者一碗青菜,两只鸡蛋,竟够了够了。"

"你说的真便当,你这么的一餐,可以给穷人吃三天。"

"这也不算怎样贵族罢?"

"已经理想化了。"

这样停止一息,翼说:

"社会的现象真不容易了解,菜馆里的一餐所费,够穷人买半年食粮,普通的,不知有多少!至于一餐的浪费可以给中等人家一年的消耗而有余,更有着呢!理想本来很简单的,事实也容易做的,但现在人类,竟分配这样不均匀,为什么呀?"

"你要知道他们百金一席的是怎样荣耀啊?"佑说。

"也就荣耀而已。"

他们的议论似还要发挥,可是又有人跑进门来。

这次是伟和 Doctor 严。

这位医生也是青年,年龄还不到三十。态度亦滑稽,亦和蔼。他走进门,就对清等三人点头,口里发着声音,并不是

话。一边走到瑀的床前,叫一声:

"Mr. 朱。"

瑀是向床里睡着的,他听见医生来,很不喜欢。但这时医生叫他,他就无法可想,回过头来。

这位医生也就坐在他的床边,又问:

"血是早晨起的么?"

瑀没有答,只相当的做一做脸。医生又问:

"现在心里怎样?"

"没有什么。"瑀说。

"先诊一诊脉罢。"

医生就将他的手拿过去,他到这时,也不能再反抗了。

医生按着他的脉,脸上就浮出一种医生所应有的沉思的样子来,一边又眼看床边的痰盂内的咳血,更似忧虑的云翳拢上。他的脉搏是很低微沉弱,几乎听不出跳动来。医生又给他换了一手按了一回,于是"好",医生立起来,向伟代他拿来的放在桌上的皮包内,取出他的听胸器,又说,"听一听胸部罢"。接着又叫瑀解开小衫的扣子。瑀却自己设想道:

"我已变做一只猴子了,随你们变什么把戏罢!"

医生又听了他的几分钟的胸;在他的胸上又敲了几下,于是将听胸器放还皮包内。医生又看了一看他的舌苔,白色的。同时就慢慢的说道:

"血是从肺里来的,但不妨,Mr. 朱可放心。只左叶肺尖有些毛病,假如修养两月,保你完全好了。现在,先吃点止血药罢。"

医生又向他的皮包内取出一张白纸,用他的自来水钢笔写了药方，药方写的很快，就递给伟，一边说：

"就去配来吃下。"

这样，医生的责任完了。说：

"Mr. 朱的肺病是初期的，但肺病要在初期就留心才好。这病是奇怪的，医药界这么进步，到现在还没有直接医好这病的方法，只有自己修养，最好，到山林里去，回到家乡去。在这样的都市里，空气混浊，于肺病最不相宜。医肺病最好的是新鲜空气，日光晒，那乡村的空气是怎样新鲜？乡村的日光又怎样的清朗？像上海的太阳，总是灰尘色的。所以 Mr. 朱，最好还是回到家乡去，去修养一二个月，像这样初期的病，保你可以完全好了。"

他一边正经的说着话，一边又取出一盒香烟来，接着他又问他们：

"你们吸罢？"

当他们说不吸时，他又问：

"有洋火么？"

洋火点着香烟，他就吸了起来。一时又微笑说：

"烟实在不好，你们真有青年的本色。我呢，在未入医学院校以前就上瘾了，现在，也没有心去戒它。"

又吸了一二口。清说：

"喜欢吸就吃些，没有什么不好。在你们医生们，利用毒物来做有益的药品更多着呢！烟可以助消化，无防碍么？"

而瑀却早已感到烟气的冲入鼻中。医生知道，吃了半支，就灭熄了。清微笑说：

"你们医生也太讲求卫生了，吸一支有什么？"

医生立刻答：

"不是，对于病人闻不得的。讲求卫生，我也随随便便。"

一息，医生又忠告似的接着说：

"身体是要紧的，尤是我们青年，不可不时刻留意。你们总太用功，所以身体总不十分好，还有什么事业可做呀？"

这时翼插进说：

"不，我的身体比你好。"

清说：

"身体的好不好，不是这样比较；我想，第一要健康，抵抗力强，不染时疫。"于是医生插嘴说：

"是呀，我五六年来，并没有犯过一回伤风，有时小小的打了一两个嚏，也什么病都没有了。"

于是清说：

"我想身体还要耐的起劳苦。譬如一天到晚会做工作；跑一天的路也不疲倦；在大风的海上，又不晕船；天冷不怕，天热也不怕；这才可算是身体好。"

医生说：

"这可不能！我连十里路也跑的气急，腿酸；就是湖里的划子，也会坐的头晕。实在，我也因为少时身体太弱，才学医的。"

他们都笑了。

这样的谈天很久。瑀睡在床上不动，他已十二分厌烦了。什么意思？有什么价值？他很想说，"医生，你走罢！还是去多开一个药方，或者于病人有利些！"可是没说出来。

医生终于立起来，他说："两点半钟，还要去诊一位病人。"于是提着他的皮包，想对瑀说，又看瑀睡去了转向伟说：

"他睡着了,给他静静的睡罢!他性急,病也就多了。可以回家去,还是劝他回家去罢。肺病在上海,像这样狭笼的亭子间,不会根本痊愈的。"

走到门口,又轻轻的说:

"他这几天吃了很多的酒罢?精神有些异样,他一定有什么隐痛的事,你们知道么?最好劝他回家乡去。"

"肺病的程度怎样呢?"清问。

"肺病不深,但也不浅。大约第二期。"

一息,接着说:

"明天要否我再来?"

"你以为要再来么?"

"血止了,就不必再来。"

"血会止么?"

"吃了药,一定会止的。"

"那么明天不必劳你了。"

"好好,不要客气。假如有什么变化,再叫我好了。"

"好的。"

医生去了。这时佑说:

"我拿药方去买药罢。"

"好的。"清说。

于是佑又去了。

第十二　肯定的逐客

清，伟，翼三人仍坐在房内，房内仍是静寂清冷的。

瑀这时很恨他自己给朋友们搬弄。但同时他似乎对于什么都平淡，灰色，无味；所以他们要搬弄，也就任他们搬弄了。他这时好像没有把持和坚执，一切都罩上病的消极和悲感。他也没有想什么，只眼看着目前的情景。以后，他和平的说道：

"你们也回去罢，你们的事很忙，何必要这样看守着我呢？"

"我们还有什么事呀？"清答。

"哈，"瑀笑一声，冷笑的，"我也没有什么事，医生诊过了，猴子戏也变完了，不久也就好了，我也还有什么呢？"

停一息，又说：

"病不久就会好了，药呢，我是不愿意吃的。老实说，你们现在假使去买一张棺材来，我倒是很随便可以跳进去；要我吃药，我是不愿意的。"

"你还是胡思乱想！"清皱着眉说。

"我想，生活于平凡的灰暗的笼里，还是死于撞碎你头颅的杆上罢，丹尼生也说，难道留得一口气，就算是生活了么？"

"可是现在，你正在病。"伟说。

"人所要医的并不是体病，而是健康里的像煞有病。现在我是病了，你们知道的，可是前几天的我的病，要比较今天厉害几十倍呢!我实在不想医好今天的病,吐血是不值得怎样去注意的;但我很想医好以前的病。不过要医好以前的病,我有什么方法呀?"

他的语气凄凉,一息,伟说:

"要医好你以前的病,那也先应当医好你今天的病!体病医好了,健康里的病,自然有方法可医的。"

"颇难罢?这不过是一句自己遁迹的话。而我呢,更不愿向这不醒的世界去求梦做了。"

语气很闲暇。于是清说:

"不是梦么?是真理啊!"

"是呀,是真理。"瑀似讥嘲的说。"我又何必要说这不是真理呢?不过我自己已不能将自己的生命放在真理上进行了。"

伟说,"人一病了就悲观,消极。你岂不是努力寻求过真理的么?"

"或者可说寻求过,但不是真理,是巧妙的欺骗词!"

"那么真理是没有的么?永远没有的么?"

"我不是哲学家,也不是哲学家的反叛者,谁有权力这样说。"

"我是正在求真理的实现呢?"清笑说。

"好的,那么你自身就是真理了。而我呢,是动作与欺骗的结合,幻想与罪恶的化身!"

"不,"伟说,"生命终究是生命,无论谁,总有他自己的生命的力!我们不能否认生命,正如农人不能否认播种与收获,工人不能否认制作,商人不能否认买卖一样。"

"是呀,"清接着说,"横在我们的身前有多少事,我们正该努力做去。在努力未满足的时候，我们是不能灰心，厌弃，还要自己找出精神的愉快来。目前，你应当努力将你自己的病体养好。"

静寂一息，瑀说：

"努力！精神的愉快，——真是骗过人而人还向它感激的微妙的字！"

停一息，他又说：

"无论怎样，我觉得人的最大悲哀，并不是死，而是活着不像活着！"

"不活是没有方法的呀？"伟说，"我们能强迫人人去自杀去么？我们只求自己活着像个活着就是咯。"

"亲爱的朋友们，你们是醒来了，但也不要以这醒为骄傲罢！"

"我们不要谈别的咯。"清叫了起来，我想瑀哥要以病体为重，静静地，千万不要胡思乱想。"

瑀没有说，清接着说：

"那么请你静静地睡一息，好么？"

"也不要睡，或者你们离开我也好。我的心已如止水，——太空的灰色。"

瑀微笑了。房内又静寂多时。清转了谈话的方向说：

"吃了那瓶药血一定会止了；过了四五日，我送你回家去好么？"

"我是没有家的。"

"送你到你的母亲那里去。"

"我也没有母亲了！"

一边他眼角又上了泪,接着说:

"死也死在他乡!我早已自己赌咒过,死也死在他乡!"

"你为什么又说出这话呢?"清说,"你自己说你自己心已如止水了?"

"是的,就算我说错一次罢。"

房中更愁闷,清等的眼又看住地下。伟觉得不得已,又说道:

"你不想你的母亲和弟弟么?"

"想的,但我对他们诅咒过!"

"不爱他们么?"清问。

"无法爱,因为无从救出我自己。"

"怎样你才救出你自己呢?你可以告诉我们什么条件么?"伟说。

"可以的,你们也觉得这是难于回答的问题么?"

"是呀。"

"清清楚楚地认识自己是一个人,照自己的要求做去,纯粹站住不为社会所玷污,所引诱的地位。

"那么我们呢?"翼这时问。

"你们呀?总有些为社会所牵引,改变你自己的面目了么?"

"社会整个是坏的么?"翼又问。

"请你问社会学家去罢。"瑀苦笑了。

"我想社会,不过是一场滑稽的客串,我们随便地做了一下就算了。"

"不,"伟说,"我想社会确是很有意义的向前进跑的有机体。"

清觉得无聊似的,愁着说:

"不要说别的罢！我想怎样，过几天，送瑀哥回家乡去。"

瑀没有说。

"送你回家乡，这一定可以救出你自己。"

"随你们设想罢。"

于是房内又无声了。

正这时候，房门又被人推进来。三位青年一齐抬起他们的头，而阿珠又立在门口。

这回她并不怎样疑惑，她一直就跑到瑀的床边来。她随口叫了一声，朱先生，一时没有话。清立刻问：

"阿珠，你做什么？"

她看一看清的脸，似不能不说了，嗫嚅的：

"朱先生，妈妈说房子不租了，叫你前两个月的房租付清搬出去。"说完，她弄着她自己的衣角，又偷眼看看瑀苍白的脸。清动气了，立刻责备的问：

"为什么不租？"

"我不知道，你问妈妈去。"阿珠一动没有动。

"我问你的妈妈去？"

清很不耐烦的。接着说：

"别人有病，一时搬到什么地方去呢？你说欠房租，房租付清就是了。是不是为欠房租？"

"我不知道，你问朱先生，或者也有些晓得。"

"刁滑的女子。"

清叹了一口气，接着说：

"你妈叫我们什么时候搬？"

"明天就要搬出去。"

"哼！"

清就没有说。而伟却在胸中盘算过了。于是他说：

"清，你不是劝玛回家的么？"

"是，但他不能回复我。"

"这当然因玛的病。"

"为病？"

"当然呀！女人们对于这种病是很怕的。所以叫我们搬，否则又为什么正在今天呢？"

"为病么？"清沉思起来。

"当然的。"伟得胜的样子，"不为病又为什么？"

阿珠立着没有动，也没有改变她的神色。于是伟就问她说道：

"阿珠，你去对你的妈说，我们搬就是了。二月的房租，当然付清你。不过明天不能就搬，我们总在三天之内。"

"好的。"阿珠答应了一声。一息，又说：

"妈妈还有话……朱先生……"

可是终于吞吞吐吐的说不出。

"还有什么话呢？"清着急了。

这时阿珠决定了，她说：

"好，不说罢，横是朱先生有病。"一边就怕羞的慢慢的退出房去。

阿珠出去以后，伟就向玛说：

"搬罢！我们为什么要恋念这狭笼似的房子？家乡是山明水秀，对于病体是怎样的容易康健，这里有什么意思呢？搬罢，玛哥，我已答应她了，你意思怎样？"

稍停片刻，瑀答：

"我随你们搬弄好了。"

"随我们搬弄罢，好的。我们当用极忠实的仆人的心，领受你将身体交给我们的嘱托。"伟笑着说了。

这时佑回来。他手里拿着两瓶药水，额上流着汗说：

"这一瓶药水，现在就吃，每一点钟吃一格。这一瓶，每餐饭后吃两格，两天吃完。"

他所指的前一瓶是白色的，后一瓶是黄色的。药瓶是大小同样的200CC。

于是清就拿去白色的一瓶向瑀说道：

"瑀哥，现在就吃罢。"

到这时候，瑀又不得不吃！他心里感到隐痛，这隐痛又谁也不会了解的。他想：

"给他们逼死了！我是没有孩子气的。"一边就冷笑地做着苦脸说：

"要我吃么？我已将身体卖给你们了！"

"吃罢，你真是一个小孩子呢！"

清执着药瓶，实在觉得没有法子。他将药瓶拔了塞子，一边就扶瑀昂起头来。

"但可怜的瑀，他不吃则已，一吃，就似要将这一瓶完全喝完。他很快的放到嘴边，又很快地喝下去，他们急忙叫：

"一格，"

"一格，一格！"

"只好吃一格！"

这时清将药瓶拿回来，药已吃掉一半，只剩着六格。

瑀又睡下去。

他们实在没有法子。愤怒带着可笑。

举动都是无意识的,可是又有什么是有意识的呀!瑀想,除非他那时就死去!

这样,他们又静静地坐了一回。一时又随便的谈几句话,都是关于他回家的事,——什么时候动身,谁送他回去。结果,假如血完全止了,后天就回去。清陪他去,一则因他俩是同村住的;二则,清的职务容易请假。

时候已经五时以后,下午的太阳,被云遮的密密地。

这时清对他们说,

"你们可以回去了,我在这里,面包和牛肉都还有。瑀的药还要我倒好给他吃,吃了过量的药比不吃药还不好,你们回去罢。"

伟等也没有说什么,约定明天再相见。

他们带着苦闷和忧虑去了。

第十三　秋雨中弟弟的信

当晚六时，瑀与清二人在洋烛光淡照的旁边，吃了他们的晚餐。面包，牛肉，鸡蛋都吃完。

他们没有多说话，所说的话都是最必要而简单的，每句都是两三个字的声音，也都是轻轻地连着他们的动作。瑀好似话都说完了，就有也不愿再说了。清，也没有什么必要的谈天，且不敢和他讲，恐多费他的精神。瑀的样子似非常疲倦，他自己觉到腰骨，背心，两臂，都非常之酸，所以一吃好饭，他就要睡下，一睡下，不久也就睡熟了。这次的急速睡熟，大半因他实在怠倦的不堪，还有呢，因他自甘居于傀儡的地位。而清的对他殷诚，微笑，也不无催眠的力量。

虽则梦中仍有沉黑的天地，风驰电闪的可怕的现象，魍魉在四际啸叫，鬼魅到处蠢动着。但终究一夜未曾醒过，偶然呓语了几句，或叫喊了几声，终究未曾醒过。

这一夜，他是获得了一个极浓熟，间极长久的睡眠。

清在瑀睡后约三四点钟睡的。他看了两章的《康德传》，又记了一天的日记。他所记的，完全关于瑀的事：说他今天吐血了，这是一个最不幸的消息，可是他刺激太强，或者因为病，他可渐渐的趋向到稳健一些。因为病和老年一样，可以挫磨人的锐气的。结果，他陪着他一天。希望明天瑀的血止了，上帝保佑他，可送他回家去。大约十点钟了，清睡下去，他很小心的睡在瑀的外边；床是大的，可是他唯恐触着瑀的身体，招他醒来。因此，清自己倒一夜不曾安睡过。

第二天一早，清就悄悄地起来。用自来水洗了面，收拾一下他的桌子，于是又看起《康德传》来。

满天是灰色的云，以后竟沉沉地压到地面。空气有些阴瑟，秋已经很相像了。风吹来有些寒意，以后雨也滴滴沥沥地下起来了。清向窗外一看，很觉得有几分讨厌。但他想，"假如雨大，那只好迟一两天回去了。"

九点钟，伟和佑来了。——翼因有事没有来。

一房三人，也没有多话。不过彼此问问昨夜的情形。

于是佑从袋里取出十元钱来，交给清，以备今天付清房租。以后，清又将瑀不肯吃药告诉一回，理由是药味太苦，但各人都无法可想，只得随他。

这样，他们谈一回，息一回，到了十一点钟以后，瑀才醒来。他睁大他的两眼，向他们看一回。他好似又不知他在什么地方，和什么时候了。接着他擦了一擦眼，他问：

"什么时候？"

"已敲过十一点。"清答。

"我真有和死一样的睡眠！"

接着叹息了一声，一边问：

"清昨夜睡在哪里？"

"这里，你的身边。"

清微笑的。他说：

"我一直不知道身边是有人睡着，那么，伟，你们二人呢？"

"我们是刚才来的。"

于是瑀静默了一息。又问：

"窗外是什么呵？"

"雨。"清答。

于是又说：

"你们可以回去咯，已经是吃中饭的时候。"

"你的中饭呢？"清问。

"我打算不吃。"

"不饿么？"

"是的。"

这时看他的态度很宁静，声浪也很平和，于是伟问：

"今天觉得怎样？"

"蒙诸君之赐，病完全好。"

"要否严君再来一趟？"

"我不喜欢吃药的，看见医生也就讨厌。"

"毋须严君来了。"清补说。

一息，瑀又叫：

"你们可以回去咯。"

于是他们顺从了。当临走的时候，清说，他下午五时再来，将带了他的晚餐来。

他们去了以后，瑀又睡去，至下午二时。

他的神经比以前清朗得多，什么他都能仔细的辨别出来。外貌也镇静一些，不过脸更清白罢了。

他在床上坐了一回，于是又至窗口站着。

这时雨更下的大了。他望着雨丝从天上一线线的牵下来，到地面起了一个泡,不久,即破灭了。地面些微的积着水,泞泥的,灰色的天空反映着。弄堂内没有一些噪声,电线上也没有燕子和麻雀的踪迹。一时一两只乌鸦,恰从 M 二里的东端到西端,横飞过天空,看来比淡墨色的云还快。它们也冷静静地飞过,而且也带着什么烦恼与苦闷的消息似的。空气中除了潇潇瑟瑟的雨声,打在屋上之外,虽有时有汽车飞跑过的咆吼,和一两个小贩卖食物的叫喊,可是还算静寂。有时前楼阿珠的母亲咳嗽了一声,或阿珠轻轻的笑了一声,他也没有介意。

这时,他心中荡起了一种极深沉辽阔的微妙而不可言喻的秋意,——凄楚,哀悲,忧念,幽思,恍惚;种种客中的,孤身的,穷困的,流落的滋味;紧紧地荡着他的心头,疏散地绕着他的唇上,又回环雨飘扬于灰色的长空。他于是醉了,梦了,痴了,立着,他不知怎样!

"唉!我竟堕落至此!"

他这样叹了一句,以后,什么也没有想。

他立在窗前约有一点钟。他的眼一瞬也不瞬的看住雨丝,忽听得门又开了。阿珠手里拿着一封信,很快的走进来,放在桌上,又很快的回去。态度是胆怯,怕羞,又似含怨,嫌恶的。他,看她出去以后,就回头看桌上。他惊骇,随伸手将那封信拿来拆了。

他说不出地心头微跳。

信是家里寄来的,写信的是他的一位 13 岁的小弟弟。字稍潦草而粗大,落在两张黄色的信笺上,他看:

"哥哥呀,你回来罢!刚才王家叔叔到家里来对妈妈说,说你现在有病,身体瘦的猴子样子,眼睛很大,脸孔青白。哥哥,你是这个样子的么？妈妈听了，真不知急到如何地步！妈妈正在吃中饭，眼泪一滴一滴的很大的流下来。眼泪流到饭碗里，妈妈就没有吃饭了。我也就没有吃饭了！不知怎样，饭总吃不下，心里也说不出来。我真恨自己年岁太少，不能立刻到上海来看你一看。但我也怪王家叔叔，为什么一到家，就急忙到我家里来告诉，害得我妈妈饭吃不下呢！妈妈叫我立刻写信给你，叫你赶快赶快回来！哥哥，你回来罢！妈妈叫你回来，你就回来罢！你就赶快回来罢！否则，妈妈也要生病了！

弟弟璘上

妈妈还说，盘费有处借，先借来；没处借，赶快写信来。妈妈打算当了衣服寄你。"

他颤抖着读这信，眼圈层层地红起，泪珠又滚下了。他读到末尾几句，竟眼前发黑，四肢变冷，知觉也几乎失掉了！他恍恍惚惚的立不住脚，竟向床上跌倒；一边，他妈妈呀，弟弟呀，乱叫起来。以前还轻轻的叫，以后竟重重地叫起来。他的两手握紧这封信，压着他的心头；又两三次的张开口，将信纸送到唇边，似要吞下它去一样。一回又重看，更看着那末段几句：

"哥哥，你回来罢！妈妈叫你回来，你就回来罢！你就赶快回来罢！否则，妈妈也要生病了！"

这样约三十分钟，他有些昏迷了。于是将信掷在桌上，闭上他的眼睛，声音已没有，呼吸也低弱，如一只受重伤的猛兽。

第十四　空谈与矛盾

他朦胧地睡在床上,一切都对他冰冷冷的,他倦极了。在他的脑中,又隐约地现出他的妈妈和弟弟的影子来。——一位头发斑白的老妇人,和一位活泼清秀的可爱的少年,他们互相慰依地生活。他们还没有前途,他们的希望还是迷离缥缈的。他们的前途和希望,似乎紧紧的系在他的帮助上。——他努力,依着传统的法则,向社会的变态方面去努力,他努力赚到钱,努力获得了一种虚荣;结了婚,完成了他的家庭之责;一边使他的母亲快乐,一边供给他的弟弟读书。这样,他们的人生可算幸福,他的人生也算完成。但他想,他能这样做去么?

"不能,不能,我不能这样做去!"他自己回答。

于是他又自念:

"母亲呀,希望在我已转换了方向了!我已经没有法子捞起我自己已投入水中的人生。我的眼前只有空虚,无力,我不能用有劲的手来提携我的弟弟!我将离开生之筵上了。还在地球之一角上坐的睡的已不是我,是一个活尸,罪恶之冲突者罢了!我不想我会流落到这个地步,母亲呀,我还有面目见你么?"

这样,他又将呜咽。一息又想:"弟弟,你叫我回到哪里去呢?我已经没有家乡了!还有家乡么?没有了!而且我自己早已死去,在一天的午夜自杀了!弟弟,希望你努力,平安,我已无法答应你的呼声了！"

正在这个时候，清来。他因瑀未曾吃中饭，所以早些来。手里带着面包，鸡蛋和二角钱的火腿。

他看见瑀这时又在流泪，心里又奇怪起来。随即将食物放在桌上，呆立一息，问：

"又怎样了？"

这时瑀的悲思还在激动，可是他自己制止着，不愿再想，他也没有回答。清又问：

"又怎样了？"

瑀动一动头，掩饰的答，

"没有什么。"

清又说：

"你又想着什么呢？你一定又想着什么了。何必想它呢！"

"没有想什么，"瑀和平的说，"不过弟弟写来了一封信刺激我一下，因此我记起妈妈和弟弟来。"

"璿有信来么？"清急忙的问。

"有。"

"可以告诉我说些什么吗？"

"你看信罢。"语气哀凉的。

于是清将桌上的二张黄色的信笺拿来。心里微微有些跳，他不知道这位可爱的小弟弟究竟写些什么。他开始看起来，他觉得实在有几分悲哀，但愈看愈悲哀，看到末段，他不愿再看下去了。一时他说不出话，许久，他说道：

"小孩子为什么写这样悲哀的信呢！"

"他不过告诉我母亲和他自己两者的感情罢了。"

"那么你打算怎样呢?"

"我不想回去。"

"不想回去?"

清愁急着。一时又说:

"你的母亲和弟弟这样望你回去,我们又代你计划好回去;又为什么不想回去呢?"

"叫我怎样见我的妈妈呵?"

"这又成问题么?"

"我堕落,又病了!"

"正因病要回去。假使你现在在外边,有好的地位,身体健康,又为什么要回去呢?"

"不是,我不想回去。"

"你一些不顾念到你的母亲和弟弟的爱么?"

"无法顾念到。"

"怎么无法?"

"怎样有呢?"瑪的语气慢了。

"房东已回报你了。我想明天就搬,回家乡去,假使天晴的话。"

"我不愿回去。"

"房租和旅费我们统已筹好。"

"不是这些事。"

"还有什么呢?"

"我怎样去见我的弟弟和母亲?"

清似乎有些怒了,他说:

"只要你领受你母亲和吾们的爱就是了。"

这时，房内又和平一些。静寂一息，瑀又轻弱说了起来：

"我不知自己如何活下去，唉，我真不知自己如何可以活下去！我不必将我的秘密告诉你，我不能说，我也说不出口。我憎恨现社会，我也憎恨现代的人类，但也憎恨我自己！我没有杀人的器具和能力，但我应当自杀了，我又会想起我的母亲，我真是一个值得自咒的懦夫。我不知什么缘故，自己竟这样矛盾！我现在还活着，病的活着，如死的活着。但我终将在矛盾里葬了我的一生！我终要在矛盾的呼吸中过去了！我好不气闷，自己愿做是做不彻底，自己不愿而又偏要逼着做去，我恐怕连死都死的不痛快的！"

清因为要使他的话休止，接着说：

"不必说了，说他做什么？你是矛盾，谁不矛盾呢？我们要回去，就回去；不想回去，就不回去，这有什么要紧呢？"

"可是办不到呀。"瑀凄凉而感喟地说了。

房内静止一息，清有意开辟的说：

"而且我也这样的，有时还想矛盾是好的呢！"

他停了一息，似乎思考了一下，接着说：

"我有时真矛盾的厉害呵。本想这样做，结果竟会做出和这事完全相反的来；前一分钟的意见，会给后一分钟的意见完全推翻到没有。譬如走路，本想走这条去，但忽然不想去了；又想走那条去；然又想去了；结果在中途走了半天，也不前进，也不回来，究竟不知怎样好。这是很苦痛的！不过无法可想，除出自己审慎了，加些勇敢之力以外，别无法可想。这也是气质给我们如此。在伟，他就两样了。他要这样做，就非这样做不可，他有固定的主见，非达到目的不止，你是知道他的。不过也不好，因为他假如想错了，也就再想不出别的是来；有时竟至别人对他说话，他还不相信，执着他自己的错误到底。"这时他停一停，又说："譬如走路，已经知道这条路走不通了，但他非等走完，碰着墙壁，他不回来。这真无法可想。前一星期，我和他同到乡下去散步，——这个事件我还没有告诉你。——中饭吃过，我们走出田野约二里路，南方黑云涌上来，太阳早就没有了。我说：'天气要下雨了，我们不能去罢？'他说：'不，不会下雨。'又走了约一里，眼见的满天都是云了。我又说：'天真要下雨了，我们回转去罢？'他还是说：'不会，一定不会下的。'再过了一时，雨点已滴落到头上了。我急说：'雨就要下了，快回去罢！'而他还是说：'不会下的，怕什么啊！'秋云不雨长阴'，你忘记了么？'等到雨点已很大地落到面前，他也看得见了。我催促说：'快回去罢，躲又没处躲，打湿衣服怎么好呢？'他终究还是这样的说：'怕什么啊，这样散步是多么有趣呢！'结果，雨竟下的很大，我们两人的衣服，淋湿的不得了，好像从河里爬上来一样。而伟哥，还是慢慢的说：'这样的散步，是多么有趣啊！'""有趣原是有趣，但我却因此腹痛下泻，吃了两天的药。这是小事，我也佩服他的精神。假如大事呢，他也是一错到底，这是不矛盾的危险！"

他婉转清晰的说完，到这时停止一下。于是瑀说，假笑的：

"一错到底，哈，真是一错到底！"

"我想错误终究是错误。"

清正色的。

天渐渐地暗下来，雨也止了。房内有一种病的幽秘。

第十五　无效的坚执

晚餐以后，伟又来了。

他一坐下，清就告诉他瑀的弟弟有一封信来，叫瑀赶紧回家。当时伟说：

"那很好咯。"一边就从清的手受了信去，看将起来。但一边未看完，一边又说：

"我们早已决定送他回去，可见瑀的母亲和我们的意见都是一致的。"

停了一息，又说，这时信看完了，将信纸放在桌上。

"那我们决计明天就走。"

清却慢慢的说：

"瑀哥不愿回去。"

"不愿回去？为什么？"

"不过此刻却又被我说的回去就回去哩。"

"这很好。"

"是呀，我们在半点钟以前，大谈论你。"

"谈论我？"伟微笑的，"骂我一顿么？"

"吁，佩服你彻底的精神。"

"错咯，我是一个妥协的人。对于社会，人生，什么都妥协。但有时还矛盾呢，你们岂不是知道么？"

清几乎笑出声来。伟又说：

"我很想脱离都市，很想过乡村的生活。所谓到民间去，为桑梓的儿童和农民谋些幸福。但不能，家庭关系，经济关系，种种牵累我，使我不能不过这样奴隶式的生活。我倒十分佩服瑀哥，瑀哥真有彻底的精神，而且有彻底的手段。"

"他倒痛恨他自己的矛盾。"清说。

"这因他近来精神衰弱的现象。所以瑀哥，无论如何先应休养身体。"

这时瑀似睡去一样，没有插进一句嘴。他听他们的谈话，也似没有什么关心。

以后，话就没有再继续，只各人翻翻旧书。房内又静寂的。时候九点钟，瑀叫他们回去。清说：

"我还再在这里睡一夜，因为半夜唯恐你要什么。"

伟说：

"我在这里睡一夜罢，你明天可以陪他回去呢。"

而瑀说：

"我夜里睡的很好，请你们自由些罢。"

但他们还是各人推让，好像没有听到瑀的话，于是瑀生气的说道：

"快回去罢，你们真自扰，两人睡在一床，终究不舒服的。"

一边翻了一身，还似说：

"我死了，你们也陪我去死么？无意义！"

他们也就走了。

而这夜，他偏又睡不着，不知什么缘故。他在床上翻来覆去，心里感到热，身又感到冷，脑中有一种紧张。他好似一位临嫁的女儿，明天要离开她的母亲了。又是久离乡井的孩子，明天可回去见他的母亲。他睡不着，怎样也睡不着。他并不是纯粹地想他的母亲，他也想着他的病到底要变成怎样。但他这时所想的主要部分，还是——他究竟怎样活下去。社会是一盆冷水，他却是一滴沸油；他只在社会的上层游移，辗转，飘浮，他是无法透入水中，溶化在水中！自杀已一次不成，虽则还可以二次去自杀，但他想，自杀究竟是弱者的消极行为，他还是去干杀人的事业。手里执着手枪，见那可恨的，对准他的胸腔，给他一枪，打死，人间的罪恶就少了一部分，丑的历史就少了几页了。这是何等痛快的事，但他不能这样干。以后，他希望自己给别人杀了。他想当兵去，临战场的时候，他自己不发一弹，等着敌人的子弹飞来，敌人就可以将他杀死。但又不愿，当兵不过为军阀利用，敌兵多杀了一个敌，也不过帮敌人的军阀多了一次战绩。以后，他想去做报馆的记者，从此，他可痛骂现代人类之昏迷，社会之颠倒，政治上的重重黑暗，伟人们的种种丑史，他可以骂尽军阀，政客，贪污之官吏，淋漓痛快的，这样，他一定也可以被他们捕去，放在断头台，绞刑架之上。但他又有什么方法能做一个报馆的主笔呢？他不能，这又是他的梦想！他简直各方面都没有办法，他只有孤独的清冷的，自己萎靡衰弱，流他自己的眼泪，度着一口的残喘。而且四面八方的逼着他，势将要他走上那卑隘之道上的死，他很有些不情愿了。苦痛，还有什么逃避的方法呢？自己的命运已给自己的身体判决了，又给朋友们的同情判决了，又给母亲和弟弟等的爱判决了，他还有什么逃避的方法呢？除非他今夜立刻乘着一只小船，向东海漂流去；或者骑着一只骆驼，向沙漠踱去。此外还有什么逃避的方法？但他今夜是疲乏到极点，甚至抬不起头,他又怎能向东海或漠北逃去?一种旧的力压迫他,欺侮他,一种新的力又引诱他,招呼他。他对于旧的力不能反抗,对于新的力又不能接近,他只在愤恨和幻想中,将蜕化了他的人生;在贫困和颓废中流尽了他一生之泪,他多么苦痛!

这样,他一时又慢慢的起来,挣扎的起来。

他坐在床边靠着桌上,他无力的想给弟弟写一封回信。他告诉他,——弟弟,我是不回来了,我永远也不回来了。我颓废,我堕落,我病;只有死神肯用慈悲的手来牵我,是适宜而愿意的;此外,我不能领受任何人的爱了。在我已没有爱,我无法可想,失了社会之大魔的欢心的人,会变成像我这么一个,一切美的善的都不能吸收,孤立在大地上怨恨,这是多么奇怪的事呀!弟弟,请勿记念我罢,还请你慰劝母亲,勿记念我罢。我的心早已死去,虽则我的身体还病着,但也早已被判了死刑,你叫我回家做什么呢?弟弟,算世间上没有像我一个人,请你和母亲勿再记念我罢。

这样,他一边竟找出一张纸。用水泼在砚子上,无力的磨墨。他要将他所想的写在纸上,寄给他的弟弟。但磨了两圈,提起笔来,头又晕了。于是他又伏在桌上。

足足又挨延了两三点钟,他觉得再也坐不住,这才向床眠去,昏昏地睡着了。时候已经是两点钟。

一忽,天还未亮,他又醒来。

在梦中,似另有人告诉他,——到家是更不利于他的。于是他一醒来,就含含糊糊的自叫:

"我不回家!无论如何我不回家!"

一息又叫:

"我不回家!无论如何我不回家!"

又静默一息，喃喃的说道：

"死也死在他乡，自己早已说过，死也死在他乡。我任人搬弄么？社会已作我是傀儡了，几个朋友和母亲，弟弟，又作我是傀儡么？死也不回家。我的一息尚存的身体，还要我自己解决，自己作主。等我死后的死尸，那任他们搬弄罢！抛下海去也好，葬在山中也好，任他们的意思摆布。现在，我还没有完全死了，我还要自己解决。"

他又静默一息。眼瞧着月光微白的窗外，又很想到外边去跑。但转动着身子，身子已不能由他自主。他又气愤愤的想：

"这个身子已不是我自己所有的了么？"

接着又想：

"但无论如何，总不能为别人所有，否则，请他们先将我药死！"

这样，他一直到天亮。他望着窗外发白，阳光照来。天气又晴了。

约九时敲过，他又睡去。到十一时，清和伟二人谈着话推进门来，他才又醒了。这时，他的精神似和天色一样，更清明一些。

清走到他的床边，很活泼的看了一看，就说：

"今天天气很好，我们下午动身。"

瑀没有回答，清又问：

"你身体怎样？"

他一时还不回答，好像回答不出来，许久，才缓缓说：

"身体是没有什么，可是我不想回去了。"

"又不想回去？"清急着接着问：

"为什么呢？是否想缓一两天回去？"

"不，永远不回去。"

"于是又永远不回去了么？"

"是呀，在未死去以前。"

这时清不觉眼内昏沉，他又恨又伤心，许久说不出话来，呆呆地站着。伟接下说，讥笑而有力地：

"你忘记你弟弟的信了么？你一定又忘记了。过了一夜，你一定又忘记了。但这里怎样住下？房主人对你的态度，你还不明白么？她回报你，你也不管么？她要赶走你了。"

"我当然走。"

"走到哪里去呢？"

"走到甘肃或新疆去。"

"你又起这个念头了。那位商人的回信来了么？"

"回信是没有，不过这没有关系，要去我仍可去的。"

"你不要太信任那位商人，那边干你有什么益处呵？"

"而且现在又是病的时候。"清插嘴说。

"病也没有关系，商人也没有关系，有益处没有益处也没有关系。总之，我想去。我是爱那边的原始，爱那边的沙漠。"

"假使你的身体强健，我们随你的意志自由了。可是你现在的身体，你已不能自由行动一步。你现在能跑五里路么？能跑上半里高的山么？你不能，你决不能；你怎么会想到沙漠那边去呢？因此，我们对于你，不能放任的太疏松，请求你原谅，我们对你直说。"伟有力而正色的说。

"给我最后的自由罢！到哪里，死哪里，是自己甘心的。"

"不能！我们和你的母亲弟弟的意见都是一致的。"伟也悲哀的，红润了他的两眼，"况且你已允许了将你的身体交给我们搬弄，又为什么破毁你的约呢？无理由的破约，我们为友谊计，我们不能承认；我们当采取于你有利的方向，直接进行。"

清也说：

"瑀哥，你再不要胡思乱想了，收起来你的胡思乱想，以我们的意见为意见，任我们处置你罢。我们对于你是不会错的。"

瑀哀悲的高声的叫道：

"请你们将我杀死罢！请你们用砒霜来毒死我罢！我死后的尸体，任你们搬弄好了！眼前的空气要将我窒死了！"

"那么瑀哥，你到哪里，我们跟你去罢。"清一边止不住流泪，"我们要做弱者到底，任你骂我们是奴隶也好，骂我们是旧式的君子也好，我们始终要跟着你跑！你去，我们也去，你到哪里，我们也到哪里；你就是蹈上水面，我们也愿意跟上水面。你看，我本不该这样向你说，可是你太不信任我们，而我们偏连死也信任你了。"

许久，瑀问：

"那么，你们究竟要我怎样呢？"

伟立刻答：

"维持下午动身回家的原议。"

"好，你们给我搬到死国里去！"

"任我们搬，无论生土，还是死国。"

"一定是死国。"

"随你当死国吧。"

"清，请你用手来压住我的心头，我为什么要有这样的时间。"

于是三人又流下泪了。

第十六　忏悔地回转故乡

下午二时，瑀的房内又聚集许多人，阿珠和清，伟，翼，佑，四位青年。他们杂乱的帮瑀整理好行李，——他的行李很简单，一只铺盖，一只旧皮箱，一只网篮。箱和网篮里大半是旧书：数学，文学，哲学都有。别的东西很少，只有面盆，碎了盖的那把茶壶，没油带的洋灯等。而且清又代瑀将几只酒瓶和药瓶送给阿珠。三天以前清送他的两盒饼干，还没有拆过；这时清也很好的放在他的网篮之内，给他带回家去。托尔斯泰的相片，伟也很恭敬的拿下来，夹在《康德传》的书中。一边，房租也算清了。

现在，房内满堆着废纸。箱，铺盖，网篮，都放在床上。桌也移动得歪了。房内飞涌着灰尘。瑀坐在床边倚墙靠着，眼倦倦闭去，好似休息。清坐在他的旁边。伟还在收拾，有时连废堆中，他都去检查了一下。佑和翼向窗外依着。阿珠立在门边，眼看着地板，呆呆的，似不忍别离。

天气很好，阳光淡淡的笼罩着，白云如蝴蝶在蓝色的空中飞舞。不过这时的房中，显示着灰色的伤感的情调罢了。

以后，清说：

"我们可以动身了，到那边总要一点钟，离开船也只有一点钟了。"

伟和着说：

"可以动身了，早些宽气一点。"

于是佑回过头来问：

"我去叫车子，——三辆么？"

瑀却立刻阻止叫，睁开他似睡去的眼：

"慢些，请你们慢些，我还没有说完我的话。"

他们没有声音，可是瑀又不说。

这样又过了二十分钟，清觉得等待不住，他们无法地向瑀催促：

"瑀哥，你有什么话呢？"

瑀仍不动，清又说：

"瑀哥，你有话，请快些说罢，否则，我们只好明天去了。"

瑀还不动，清又说：

"瑀哥我们动身罢，你还要说什么话呢？"

这时瑀却再也制止不住，暴发似的叫道：

"天呀，叫我怎样说呢？我的愚笨会一至于此，我何为而要有现在这一刻的时候！时间之神呀，你停止进行罢！或者你向过去之路倒跑罢！否则，叫我怎样说呵！"

停了一忽，他急转头向阿珠叫：

"阿珠，请你走到我的前面来。"

这位愚蠢的女子，依他的话做了。痴痴的，立到窗的前面来。瑀仰头望着天花板，急急的接着说：

"忏悔么？不是，绝不是，我何为要对你忏悔？但我不能不说明，阿珠，不能不对你说明几句。在这过去未来将不再现的时候，我要对你说几句。这是最后的话，或者是我对你的忠告。阿珠，请你静静地听着，留心地听着。"

这时清和伟是十分难受，蹙着眉发怔地看着。坚执是玛的习惯，他们是无法来阻止他说话，他们只有顺从。否则，他又会什么都推翻了，不回家了，跑去了，他们又奈他何呢？他们只屏息地听着。

"阿珠，我恨你！你真使我苦痛，好像我堕落的种子，全是你们女人赐给我似的。因此，我也要想伤害你。你的母亲，你应当杀死她！她实在不是一个人，她不过戴着人的脸，喘着人的一口气。她是一个魔鬼，是一个罪恶的化身，你在这狱中活着，你一定要接受你母亲的所赐！你要救你自己，你应当杀死她！阿珠，求恕我，我望你以后凶凶地做一个人，也要做一个有力的人！因为社会是恶的，你应当凶凶地下毒手，你千万不可驯良，庸懦。否则你就被骗，你就无法可想。阿珠，你能听我的话么？你能凶凶地去做你自己的一个有力的人么？你能将这个恶妇人杀死么？你能杀死她，你自己是得救了。"

停一片刻，又说：

"我的莽闯，并不是酒醉。因为我恨你，同时要想伤害你了。我对你起过肉的幻想，憎恶的爱。唉，上帝的眼看的仔细，他使我什么都失败了，但你对我错误，你为什么不听你母亲的话，将我送到牢狱中去呢？你太好了，怕要成了你堕落的原因，你应当狠心下手。"

一息，又说：

"阿珠，你做一个罪人罢！这样，你可以救你自己，你的前途也就有希望。我呢，因为自己不肯做罪人，所以终究失败了。虽则，在我的行为中，也可以有使人目我为罪人的成分，但我是不配做罪人，我的命运已给我判定了！我已无法可想，我也不能自救。虽则母弟朋友，他们都在我的身边努力设法营救我，但这不是救我的良法，恐怕都无求了！我已错弄了自己，我现在只有瞑目低头向卑隘的路上去求死！我有什么最后的方法？我不能杀人，又不能自杀，我以前曾经驯良，现在又处处庸懦，到处自己给自己弄错误了，我还有什么自救的方法？我当留在人间不长久，阿珠，我希望你凶凶地做个有力的人罢！再不要错弄了你自己，去同这社会之恶一同向下！阿珠，做一个罪人，做一个向上的恶的人，和现社会的恶对垒，反抗！"

朋友们个个悲哀，奇怪；不知道他到底指着什么。而阿珠，也只痴痴的听，又哪里会明白他的意思。这样，他喘了一息，又说，可是声音是无力而更低弱了：

"阿珠，我想再进一步对你说，请你恕我，请你以我的话为最后的赠品。在你母亲的身上，好似社会一切的罪恶都集中着；在你的身上呢？好似社会一切的罪恶都潜伏着。阿珠，你真是一个可怕的人，你真是一个危险的人，而且你也真是一个可怜的人！在你的四周的人们，谁都引诱你，谁都欺侮你，你很容易被他们拖拉的向下！因此，你要留心着，你要仔细着，最好，你要凶凶地下手，将你母亲的罪恶根本铲除了，再将你自己的罪恶根本洗涤了，你做一个健全的向上的人，你能够么？你能杀死你的母亲么？阿珠，你做一样克制毒物的毒物罢！你算是以毒攻毒的毒罢！你是无法做一个完全的善的人。在你这一生，已没有放你到真美的幸福之路上去的可能了，你一想起，你会觉得可怜。但可以，你做一个克制毒物的毒物罢！这样，你可以救你自己。阿珠；你能领受我的话么？"

又喘了一息,说:

"阿珠,在今天以前,我永没有起过爱你的心,你不要误会。到今天为止,我相信你是个纯洁的人,你是天真而无瑕的。但你呢,你也曾经忘记过你自己的了。你想从我的手里讨去一点礼物,人生的秘密的意义。但你错误了!你竟完全错误了!我能给你什么呵?我除出困苦与烦闷以外,我能给你半文的礼物么?你要我的困苦与烦闷么?因此,我拒绝了,我坚决地拒绝了!这是你的错误,你以后应该洗涤。你那次或者是随便向我讨取一点,那你从此勿再转向别人讨取罢!阿珠,你能以我的话为最后的忠告么?"

他的声音破碎而低,一时又咳了一咳,说:

"我也不愿多说了!多说或者要使朋友们给我的回家的计划失败了。并非我切心要回家,这样,是对不起这几位朋友的卖力。他们要将我的身搬到死国去,我已允许他们了。阿珠,这几位朋友都是好人,都是有才干的人,都是光明磊落向上成就的人。唉,假如还有五分钟的闲暇,我可以将他们介绍给你。但没有这个闲暇了!"一边转头向伟,但眼睛还是瞧着天花板的说,"伟,这是一个将下水的女子,你能不避嫌疑的救救她么?"

伟是什么也答不出来。于是他又说道:

"哈,我是知道以你们的力量,还是不能救她的。"于是又转向清说:

"清,你能负责救一个从不知道什么的无辜的女子的堕落么?"

清却不得已地悲伤的慢慢的答:

"我能。瑀哥,你又为什么要说到这种地方去呢?你已允许我们，你可制止你的话了。"

"哈，"瑀接着又冷笑了一声，说，"我不多说了。阿珠，可是你还是危险，你还是可怜！"

很快的停一忽，又说：

"现在，我确实不多说了，我心很清楚，和平。我最后的话，还是希望阿珠恕我无罪，领受我祝她做一样克制毒物的毒物的愿望。"

说到这里，他息一息。四位朋友，竟迷茫的如眼前起了风雹，不知所措的。阿珠虽不懂他的话，却也微微地跳动她的心头。

房内静寂一息，瑀又说：

"现在我很想睡，不知为什么，我很想睡。但你们不容我睡了，将我的床拆了，被席掷了，不容我睡。"

这时阿珠突然开口说：

"到我这里去睡一息罢，朱先生，到我这里去睡一息罢。"

"不，不要。"瑀急答，她又说：

"有什么要紧呢？妈妈敢骂我么？你现在有病，又要去了，她敢骂我么？船也不会准时开的，至少要迟一点钟，很来的及，朱先生，到我这里去睡一息罢。"

"我又不想睡了，不知为什么，又真的不想睡了。"

阿珠自念似的说：

"有什么要紧，你现在有病，又要去了，妈妈敢骂我么？有什么要紧。"

于是瑀说：

"不，我不要睡。我要睡，地板上也会睡的。"

阿珠默了一息，又问：

"你要茶么？"

一边又转向他们问：

"你们也要茶么？"

"不要。"

"谢谢。"

伟和清的心里，同时想：

"怎样奇怪的一位女子呵！"

阿珠又微笑的孩子般说：

"我们不知道什么时候再见了？"

"不要再见罢！"瑀说。

这时清唯恐他又引起什么话，立刻愁着眉说：

"瑀哥，话完了么？我们再也不能不动身了。"

"是呀，我们再也不能不动身了。话呢，哪里有说完的时候。"

伟也说：

"还是走了可以平安一切。"

"是呀，"瑀微笑的，"过去就是解决。进行之尾，会告诉人们到了解决之头。否则，明天是怎么用法呢？"

"那么我们走罢。"清说。

"随你们处置。"

这样，佑就去叫车子。

下部　冰冷冷的接吻

第一　到了不愿的死国

　　二十点钟的水路，已将他从沪埠装到家乡来了。

　　他们乘的是一只旧轮船，是一只旧，狭窄，龌龊的轮船。虽然他们坐的是一间小房间，可是这间小房间，一边邻厕所，一边邻厨房。也因他到船太迟，船已在起锚，所以没有较好的房间。他们在这间小房间之内，感到极不舒服，一种臭气，煤气，和香油气的酝酿，冲到他们的鼻孔里来，胸腔有一种说不出的要作呕似的难受。有时瑀竟咳嗽了一阵，连头都要晕去。

　　在这二十小时之内，瑀时时想避开这房内，到船头船尾去闲坐一回，徘徊一回，或眺望一回；但他的身子使他不能多动，一动就要咳嗽。而且支持无力，腰骨酸裂的。因此，他们只在当晚，得了船主的允许，叫茶房将被毯搬上最高露天的一层，他们同睡了四五点钟以外，——后来因瑀觉到微风吹来的冷，而且露大，就搬回来了。于是他们就在房中，没有走出门外一步。

　　瑀在这房中，他自己竟好像呆呆地莫名其妙。他只是蹙着眉仰天睡着，嗅那难闻的恶臭，好像神经也为它麻木了。他从没有想到要回家，但这次的猝然的回家，被朋友们硬装在船中的回家，他也似没有什么奇怪。过去的事情是完全过去的了！但未来，到家以后要怎样，那还待未来来告诉他，他也不愿去推究。因此，在这二十小时之内,他们除了苦痛的忍受之外,没有一丝别的想念和活动。船是辘辘的进行,拖着笨响的进行。清坐着,手里捧着一本小说,一页一页的翻过它。他没有对这极不愿说话的病人多说话,只简单的问了几句,心里也没有什么计算和预想。

到了第二天午刻,船抵埠了,客人们纷纷抢着先走。瑀才微笑的做着苦脸向清问道:

"到了死国了么?"

清也微笑地答:

"是呀,到了生之土呵!"

接着清又问瑀要否雇一顶轿子,瑀说:

"劳什么轿子,还是一步一步的慢慢的走罢。我很想走一回,坐一回,费半天的到家里呢。"

清也就没有再说什么,行李寄托给茶房,他们就上岸。

这埠离他们的村庄只有五六里,过了一条小岭,就可望见他们的家。

瑀真是走一回,坐一回。他硬撑着两脚,向前开步。昏眩的头,看见家乡的田,山,树木,小草,都变了颜色,和三年前所见不同;它们都是憔悴,疲倦,无力,凄凉。他们走到了小山脚的一座亭子上,他们将过山岭了,瑀对清说:

"你先回去罢,我很想在这亭中睡一息,慢些到家。你先回去罢,我不久就可到的。"

清说:

"我急什么呢?同道去。你走的乏了,我们可以在这里多坐一下。你要睡一趟也好,我们慢慢地过岭好了。"

"你先回去罢,让我独自盘桓,我是不会迷了路的。"

"不，我陪你，我急什么呢？我们总比太阳先到家呵！"

清微笑的说，一边他们就停下脚步。

过了约半点钟。瑀是睡在亭前的草地上，清是坐在亭边一块石上，离他约一丈远，在看他的小说。

这时瑀的外表是很恬淡，平静，身体蜷伏在草地上似睡去一样。太阳微温地照着他的身子。西风在他的头上吹过，他的乱发是飘动的。蝉在远树上激烈而哀悲的叫。一切有韵的生动的进行，不能不使他起了感慨，少年时代的和这山的关系的回忆：

从八九岁到十五六岁，那时没有一天不到这山上来玩一趟的。尤是在节日和例假，那他竟终日在这山上，这山竟成了他的娱乐室，游艺场了。一花一草，一岩一石，都变做他的恩物，都变做他的伴侣。同时，他和几个小朋友们，——清也是其中之一人，不过清总是拌着手，文雅雅的。——竟跳高，赛远，练习野战，捉强盗，做种种武装的游戏。实在说，这山是他的第二家庭，他早说，死了也应当葬在这山上。他由这山知道了万物，他由这山知道了世界和宇宙，他由这山知道了家庭之外还有家庭，他由这山知道了他的村庄之外还有更大的村庄和人类之所在。而且他由这山知道了人生的悲剧，——人老了，在苦中死去了，就葬在这山的旁边。种种，他由这山认识起来。

有一回，那时他的父亲还在世。他的父亲牵他到这山上来玩。一边还来看看所谓轮船，——初次轮船到他的村庄。他先闻得远远的天边有物叫了，叫得很响很响。随后就有一物来了，从岛屿所掩映的水中出来。它望去很小，在水上动的很慢。当时这船的外壳是涂着绿油和黑色铅板，瑀竟跳起了仰着头问他的父亲：

"爸爸,轮船像金甲虫吗?"

他父亲也笑了一笑,说:

"像金甲虫?你看像金甲虫么?"

"是呀。"

"那么你有轮船了?"

"小一些我有,这样大可没有。"

这样,他父亲又笑了一笑。随着就将轮船的性质,构造,效用等讲给他听。因他的父亲在晚清也是一个新派的人,而且在理化讲习所毕业的。所以这时,他连瓦特发明蒸汽的故事,也讲给他听了。他听了竟向他父亲跳着说道:

"爸爸,我也要做瓦特先生。"

"那么你也会发明轮船呢!"

"嘿,我的轮船还会在天上飞;因为金甲虫会在天上飞的。"

因此,他的父亲更非常地钟爱他。回家后,他的父亲笑向他的母亲说:

"瑀儿真聪明,将来一定给他大学毕业出洋留学。"

不久,他的父亲死了。虽则,他所以能在大学毕业二年,也是他的母亲听了他父亲的遗嘱。但因为父亲之死,家庭的经济更加窘迫,收入没有,债务累积。结果,他竟失学,失业,使他的人生起了如此的变化。

"天上会飞的船在哪里呢?还是在天上飞呵!"瑀想了一想。

这样,他们过了约半点钟。清有些等待不住的样子,收了小说向瑀问:

"瑀哥,可以走么?"

瑀也就坐了起来,痴痴的说:

"走罢,走罢,我也没有方法了,实在,我还该乘这金甲虫回去,造我天上会飞的金甲虫!"

一息,又说,摇摇头:

"可是天上会飞的金甲虫,早已被人造出来了,这又有什么稀奇呢!父亲对我的误谬,会一至于此!"

清听了却莫名其妙,随口问:

"什么金甲虫?"

"呀,蜻蜓呵!"

"哪只蜻蜓?"清的眼睛向四野看。

"天上飞的蜻蜓。"

瑀慢慢的说。清急着问:

"你为什么又想到飞机呢?"

"不,想到我的父亲了。"

清听了,更莫名其妙,愁着想:

"他还是胡思乱想,为什么又会想到他早已死了的父亲呢?"

一边,仍向瑀问:

"瑀哥,你会走么?"

"走罢。"

他们同时立起身来。

这时,却早有人到他们的村庄,而且将瑀的回家的消息,报告给他的母亲了。所以当他们开始慢慢的将走上岭的时候,就望见一个十三岁的少年,气喘喘的跑下岭来,一见他们,就叫个不住:

"哥哥!哥哥!哥哥!"

他们也知道他是谁了。清微笑着说:

"璘来了。"瑀说:

"这小孩子,来做什么呢!"

"迎接你哥哥呢。"

"还是不迎接的好。"

一边他心又酸楚起来。

这孩子异常可爱,脸白,眉目清秀,轮廓和瑀差不多,不过瑀瘦,颀长,他稍圆,丰满一些。他穿着一套青布校服,态度十分活泼,讲话也十分伶俐,他跑的很喘,一手牵着瑀的手,一手牵着清的手,竟一边"哥哥",一边"清哥",异常亲昵地叫起来。他们两人也在他的手上吻了一吻,拍了一拍他的肩。这样,是很表出他们兄弟久别的情形来。

这时瑀很想三步两脚的跑到家里,可是瑀和清,还是一样慢的走。他们是看看乡村的景色,好像是旅行,并不是归家一样。璘急了,他向清说道:

"清哥,可以走走快一些么?"

清也就笑了一笑,说:

"小弟弟,急什么?横是家已在眼前了。"

璘又缓缓的说:

"妈妈怕等的着急呢!"

于是清又接着说:

"你不知你的哥哥身体不好么?"

璘听了,好似恍然大悟,他眨了一眨他的圆活的眼睛,急促的态度就和平了一半。

这时,他们走过岭。一边,璘告诉他的哥哥:

"哥哥,妈妈此刻不知怎样呢?妈妈怕还在哭着。妈妈听到王家叔说哥哥有病以后,每餐饭就少吃了一碗。妈妈常一人揩泪的。方才妈妈听说哥哥来，妈妈真要跌倒了。妈妈本来要到埠来接你，但以后对我说：'璘呀，我的脚也软了，走不动了，你去接你的哥哥，叫你的哥哥坐顶轿子来罢。'妈妈叫我慢慢的走，我是一直跑到这里。哥哥已经来了，哥哥为什么不坐轿子呢？"

他说话的时候，又不知不觉的跑上前面去，又退到他们的身边，看看他哥哥的脸。他的哥哥也看看他，可是没有说话。璘又说：

"妈妈在吃中饭的时候，还说，——哥哥也不知几时会来？和伯还说，叫我再催一封信给哥哥。我很怕写信呢，可是哥哥也回来了。"

孩子又笑了一笑。他的小心对于他久别的哥哥的回来，真不知怎样的快乐。这时清插进了一句褒奖的话：

"你前信写的很好。"

"哪里，哪里，"璘又笑了一笑，说，"前封信我连稿子都没有，因为妈妈催的紧。她说哥哥的面前是不要紧的，写去就好了。现在，清哥，被你见过了么？"

说时，脸色微红了一红。清笑答：

"见过了，很好呢！"

"真倒霉。"

"有什么？"

这样，一时没有话，各人似都难受。又略坐一息，璘说：

"妈妈常说哥哥不知瘦到怎样。哥哥真的比以前瘦多了。假如没有清哥同道，我恐怕不认识哥哥。现在也不知道妈妈认识不认识？"

"你的妈妈一定不认识了。"

清特意说了一句，一边又留心看一看璘，似话说错了一般。

璝沉思的说：

"妈妈会不认识了？"

"认识的，哪里会不认识。你的哥哥也没有什么大改变，不过略略瘦了一点肉就是。"

他又看一看璝，而璝似更难受了。璝想：

"哪里会只瘦了一点肉，我的内心真不知有怎样的大变动！"

可是他终没有说，他是仍旧微笑着愁苦着前走。

这样，他们一边说，一边走。现在，已离他们的村庄很近了。

他们这村庄的形势和风景都很好。一面依山；山不高，也没有大的树木。可是绿草满铺着山上，三数块玲珑的岩石镶嵌着。岩石旁边也伫立着小树，迎着风来，常袅袅袅袅的有韵的唱出歌声。这山的山脉，是蜿蜒的与方才所过的山岭相连接的。这村的三面是平野，——田畴。这时禾稻正青长的，含着风，一片的拂着青浪。横在这村的前面，还有一条清澈的小河。这河的水是终年清澈，河底不深，一望可见水草的依依。两岸夹着枫柳等树，倒映在水底，更姗姗可爱。

这村共约三百户，村庄虽不大，却很整齐。大半的居民都务农业。次之是读书和渔人。他们对于经商的手段似不高明，虽距海面只十数里，船到港里只五六里，可是交通仍不发达。这村的经济情形也还算均等。他们村民常自夸，他们里面的人是没有一个乞丐或盗贼。实在说，朱胜璝的家况，要算这村中最坏的。而清呢，似要算最好的了。

现在，璝和清都可望见他们自己的家。一个在南端，一株樟树的荫下就是。一个在北端；黑色的屋脊，盖在红色的窗户上，俨然要比一般的住宅来的高耸。

但这时的瑀，可怜的人，愈近他家，心愈跳的厉害了！他似不愿见他的母亲。他羞见他的母亲，也怕见他的母亲。璘是快乐的，他真快乐的跳起来，他很急忙地向他的哥哥问：

"哥哥，你肚子饿了么？你船里没有吃过中饭么？我要先跑去，我要先跑去告诉妈妈？"

瑀答不出话来。清说：

"你同你的哥哥一同去好了。陪着你的哥哥一同走，横是五分钟以内总到家的。"同时就走到了分路的口子，清接着说：

"瑀呀，我要向这条路去了。我吃了饭再到你的家里来。"

"清哥，你也到我的家里去吃饭好罢？"

一边又看了一看他的哥哥。清说：

"不要客气了，小弟弟。你同着你哥哥慢慢的走。我比你们先吃饭呢，留心，同你哥哥慢慢的走。"

他们就分路了。

这时的瑀，却两脚酸软，全身无力，实在再不能向前走！他止不住地要向他的弟弟说，——弟弟，亲爱的弟弟，我不想到家去了！我不想见妈妈了！我怎样好见妈妈呢？我带了一身的病与罪恶，我怎么好见妈妈呢？弟弟，我不见妈妈了！我不到家去了！——但他看看他眼前的弱弟，天真的弱弟，他怎样说得出这话来呢？他再说出这话来伤他弟弟幼小的心么？他还要使他的弟弟流泪么？唉！他是多少苦痛呀！而他的弟弟，聪明的璘，这时正仰着头呆呆地眼看着他的哥哥的脸上。

他们一时立住不走。清回转头来，用着奇怪的眼光，望着他们的身后。

第二　跪在母亲的爱之前

　　从不得已中推动他们的身子，这时已到了樟树底下。只要再转一个墙角，就可直望见他们家的门口。瑀不知不觉地低下头，颓伤的，脚步异常的慢。有一位邻居正从他的家里出来，遇见他，邻居是很快活的叫他一句："瑀，你回来了？"而他竟连头都不仰，只随便的答一声："吁。"好似十分怠慢。这时的瑢，实在不能跟牢他的哥哥走。一边向他的哥哥说：

"哥哥，我去告诉妈妈去。"

就跑去了。跑转了一个弯。只听他开口重叫：

"妈妈，妈妈！哥哥回来了！哥哥回来了！"

瑀在后边，不觉自己叹息一声，道：

"弟弟，我对不起你呀！我太对不起你了！"

立刻他又想：

"我怎样可见我的妈妈呢？我怎样可见我的妈妈呢？我急了！叫我怎样呢！唉，我只有去跪在她的前面，长跪在她的前面！"

　　在这一刻的时候，他的妈妈迎了出来。——她是一位六十岁的老妇人，但精神体格似还强健，他们在大门外相遇。她一见她的儿子，竟一句话也说不出来，只发着颤音，叫一声"瑀呀！"一边她伸出了手，捻住瑀的两腕，泪不住地簌簌滚下来。而瑀呢，在这母爱如夏日一般蒸热的时候，他看着他的年老的母亲是怎样伟大而尊严，他自己是怎样渺小脆弱的一个。他被他的老母执住手时，竟不知不觉的跪下去，向他的母亲跪下去！这样，他母亲悲哀而奇异的说：

"儿呀！你起来罢！你起来罢！你为什么呢？"

这时的瑀，接着哭了！且愈哭愈悲，他实在似一个身犯重律的囚犯，现在势将临刑了，最后别一别他的母亲。他母亲也哭起来，震颤着唇说：

"儿呀！你起来罢！你真可怜！你为什么到了这个样子呢？你病到这个样子。儿呀，你不要悲伤罢！你已到了家了！"

一息又说：

"我知你在外边是这样过活的么？儿呀，你为什么不早些回家？早些回家，你不会到这个样子了！外边是委屈你，我不知道你怎样过活的！我不叫璘写信，你或者还不会回来！儿呀！你真要在外边怎样呢？现在，你已到了家了！你不要悲伤罢！"

一息又说：

"以后可以好好地在家里过日子。无论怎样，我当使你和璘两个，好好地过日子！我除了你们两个之外还有什么呢？你起来罢！"

苦痛之泪是怎样涌着母子们的心坎！母亲震撼着身子，向他儿子一段一段的劝慰；儿子呢，好像什么都完了！——生命也完了，事业也完了，就是悲伤也完了，苦痛也完了，从此到了一生的尽头，这是最后，只跪求着他母亲赦宥他一般。此外，各人的眼前，在母子两人之间，显然呈现着一种劳力，穷苦，压迫，摧残，为春雨，夏日，秋霜，冬雪所磨折的痕迹。璘也痴痴的立在他母兄的身边，滴着他的泪，——小心也将为这种苦痛的景象所碎破了。他默默地看看他的母亲，又默默地看看他的哥哥，说不出一句话，只滴着他的泪，一时揉着他的眼。这样，他们在门外许久，于是母亲说：

"瑀，我昏了！哭什么？进去罢！你该休息了！"

接着向璘说：

"璘呀，你也为什么？扶你的哥哥进去。"

这时，瑀似再也没有方法，他趁着他的母亲牵起他，他悲伤含痛的起来。呼吸紧促，也说不出话。就脚步轻轻的，歪斜地走进屋子。

他们的住家，是一座三间相连的平屋。东向，对着一个小小的天井。南边的一间，本来是瑀的书室。里面有一口书橱，和两只书箱，还有一张写字桌子。——这些都是他的父亲用下来的。现在是放着瑀的书，几幅画，和一切笔砚之类。这时，在各种书具橱桌上面，却罩着一层厚厚的灰，好似布罩一样。房的一边，西窗的一边，有一张床。床空着，在床前床后，是满堆着稻草。中央的一间是小客堂，但也是膳食之所和工作室。当中有一张黑色的方桌，两边有四把笨重的古旧的大椅，漆也都脱落了，可还是陈列室放着一样，没人坐它。北边的一间，是他的母亲和璘的寝室。但也是他家中的一切零星物件，甚至油米酱菜的贮藏所。三间的前面是廊，廊内堆积着各种农作物的秆子，如麦，豆一类；廊下却挂着玉蜀黍，菽一类的种子。显然，他们是农家的样子。在这三间的后面，是三间茅草盖的小屋，一间厨房，一间是猪栏和厕所，一间是一个他家里的老长工名叫和伯的卧室，各种农具也在壁上挂着。

他们的房子，显然是很古旧的了。壁是破了，壁缝很大，窗格也落了，柱子上有许多虫孔。而且他全部的房子，有一种黑色的灰尘，好像柏油一般涂着。

这时他们母子三人都集在他母亲的房里。当她迈进门的时候，一边问瑀：

"你的行李呢？"

瑀开口答：

"寄在埠头。"

一边，他母亲执意要瑀睡一下，瑀也就无法的睡在他弟弟的床上。一息，他母亲又向璘说：

"璘呀，你到田野去叫和伯回来，说哥哥已经到家了，叫他赶快去买一斤面，再买点别的，你哥哥一定饿了。"

于是璘向门外跑去。

这时他们母子的苦痛的浓云，好像消退许多。阳光淡淡地照着天井，全家似在幽秘里睡眠着，空气很静。时候约下午二时。

瑀，仰睡在他弟弟的床上。——这是一张小床，靠在他母亲的一张旧的大床的旁边。他睡着，全身紧贴的微温的睡着，他好像什么都没有想，什么都到止定的时候一样。他眼睛向四周随便的看看，四周的景物与陈设，还是和三年前一样，就是三年前的废物，现在也还照样放着，一些没有改变。他对于这些也没有什么感想。但无形间，他觉得生疏许多了。他觉得不十分恰合，也不十分熟识似的。环境的眼睛也瞧着他，也似不能十分吸收他进去；它们是静默的首领，不是欢声的迎接。因此，瑀有时在床上转一转，一边蹙一蹙眉，呼一口气。

可是他的这位老母亲，她真有些两样了：她对于她的儿子这次的归来，竟似寻得了已失去的宝贝一般。快乐使她全身的神经起了兴奋，快乐也使她老年的意识失了主宰。她一息到房内，一息又到厨间；一息拿柴去烧火，一息又取腌的猪肉去切。她好像愿为她的儿子卖尽力气，她也好像愿为她的儿子忠诚地牺牲一切！瑀看着似乎更为不安，他心里微微地想：

"老母呀！你真何苦呢！你大可不必啊！为了你的儿子，你何苦要这样呢？你真太苦了！老母呀！"

所以当这时，他母亲捧来了两盏茶，放在桌上。她向瑀说："你先喝杯茶罢。"

而瑀就立刻起来，回答他母亲说，

"妈妈，你太忙碌了！我不是你家里的客人，你何必要这样忙碌呢？妈妈，你坐一息罢！你安稳的坐一息罢。"

可是他的母亲，一边虽坐下，一边却滔滔地说起来了：

"瑀呀，你哪里知道我呢！你哪里能够知道我的心呢！这样是我自己心愿的，但这样也算得忙碌么？一些不忙碌，我快乐的。可是有时候，一想到你，真不知心里怎样，你哪里能知道呢！"

息一息又说：

"有时一想到你，想到你在外边不知怎样过活，我心里真不知有怎样的难受！瑀呀，你哪里能知道呢！你是廿一岁出去的，你说到大学去读书，可是你东奔西跑，你在大学又读了几时呢？我是没有钱寄给你，这两年来，家里的景况是更坏了。你呢，你也不向我来要钱。我不知道你在外边真的怎样过活，你一定在外边受苦了！"她似又要流下眼泪，她自己收住了。"瑀呀，你一定在外边受苦了！否则，你会瘦到这样子么？我真不知你在外边怎样过活，但你为什么不早些回来？这是你自己的家，你为什么不早些回来？我也想不到你会瘦到这样！我只有时时刻刻的想你，我不会想到你竟得了一身的病！我只想你总在外边受苦，我也想不到你会在外边辗转磨折到如此！儿呀，我早知你如此，就是一切卖完，也寄一些钱来给你。但是我哪里会想到你竟到这样呢！我一想到你，心里不知怎样地难受，心头有一块什么东西塞着似的。但假如我早会想到你这样，我恐怕也要病了。瑀呀，你为什么不早些回来呢？你不到如此，你是不回家的么？就是到如此，假如璨不写信，你还是不会回家的么？你忘记了这是你的家了！你也忘记了你的妈妈了！你哪里知道你的妈妈的时刻想念你呢？你一定忘记了你的妈妈了！否则，为什么不早些回来呢？"

说到这里，她才停一息。又说：

"几天前，从王家叔告诉我，说你有病，心不舒服，睡着一句话也没有说，脸瘦的不成样子。我听了以后，不知道心里急的怎样！我叫璨写信，璨慢慢的，我就骂了。以后，我吃饭的时候想到你，做事的时候也想到你。儿呀，我真切心地想你。"

这样，她又略停片刻。她看茶已凉了，一边捧茶给瑀，一边说：

"我忘记了，茶凉了。你喝一盏罢。这样，你可安一安心。"

瑀用两手来受去茶。她接着说：

"我这几夜来，夜夜梦里做着你！一回梦到在摸摸你的手臂，我说，还好，瘦的还好；他们说你瘦的怎样厉害，但现在瘦的还好。一回又梦你真的瘦的不成样子了！全身一副骨，比眼前还厉害的多。一回梦说你不回家了，而且从此以后，永远不回家了！

我竟哭起来,我哭起来会被璘叫醒。但一回却又梦你很好,赚了很多的钱,身体很健的回到家里。有时,梦你竟妻也有了,子也有了。但有时梦你……梦你……唉,梦你死了!"

说到死了,竟哽咽的。一息,又接着说:

"我每回梦过你醒来以后,总好久睡不着。我想,不知道这个梦兆是吉是凶。又想你在这样夜半,不知是安安的睡呢?还是心中叫苦?还是胡乱的在外边跑?虽则我知道你的性子是拗执的,但这样的夜半总不会开出门到外边去乱跑。假如安安的睡呢,那我更放心了。假如病中叫着,叫着热,叫着要茶,又有谁来回答你?——我总这样反复地想,想了许久许久,才得睡着。有时竟自己对自己说,瑀已是廿几岁的人了,要养妻哺子了,他自己会不知道么?何必要你这样想!劳你这样想!可是自己还是要想。瑀呀,这几天来,我恐怕要为你瘦的多了!你又哪里知道呢!"

这时,衰老的语气,悠长地完结。一种悲哀的感慨,还慢慢地拖着。

母亲说着,她这样的将想念她儿子的情形,缕缕地描写给她儿子听,她凭着母性的忠实的慈爱,她凭着母性的伟大的牺牲的精神,说着,坦白而真切地,将她心内所饱受的母爱的苦痛,丝毫不选择的,一句一句悲伤地完全说尽了。

可是这久离家乡的儿子,听着眼前慈母这一番话,他心里怎样呢?他是不要母亲的,他看作母亲是他敌人之一的;现在听了这样的一番话,她想念她儿子比想念她自己要切贴千倍,万倍,这样,他心里觉得怎样呢?苦痛,伤感,又哪里能形容的出?他只是脸上有一种苦笑,苦笑!两眼不瞬地望着桌上的茶盏，苦笑只是苦笑！他一句没有说，一句没有插进嘴，好像石像一样。

而这位忠心于母爱的老妇人，却又说道：

"儿呀，幸得你妈妈身体还健，否则，我早为你生病了。我今年已经六十岁，你总不会忘记了你妈妈今年已经六十岁。我除了时常要头晕之外，我是没有毛病的。近来虽有时要腰酸，做不得事，可是经你弟弟捶了一顿，也就会好了。"

正是这时，他们的长工和伯从田野回来。他是一位忠实的仆人，帮在瑀的家里有三四十年了。他名叫和，现在瑀等都叫他和伯。他自己是没有家，现在竟以瑀的家为家。也没有妻子。他只知道无夜无日的，终年的做着，做着。稻收进了又要种麦，麦收进了又预备种稻，在这样的辗转中，他竟在瑀的家中送过三四十年的光阴。他不觉他自己的生活是空虚，单调，他倒反常说，眼前的景象真变的太快了。他说，——他看见瑀的父亲和母亲结婚，以后就养出瑀来。瑀渐渐的大了，他们也就渐渐的老了。现在瑀又将结婚呢，可是他的父亲，却死了十几年了！何况还有璘呀，谢家的姑娘呀，在其中做配角和点缀。

这位忠实的农人，他身矮，头圆，面孔和蔼，下巴有几根须。他虽年老，精神还十分强健，身体也坚实。这时，他一进门，还不见瑀的影子，只闻他母亲向他说话的声音，他就高兴地叫起来。

"瑀，你回来了？"

他也以瑀的归来，快乐的不能自支。瑀迎着，对他苦笑了一笑。和伯接着说：

"这样瘦了！真的这样瘦了！呵，和前年大不相同了！"

这时瑀的母亲向他说：

"你快去买一斤面来。还买两角钱的豆腐和肉，你快些。瑀在船上没有吃过东西，已很饿了。"

同时就向橱中拿出两角钱给他。他就受命去买东西去了。

第三　弟弟的要求

在吃过面以后，他的母亲一边打发这位老长工到埠头去挑行李，一边嘱瑀安心地睡一觉。她自己就去整理瑀的书室，——先将床前床后的稻草搬到后边的小屋去。再用扫帚将满地的垃圾扫光了。再提了一桶水来，动手抹去橱桌上的这层厚厚的灰。她做着这些事情，实在是她自己心愿的，她不觉劳苦。她的意识恍恍惚惚似这样的说道：

"我的儿子重寻得了！他已经失去过呢，可是现在重寻得了。我要保护他周到，我要养他在暖室里面，使他不再冒险地飞出去才好。"

她几次叫璘离开他的哥哥，而这位小孩子，却想不到他哥哥的疲劳，他只是诉说他自己要说的话。以后母亲又叫：

"璘呀，不要向你哥哥说话，给你哥哥睡一下罢。"

璘皱一皱眉，十二分不满足似的。于是瑀说：

"你说，我在船里睡够了，现在不想睡，你说。"

这样，璘似得了号令，放肆的告诉他满心所要说的话。他大概所告诉的，都是关于他们的学校里的情形。教师怎么样，谁好，谁坏，谁凶，谁公正和善，谁学生要驱逐他。功课又怎样，算术是最麻烦的，体操谁也愿意去上。他喜欢音乐和图画，可是学校里的风琴太坏，图画的设备又很不完全。于是又谈到同学，谁成绩最优,被教师们称赞;谁最笨,十行书一星期也读不熟。他自己呢,有时教师却称赞他,有时教师又不称赞他。以后更谈到谁要做贼偷东西,偷了别人的墨还不算,再偷别人的笔,于是被捉着了,被先生们骂,打,可是他自己还不知道羞耻的。这样,他描写过学校里的情形以后,进而叙述到他自己的游戏上来。他每天放学以后,总到河边去钓鱼,鱼很多,所以容易钓。星期日,他去跑山,他喜欢跑上很高的山,大概是和朋友们五六人同去的,可是朋友们喜欢跑高山的人少。他更喜欢跟人家去打猪,打鹿,山鸡,兔,鹁鸪,可是他母亲总禁止他。实在说,他一切所告诉的,都是他自己觉得甜蜜而有兴趣的事。就是母亲的责骂,教师的训斥,他也向他的哥哥告诉了。他的世界是美丽的,辽阔的,意义无限的,时时使他向前,包含着无尽的兴趣和希望。在他诉说的语句之中,好像他一身所接触的地方,都是人生的真意义所存在的地方。他的自身就是蜜汁,无论什么接触他都会变成有甜味。他说了,他很有滋味地说了。最后,他想到了一件不满足的事,他说:

"可惜哥哥不在家。否则,哥哥不知有怎样的快乐,我也更不知有怎样的快乐呢!"

说完,他低下头去。这时,瑀也听的昏了,他微笑地看着他的弟弟,说了一句:

"以后你的哥哥在家了。"

"呀?"璃立时高兴起来。可是一转念,又冷冷的说:

"你病好了,又要去的。"

"那么你祝我的病不好便了。"

"呵!"璃骇惊似的,两眼一眨。瑀说:

"璠,我老实向你说,我的病一辈子是不会好的,那我一辈子也就不会去了。"

"哥哥一时真的不去了么?"璠又希望转机似的。

"不去了。那你要我做什么呢?"

"快乐哟,当然随便什么都可以做。"

璠又沉思起来,一息说,

"哥哥,你第一要教我上夜课。第二呢,钓鱼。"

"你白天读了一天的书,还不够么?"

"不是啊,"璠又慢慢的解释,"同学们很多的成绩都比我好,算术比我好,国语比我好。但是他们的好,都不是先生教的,都是从他们的哥哥,姊姊那里上夜课得去的。他们可以多读几篇书,他们又预先将问题做好,所以他们的成绩好了。我呢,连不懂的地方,问都没处去问,妈妈又不懂的。所以现在哥哥来,我要求哥哥第一给我上夜课。第二呢,钓鱼。因为他们都同他们的哥哥去钓,所以钓来的鱼特别多。"

"好的,我以后给你做罢。"

"哥哥真的不再去了么?"

"不会再去了,哥哥会不会骗你呢?"

"骗我的。"

"那么就算骗你罢。"

而璠又以为不对,正经地向他哥哥说:

"哥哥,明天我可同你先去钓鱼么?"

"好的。"

"你会走么?"

"会走。"

"妈妈或者要骂呢？"

"妈妈由我去疏通。"

这时璠更快乐了。一转念，他又说：

"可是我那钓竿在前天弄坏了，要修呢。"

"那么等你修好再钓。"

"修是容易的。"

"钓也容易的。"

"那么明天同哥哥去。"

"好的。"

这样又停了一息，弟弟总结似的说：

"我想哥哥在外边有什么兴趣呢？还是老在家里不好么？"

璠也无心的接着说：

"是呀，我永远在家了。"

弟弟的愿望似乎满足了。他眼看着地，默默地立在他哥哥的床前，反映着他小心的一种说不出的淡红色的欣悦。正这时，只听他们的母亲，在璠的书室内叫：

"璠呀，你来帮我一帮。"

璠一边答应着：

"吓。"

一边笑着向他的哥哥说：

"哥哥，你睡。"

接着，他就跑出门外去。

可是哥哥还是睡不着。他目送他的弟弟去了以后，轻轻地叹息一声。转了一转身，面向着床内，他还是睡不着。虽这时的心波总算和平了，全身通过一种温慰的爱流，微痛的爱流。剩余的滋味，也还留在他的耳角，也还留在他的唇边，可是他自身总觉得他是创伤了，他是战败了。他的身子是疲乏不堪，医生对他施过了外科手术以后一样。他的眼前放着什么呵？他又不能不思想。他想他母亲的劳苦，这种劳苦全是为他的。又想他弟弟之可爱，天真，和他前途的重大的关系。努力的滋养的灌溉与培植，又是谁的责任呢？他很明白，他自己是这一家的重要分子，这一家的枢纽，这一家的幸福与苦痛，和他有直接的关联。回想他自己又是怎样呢？他负得起这种责任么？他气喘，他力弱，他自己是堕落了！过去给他的证明，过去给他的响号，过去给他的种种方案与色彩，他已无法自救了！现在，他还能救人么？他汗颜，他苦痛呀！他在喉下骂他自己了：

"该死的我！该死的我！"

他想要向他的母亲和弟弟忏悔，忏悔以后，他总可两脚踏在实地上做人。他可在这份家庭里旋转，他也可到社会去应付。但他想，他还不能：

"我为什么要忏悔？我犯罪么？没有！罪恶不是我自己制造出来的，是社会制造好分给我的。我没有反抗的能力，将罪恶接受了。我又为什么要忏悔？我宁可死，不愿忏悔！"

这样想的时候，他的心反而微微安慰。

一时他又眼看看天外，天空蓝色，白云水浪一般的皱着不动，阳光西去了。一种乡村的草药的气味，有时扑进他的窗内来。他觉到他自己好似展卧在深山绿草的丛中，看无边的宇宙的力推动他，他默默地等待那死神之惠眼的光顾。

如此过了一点钟。一边他母亲已收拾好他的房间，一边和伯也挑行李回来了。

和伯帮着他母亲拆铺盖,铺床。

他半清半醒的在床上,以后就没有关心到随便什么事,弟弟的,或母亲的。而且他模糊的知道,母亲是走到他床前三四次,弟弟是走到他床前五六次,他们没有说过一句话。她轻轻的用被盖在他胸上,他身子稍稍的动了一动。此外,就一切平宁地笼罩着他和四周。

第四　晚餐席上的苦口

　　黄昏报告它就职的消息，夜色又来施行它的职务。

　　瑀这时倒有些咳嗽，母亲着急的问他，他自己说，这或者是一个小小的"着凉"。病症呢，他到现在还是瞒着，而且决计永远不告诉他的母亲。

　　于是他的母亲又只得预备吃饭。在这张旧方桌的上面，放着几样菜，豆腐，蛋与腌肉等。他们坐在一桌上。这时清进门来，他们又让坐。清又用"吃过了"三字回答他们的要他吃饭。清坐下壁边的椅上，于是他们就动起筷来，静静的。

　　桌上放着一盏火油灯，灯光幽闪的照着各人的脸，显出各人不同的脸色。

　　清呆呆的坐着没有说话，他好似要看这一幕的戏剧要怎样演法似的。桌上的四人，和伯是照常的样子，认真吃饭，瑀好像快活一些，举动比往常快。在瑀的脸上，显然可以知道，一种新的刺激，又在击着他的心头。虽则他这时没有什么恶的系念，可是他的对于母性的爱的积量，和陷在物质的困苦中的弟弟，他是十二分的激荡着一种同情，——不，与其说是同情，还是说是反感切贴些。他是低着头看他自己的饭碗。他们的母亲是显然吃不下饭，不过还是硬嚼着，好似敷衍她儿子的面子。当然，她的吃不下饭，不是因她的面前只有一碗菜根。她所想的，却正是她的自身,她的自身的历史的苦痛!

　　她想她当年出阁时的情形。这自然是一回光荣的事,最少,那时的家庭的热闹,以及佣人与田产,在这村内要算中等人家的形势。但自从瑀的父亲,名场失利以后,于是家势就衰落了。当然,瑀的父亲是一个不解谋生的儒生,他以做诗与喝酒为人生无上的事业。更在戊戌政变以后,存心排满,在外和革命党人结连一契,到处鼓吹与宣传革命的行动。在这上面,他更亏空了不少的债。不幸,在革命成功后一年,他也随着清政府到了缥缈之乡去了!瑀的父亲死了以后,在家庭只留着两个儿子与一笔债务。她是太平世界里生长的,从不惯受这样的苦痛,她也不惯经理家务。她开始真不知道怎样度日,天天牵着瑀,抱着璘,流泪的过活。到现在,总算,——她想到这里,插进一句"祖宗保佑。"——两个儿子都给她养大了,债务呢,也还去了不少。虽则,她不知吃了多少苦楚,在惊慌与忧虑之中,流过了多少眼泪,继续着十数年。

　　想到这里,她不知不觉的又流出泪。口里嚼着淡饭,而肚里已装满了各种浓味似的。

　　这时,璘将吃好了饭,他不住的对他母亲看,他看他母亲的脸上,别具着一种深邃的悲伤,他奇怪了,忍止不住的向他母亲问,

　　"妈妈,你为什么不吃饭呢?"

　　瑀也抬头瞧一瞧她,但仍垂下头去。一边听他的母亲说:

　　"我想到你们的爸爸了!"

　　璘也就没有再说,息下饭碗,好像也悠悠地深思起来。这时这小孩子的脸上,不是活泼,倒变了庄重。瑀早就不想吃,这时

也算完了，和伯也吃好。他们都是无声的秘密似的息下来，于是这位母亲说：

"收了罢，我也吃不下了。"一边将未吃完的饭碗放下。

璨又说：

"妈妈，你只吃半碗呢！"

"吃不下了，一想到你们的爸爸，就吃不下了。"

清坐着，清还是一动不动地坐着。他眼看着母子们脸上这种表情，现在又听说这种话，他很有些吃惊。他一边想：

"怎么有这样一个神经质的母亲呢？"

一边就轻轻的说：

"不必想到过去了。"

在清以为儿子初到家的时候，应该有一种愉快的表情。为什么竟提起过去的悲哀的感觉，来刺激她儿子已受伤的心呢？可是这位神经质的老妇人，也止不住她悲哀的泪流，她竟不顾到什么的说：

"我总要想。唉，怎的能使我不想呢？"

又停了一息。璨，清，和伯，他们的眼睛都瞧着她的脸上，——只有瑀是低头的。听着这位母亲说，

"他们的爸爸死了足足十多年了。在这十多年中，我养他两个，真不知受了多少的苦。眼前呢，我以为这两只野兽总可以算是渡过关口，不要我再记念了。谁知不然，我还不能放心。你看他在外边跑了三年，今天回来，竟样样变样了，脸孔瘦的变样了，说话也讲的变样了。以前他是怎样的一个人，现在竟完全两样！唉，这可叫我怎样放心呢，因此，我想起他们的爸爸有福。"

清觉得不能不插一句嘴，他说：

"何必想，事情统过去了。"

老母亲竟没有听进，接着道：

"瑀从小就多病，而且都是厉害的病，生起来总是几月。有一回，夏天，他们的爸爸死了不久。瑀那时还和璘现在一般大，却突然犯了急症，死了！我那时简直不知怎样，唉，我自己也昏去！一面，我叫遍了医生，医生个个说，无法可救了，死了，抛了算了。但我哪里忍的就葬呢？我哭，我抱着他的尸哭。心想，他们的爸爸已经死了，假如这样大的儿子又死去，那我还做什么人？抱在手里的小东西，就算得是人么？而且债务又纷积，债主每天总有一两个踏进门来。因此，我想假如瑀真的要葬了，那我也同他一块地方葬罢！一边呢，我用手拍着他的心头，在喉边咬着他的气管。实在他全身冷了，甚至手臂和脸也青了，看样子，实在可以葬了。我呆，我还是不肯就葬，除非我同他一块地方葬去。这样，忽然他会动了一动，喉咙也格的响了一响，我立刻摸他的心头，心头也极微的跳起来。我立刻叫人去请医生来，医生说，不妨，可以救了。但当他死去的时候，清呀，我真不知怎样，好像天已压到头顶。我简直昏了！这小东西，我任着他哭，将他抛在床上，也不给他奶吃，任着他哭。难为他，他倒哭了一天。以后，瑀的病渐渐好起，在床上睡了两个月，仍旧会到学校里去读书。这一次，我的心也吓坏了，钱竟不知用掉多少。"

她一边说，有时提起衣襟来揩她的眼泪，过去的悲剧完全复现了。而和伯更推波助澜的接着说：

"是呀，做母亲的人真太辛苦！那时我是亲眼看见的，瑀健了以后，瑀的母亲竟瘦了。"

璘也听的呆了，瑀反微微的笑。这位母亲又说：

"这次以后，幸得都是好的时候多。五六年前的冬天，虽患过一次腹痛，但也只病了半月就好了。一直到现在，我以为瑀总可以抛掉一片心，在外边三年，我也任他怎样。谁知他竟将身子弄到这样。不是璘写一封信，他还是不回家。还是没有主意，还是和小孩时一样。唉，叫我怎样放心呢！"

她悲凉的息了一息，瑀苦笑的开口说：

"我若十年前的夏天，真的就死去了，断不至今天还为我担心，还为我忧念。我想那时真的还是不活转来的好。何况我自己一生的烦恼，从那时起也就一笔勾销。"

"你说什么话？"他母亲急的没等他说完就说了，"你还没有听到么？那时你若真死了，我恐怕也活不成！"

"就是母亲那时与我一同死了，葬了，我想还是好的。至少，母亲的什么担心，什么劳苦，也早就没有了，也早就消灭了。"

瑀慢慢的苦楚的说。母亲大叫：

"儿呀，你真变的两样了，你为什么竟这样疯呢？"

"妈妈，我不疯，我还是聪明的。我总想，像我这样的活着有什么意思？就是像妈妈这样的活着，亦有什么意思？妈妈那时的未死，就是妈妈的劳苦，担心，那时还没有完结；我那时没有死，就是我的孽障，苦闷烦恼罪恶等，那时还没有开始。妈妈，此外还有什么意义呢？"

瑀苦笑的说完。他母亲又揩泪的说：

"儿呀，你错了！那时假如真的你也死了，我也死了，那你的弟弟呢？璘恐怕也活不成了！璘，你一定也活不成了！"一边向璘，又回转头，"岂不是我们一家都灭绝了？瑀呀，你为什么说这些话，你有些疯了！"

清实在听的忍耐不住,他急的气也喘不出来,这时他着重地说:

"不必说了,说这些话做什么呢?"

瑀立刻向他警告地说:

"你听,这是我们一家的谈话,让我们说罢。"

很快的停一忽,又说:

"妈妈以为那时我和妈妈统死了,弟弟就不能活,那倒未必。弟弟的能活与不能活,还在弟弟的自身,未见得就没有人会去收养弟弟。何况我在什么时候死,我自己还是不晓得的。明天,后天,妈妈又哪里知道呢?死神是时时刻刻都站在身边的,只要它一伸出手来,我们就会被它拉去。妈妈会知道十年以前未死,十年以后就一定不死了?再说一句,我那时真的死了,妈妈也未见得一定死。妈妈对于我和瑀是一样的,妈妈爱我,要同我一块死;那妈妈也爱弟弟,又要同弟弟一块活的。妈妈同我死去是没有理由,妈妈同弟弟活下,实在是有意义的。妈妈会抛掉有意义的事,做没有理由的事么?我想妈妈还是活的。"

他一边口里这么说,一边心里另外这样想:

"我现在死了,一切当与我没有关系。我是有了死的方法,只等待死的时候!"

他的母亲又说:

"活呢,我总是活的,现在也还是活着。否则,你们的爸爸死的时候,我也就死了。你们的爸爸死了的时候,我真是怎样的过日呵?实在,我舍不得你们两个,我还是吞声忍气的活着。"

于是瑀想,"是呀",一面又说:

"妈妈是不该死的,我希望妈妈活一百岁。我自己呢,我真觉得倒是死了，可以还了一笔债似的。所以我劝妈妈，假如我万一死了，妈妈不要为我悲伤。"

"儿呀，你真有些疯了！"母亲又流泪的说道，"你为什么竟变做这样呢？你今天是初到家，你为什么竟变做这样呢？"

泣了一息，继续说：

"我今年是六十岁了！我只有你们两个。璿还少，璿还一步不能离开我，也没有定婚。我想这次叫你回来，先将你的身体养好，再将你的婚事办成，我是可以抛掉对付你的一片心！谁知你样样和以前不同了！在外边究竟有谁欺侮你？你究竟病到怎样？瑀呀，你为什么竟变做这样了呢？"

"妈妈，我没有什么；一点也没有什么。"

"那么你为什么惯讲这些话呢？"

"我想讲就讲了。"

"你为什么想讲呢？"

"我以为自己的病，恐怕要负妈妈的恩爱！"

"儿呀，你究竟什么病？我倒忘了问你，我见你一到，也自己失了主意了！我倒忘了问你，你究竟什么病呢？王家叔说你心不舒服，你心又为什么这样不舒服呢？你总还有别的病的，你告诉我！"

"没有病，妈妈，实在没有病。"

"唉，对你的妈妈又为什么不肯说呢？"

一边转过头向清：

"清，好孩子，你告诉我罢！你一定知道他的，他患什么病？"

清也呆了，一时也答不出话来。她又说：

"好孩子,你也为我们弄昏了!你告诉我,瑀究竟是什么病?"

"他……"

清一时还答不出来,而瑀立刻向他使一眼色说:

"什么病?一些没有什么!"

一边又转脸笑起来,说:

"就是心不舒服,现在心也舒服了;见着妈妈,心还会不舒服么?"

"你真没有别的病么?你的心真也舒服了么!"

"我好了,什么也舒服了!"

"是呀,我希望你不要乱想,你要体贴我的意思。你在家好好的吃几帖药,休养几月的身体。身体健了,再预备婚姻的事,因为谢家是时常来催促的。那边的姑娘,也说忧郁的很,不知什么缘故。你们倒真成了一对!"

问题好似要转换了,也好似告了一个段落。清是呆呆的坐着,梦一般,说不出一句话。不过有时仿佛重复的想,"怎么有这样一对神经质的母子?"但话是一句也没有说。灯光是暗淡的,弟弟的眼睛,却一回红,一回白,一回看看他的哥哥,一回又看看他的母亲。老长工,他口里有时呢呢唔唔的,但也没有说成功一句好话。悲哀凝结着,夜意也浓聚的不能宣泄一般。

这时,却从门外走进一个人,手里提着一盏灯。

第五　否认与反动

"王家叔！"

璎一见那人进门就叫。这人就是沪上到过瑀的寓里访谒的那人。那人一跳进门，也就开始说：

"瑀来了？好……"

一边将灯挂在壁上。又说：

"还在吃夜饭？我是早已吃了。"

他们的母亲说：

"夜饭早已吃，天还亮就吃起。我们是一面吃，一面说话，所以一直到此刻。大家也吃好了。"

又命令璎说：

"璎呀，你和和伯将饭碗统收去。"

璎立起说：

"妈妈，你只吃半碗呢！"

"不吃了，饭也冷了，你收了罢。"

于是璎和和伯就动手收拾饭碗。来客坐下，和清对面，说道：

"你们母子的话，当然是说不完；何况还两三年没有见面了！不过那也慢慢好说的，何必趁在今天吃晚饭的时候呢？"

瑀却余恨未完的说：

"我是没有说什么话。"

"哪里会没有什么话？你这两三年在外边，吃了许多的辛苦，连身子都这样瘦，你当然有一番苦况可述。你的妈妈在家里，也时刻记念你。她连烧饭缝针的时候，都见你的影子在身边。母亲的爱，真是和路一般长。哪里会没有话说？"

瑪没有答。他的母亲说：

"我们倒是不说好，一说，就说到悲伤的话上来。他的性格，和三年前变的两样了！"

这时和伯将桌上收拾好，她又吩咐和伯去烧茶，说：

"清也还没有喝过茶，我们全为这些话弄的昏了！"

来客说：

"怎样会这样呢？今夜你们的谈话，当然是带着笑声喊出来的。瑪的脸色也比我在上海见的时候好，现在是有些红色，滋润。"

对面的清辩护地说：

"此刻是灯光之下的看法呢！瑪哥现在似乎涨上了一点虚火。"

来客突然跳起似的，转了方向说：

"李子清先生，你也回家了么？"

"是，我是送瑪哥来的。"

"也是今天到的？"

"是。"

"你俩人真好，"来客又慨叹的，"可以说是生死之交了！像你们两人这样要好，真是难得。我每回见到瑪，一边总也见到你。你们可算管仲与鲍叔。"

清似乎不要听,来客又问:

"你的令尊等都好?"

"托福。"

清自己觉得这是勉强说的。来客又说:

"我长久没有见到令尊和令兄了,我也长久没有踏到贵府的门口过。不是因府上的狗凶,实在不知道为什么事竟很忙。请你回去的时候,代为我叱名问安。"

清还没有说出"好的"。瑀的母亲插进了一句:

"生意人总是忙的。"

于是来客又喜形于色的说:

"生意倒也不忙。因我喜欢做媒,所以忙。今天我又做成功了一场好事,——就是前村杨家的那位二十九岁的老姑娘,已经说好嫁给她的邻居方秀才做二房太太。方秀才今年五十五岁了,还没有儿子。这件喜事一成,保管各方美满。而且他们两人,实在也早已觊觎。"

这时清嘲笑似的接着问:

"你看婚姻,和买卖差不多么?"

这位媒人答:

"差不多呀!不过贩卖货物是为金钱,做媒却为功德。"

"功德?是呀,"清奇怪地叫了,"没有媒人,我们青年和一班小姐姑娘们,岂不是都要孤独到老么?这很危险,谢谢媒人!"

清似要笑出来。来客又自得地说:

"对咯!李子清先生,你真是一位聪明人。"

停一忽,又说:

"不过媒是不会没有人做的,也因做媒有趣。你看,譬如哪位姑娘给哪位青年可配,相貌都还好,门户又相当,于是跑去说合。到男的那面说,又到女的那面说。假如两边的父母都允许了,那件婚事就算成就。于是他们就择日,送礼,结婚。青年与姑娘,多半平素都不曾见过面,但一到结婚以后,都能生出子女来,竟非常的要好,虽结成一世的冤家也有,那很少的,也是前世注定。"

清不觉又议论道:

"你们做媒的买卖真便宜!做好的,却自己居功;做坏的,又推到前世注定;而自己也还似一样的有做坏的功。做媒的买卖真便宜呢!"

停一息,又说:

"总之,你们媒人的心里我是知道的,你们要看看青年男女的结合,要看看青年男女的欢爱,你们是首当其冲了。恐怕你们还想,假使没有媒人,或者媒人罢起工来,岂不是青年男女,无论爱与仇敌,都不成功了么?人种也就有灭绝的祸!"

来客动着唇很想说,这时和伯从里边捧出茶来。于是他们一时又为喝茶的事所占据。

瑀的母亲竟靠着头默默不说,好像饭前一番的悲感所绕的疲倦了。璇听的不十分懂,不过还是坐着,看着他们。瑀却对这位来客阵阵地起了恶感,现在似到了不能容受的蓄积。清的嘲笑,永远不能使这位来客明了。清的话要算尖酸了,刻毒了,来客稍稍机智一点,他可不将瑀的婚事,在这晚餐席后,各人的沉痛还郁结着的时候提出来。可是这位笨驴一般的来客,竟一些不知道讥讽,只要成就他媒人的冤缘的职务似的,当他一边捧起茶来喝了一碗以后,一边就向瑀的母亲宣布了:

"瑀的婚事，我今天又到谢家去过一趟。恰好又碰着姑娘，不久就要变做你的贤惠的媳妇的人。她坐在窗前，她真是美丽，她一见我就溜进去了。我就向她的父母谈起，我不知道瑀今天就回家，我还是向他们说，我到上海，去看过朱先生，朱先生形容很憔悴，说是心不舒服。现在璘已信去，不久就能回家。瑀的岳父母都很担忧，又再三问我是什么病，他们也说别人告诉他们，瑀是瘦的异样。我又哪里说的出病来？我说，读书过分，身体单弱，病的不过是伤风咳嗽。——伤风咳嗽是实在的，瑀岂不是此刻还要咳嗽么？不是我撒谎。不过瑀的岳父母，总代瑀很担忧。他们说，正是青年，身体就这样坏，以后怎么好呢？我说，未结婚以前身体坏，结了婚以后，身体会好起来的。因为你家的姑娘，可以劝他不要操心，读书不要过度。这样我们就商量结婚的时期。谢家是说愈早愈好，今年冬季都可以。他们是什么都预备好了，衣服，妆奁。只要你们送去聘礼，就可将姑娘迎过来。他们也说，女儿近来有些忧愁，常是饭不吃，天气冷，衣服也不穿，呆头呆脑的坐在房内。为什么呢？这都是年龄大了，还没有结婚的缘故。总之，那边是再三嘱咐，请你们早些拣日子。现在瑀是回来了，你们母子可以商量，你们打算怎样办呢？这是一件要紧的好事，我想瑀的妈也要打个主意。"

他滔滔的讲下来，屋内的声音，完全被他一个人占领去。他说完了又提起别人的茶杯来喝茶。

瑀的母亲，一时很悲感的说不出话。而来客竟点火似的说：

"姑娘实在难得，和瑀真正相配。"

于是瑀叫起来：

"不配！请你不必再说！"

来客突然呆着，一时不知所措。其余的人也都惊愕一下。以后来客慢慢的问：

"不配？"

"自然！"

"怎么不配呢？"

"是我和她不配，不是她和我不配。"

"怎么说法？嫌她没有到外边读过书么？"

"你的姑娘太难得了，我不配她。"

"你不配她？"

"是！"

于是这位母亲忍不住地说：

"还有什么配不配，儿呀，这都是你爸爸做的事。现在你为什么惯说些奇怪的话？我现在正要同你商量，究竟什么时候结婚，使王家叔可以到那边去回复。"

"我全不知道。"

"你为什么竟变成这样呢？"

"没有什么。"

"那么还说什么配不配呢？"

"我堕落了！有负你母亲的心！"

他气喘悲急的，而不自知的来客又插嘴说：

"你只要依你的妈就够了。"

"不要你说，我不愿再听你这无意识的话！"

"呀？"

"儿呀，你怎么竟这样呢？王家叔对你是很好意的，他时常记念着你的事，也帮我们打算，你为什么这样呢？"

"妈妈，我没有什么，你可安心。因为这些媒人，好像杀人的机器似的，他搬弄青年的命运，断送青年的一生，不知杀害了多少个男女青年。因此，我一见他，我就恨他。"

"你说什么话呢？儿呀，媒人是从古就有的，不是他一个人做起的。没有媒人，有谁的女儿送到你家里来？你是愈读书愈发昏了！儿呀，你说什么话呢？况且你的爸爸也喜欢的，作主的，你为什么会怪起王家叔来呢？"

"你有这样的妻子还不够好么？"来客又插嘴说。

"我说过太好了，配不上她，所以恨你！"

"怎么说，我简直不懂。"

"你哪里会懂，你闭着嘴好了。"

"好，我媒不做就算了。"

来客勉强地说轻起来。

"还不能够！"

"那么依你怎样呢？"

"自然有对付你的方法！"

"呀？"

来客又睁大眼睛。而他母亲掩泣说：

"儿呀，少讲一句罢！你今夜为什么这样无礼！"

来客于是又和缓似的说：

"瑀的妈，你不要难受，我并不恼他。我知道他的意思了，不错的。现在一般在外边读过书的人，所谓新潮流，父母给他娶来的妻，他是不要的，媒人是可恨的。他们讲自由恋爱的，今天男的要同这个女的好，就去同这个女的一道；明天这个女的要同别个男的好，就同别个男的去一道。叫做自由恋爱，喜欢不喜欢,都跟各人自由的。你的瑀,大概也入了这一派!"

停一忽,又说:

"所以我到上海的时候,他睡着不睬我;今天,又这样骂我。我是不生气的,因为他入了自由恋爱这一派,根本不要父母给他娶的妻。所以他倒讲不配她,其实,他是不要谢家的姑娘了。一定的,我明白了;你做母亲的人,可问一问他的意思。"

来客用狡猾的语气,勉强夹笑的说完,好像什么隐秘,都被他猜透似的。他对着这老妇人说话,一边常偷着圆小的眼向瑀瞧。瑀是仰着头看着屋栋,母亲忠实地说:

"我也说不来什么话,不过儿呀,这件事是你父亲做的,你不能够忘记了你的父亲。我老了,璘还少,家里景况又不好。假如你的婚事不解决,我是不能做你弟弟的。你年纪不小,当然晓得些事理。你应该想想我,也应该想想你的弟弟和家里。你为什么一味的固执,惯说些奇怪的话?你的父亲是有福了,他现在平安地睡着;而我呢,如你说的,受罪未满。但你也应该想想我。王家叔对你有什么坏?你为什么对他这样无礼?唉,你有些疯了!你现在完全是两样了!"一面又含泪的向来客抱歉,"王家叔,你不要生气,他完全有病的样子,他现在连我也怪怨的!你万不可生气,我当向你赔罪。"这样,来客是答:"我不,我不。"反而得意。她接着说,"现在呢,我想先请医生来给他吃药,把他的病除了。像这样的疯癫,有什么用呢?至于婚事,以后慢慢再商量。我是不放心他再到外边去跑,以后我们再告诉你。"

这时,瑀是听的十分不耐烦,但也不愿再加入战团,他将他自己的愤恨压制了。一边,他立起来,睁着眼球向清说,——清竟似将他自己忘记了一样。

"清,这么呆坐着做什么?你可以回去了。什么事情总有它的最后,会得解决的!"

于是清也恍惚地说道:

"回去,我回去。不过在未回去以前,还想同你说几句话。"

瑀一边又向璠说:

"璠,你这个小孩子也为我们弄昏了!——拿一盏灯给我。"

这样,清和他们兄弟两人,就很快的走进了那间刚从稻秆堆里救回来的书室里去。

这时,这位倒霉的来客,受了一肚皮的气,也知道应该走了。立起来向他的母亲说:

"时候不早,我也要走了。"

她接着说:

"请再坐一下。——你千万不要生气,瑀的话全是胡说,你不要相信他。他现在什么话都是乱说,对我也乱说。这个人我很担忧,不知道怎样好,他全有些病的样子。请你不要生气。"

于是来客说:

"我不生气。现在一般青年,大都是这样的,他们说话是一点不顾到什么的,不过你的瑀更厉害罢了。我不生气,我要走了。"

接着,就向壁上拿灯,点着头,含着恶意的走出去。

第六 重 迁

在乡村的秋夜环抱中,凉气和虫声不时送进他们的书室内。空气是幽谧而柔软的,照着灯光,房内现出凄凉的浅红的灰色。瑪卧在床上,他呼吸着这带着稻草香的余气,似换了一个新的境界,这境界是疲劳而若有若无的。璘坐在他哥哥的床边,这小孩子是正经的像煞有介事的坐着。清坐在靠窗的桌边,心里觉到平和了,同时又不平和似的;他已将他要对瑪说的话忘记去。他们三人,这时都被一种温柔而相爱的锁链联结着,恍惚,似在秋天夜色里面飘荡。

"我觉得在家里是住不下去,"这时瑪说,"妈妈的态度,我实在忍受不住。妈妈以我回来,她老年的神经起了震动,她太关切我了!她自己是过度的劳苦,对我是过度的用力,我实在忍受不住。她太爱我,刺激我痛苦;同时她太爱我,我又感不到恩惠似的。这是第一个原因,使我不能在家里住下去。"

说了一段,停止一息,又说:

"我对于家庭的环境似乎不满,不是说房屋龌龊,是我觉得各种太复杂,空气要窒死人似的;我要避开各个来客的面目,这是第二个原因。"

又停一息,又说:

"第三个原因,清,这对于弟弟是很要紧的。我的病是 T. B,

我虽血已止，可是还咳嗽。我自己知道我的 T．B 已到了第二期，恐怕对于璘弟有些不利。璘已要求我给他上夜课，但我身体与精神，两样都有极深的病的人，能够允许他的要求么？恐怕夜课没有上成，我的种种损害的病菌，已传给他了。因此，我仍旧想离开这家，搬到什么寺，庵，或祠堂里去住。我很想休养一下，很想将自己来分析一下，判别一下，认清一下。所谓人生之路，我也想努力去跑一条；虽则社会之正道，已不能让破衣儿去横行。因此，祠堂或寺庙是我需要的。"

语气低弱含悲。清说：

"住在家里，对于你的身体本来没有意思。不过一面有母亲在旁边，一面煎汤药方便些，所以不能不在家里。"

"不，我想离开它。"

"住几天再说罢。"

"明天就去找地方。"

"四近也没有好的寺院。"

"不要好，——你看广华寺怎样？"

"广华寺是连大殿都倒坍了。"

璘插进说。瑀又问：

"里面有妙相庵，怎样？"

璘答：

"妙相庵住着一位尼姑。"

"随他尼姑和尚，只要清静好住就好了。"

"妈妈会允许么？"

"妈妈只得允许的。"

停一息，瑀又问：

"明天去走一趟怎样?"

"好的",清答。

弟弟的心似乎不愿意。以后就继续些空话了。

九点钟的时候,瑀的母亲因为瑀少吃晚饭,又弄了一次蛋的点心。在这餐点心里面,他们却得到些小小的意外的快乐。清也是加入的。清吃好,就回家去。他们也就预备睡觉。

瑀是很想睡,但睡不着。他大半所想的,仍是自己怎样,家庭怎样,前途怎样,一类永远不能解决的陈腐的思想。不过他似想自己再挣扎一下,如有挣扎的机会。最后在睡熟之前,他模糊地这样念:

"时代已当作我是已出售的货物。死神也用它惯会谄媚的脸向我微笑。我是在怎样苦痛而又不苦痛中逃避呀,美丽对我处处都似古墓的颜色。母亲,弟弟,环着用爱光看我的人,他们的灰暗,比起灰暗还要灰暗了!何处何处是光,又何处何处是火?灿烂和青春同样地告一段落了。弟弟与母亲呀,你们牵我到哪里去?我又牵你们到哪里去呵?白昼会不会欢欣地再来,梦又会不会欢欣地跑进白昼里去?谁猜得破这个大谜呀?我,等待那安息之空空地落到身上,睡神驾着轻车载我前去的时候了。"

一边,睡神果驾着轻便的快车,载他前去了。

第二天早晨,他起来很早。但他开了房门,只见他母亲和长工已经在做事。他母亲一见他便说:

"为什么不多睡一息?你这样早起来做什么呢?"

"够睡了,我想到田野去走一回,呼吸呼吸新鲜空气。"

"有冷气,你身体又坏,容易受寒,不要出去罢。"

他没有方法,只得听了他母亲的话。一边洗过脸,仍坐在房内。

他觉得母亲压迫他，叫他不要到田野去散步是没有理由。他无聊，坐着还是没有事做。桌上乱放着他外边带回来的书籍，他稍稍的整理了几本，又抛开了；随手又拿了一本，翻了几页，觉得毫无兴味，又抛开了。他于是仍假寐在床上。

一时以后，璘也起来了。他起来的第一个念头是：

"今天校里没有课，我打算同哥哥去钓鱼。"

他一边还揉着眼，一边就跑到他哥哥的房里。

"你起来了？"瑀问。

"似乎早已醒了，但梦里很热闹，所以到此刻才起来。"

"梦什么？"

"许许多多人，好像……"

"好像什么？"

瑀无意义的问，璘微笑的答，

"哥哥……"

"我什么？"

"同嫂嫂结婚。"

瑀似乎吃一惊，心想：

"弟弟的不祥的梦。"

一边又转念：

"我岂信迷信么？"

于是一边又命令他弟弟，

"你去洗脸罢。"

璘出去了。一息，又回来。

"今天是星期几？"瑀问。

"星期五。"

"你读书去么？"

"想不去。"

"为什么？"

"同学未到齐，先生也随随便便的。"

"那么你打算做什么事？"

可是弟弟一时答不出来，踌躇了一息，说：

"钓鱼。"

一息，又转问：

"哥哥去么？"

"我不去。"

"哥哥做什么呢？"

"也不做什么。"

"呵，广华寺不去了么？"

"是呀，去的。"

"上午呢，下午？"

"我想上午就去，你的清哥就会来的。"

"那么下午呢？"

"陪你钓鱼去好么？"

"好的，好的。"

弟弟几乎跳起来，又说：

"我们早些吃早饭，吃了就到广华寺去。"

"是的。"

这样，璇又出去了。他去催他的母亲，要吃早饭了。

当他们吃过早餐，向门外走出去的时候，他们的母亲说：

"在家里休息罢,不要出去了。假如有亲戚来呢,也同他们谈谈。"

瑀说:

"到广华寺去走一回,就回来的。亲戚来,我横是没有什么话。"

一边,他们就走出门了。母亲在后面叫:

"慢慢走,一息就回来。璘呀,不要带你的哥哥到很远去!"

"吘!"璘在门外应着。

到那樟树下,果见清又来。于是三人就依田岸向离他们的村庄约三里的广华寺走去。

秋色颇佳。阳光金黄的照着原野,原野反映着绿色。微风吹来,带着一种稻的香味。这时清微笑说:

"家乡的清风,也特别可爱。在都市,是永远呼吸不到这一种清风的。"

瑀看了他一眼,没有说话。

广华寺是在村北山麓。在他们的眼里,这寺实在和颓唐的老哲学家差不多。大门已没有,大雄宝殿也倒坍了,"大雄宝殿"四字的匾额,正被人们当作椅子坐了。一片都是没膝的青草,门前的两株松树与两株柏树,已老旧凋零,让给鸦雀为巢,黄昏时枭鸟高唱之所。菩萨虽然还是笑的像笑,哭的像哭,但他们身上,都被风雨剥落与蹂躏的不堪。三尊庄严慈静的立像,释迦牟尼与文殊普贤,他们金色的佛衣,变做褴褛的灰布。两厢的破碎的屋瓦上,也长满各样的乱草。这寺是久已没人来敬献与礼拜了,只两三根残香,有时还在佛脚的旁边歪斜着,似绕着它荒凉的余烟。

在寺的左边，还有五间的小厢房，修理的也还算幽雅整齐。在中央的一间的上方，挂着一方小匾，这就是"妙相庵"了。当他们三人走到这庵的时候，里面走出一位妇人来。这是一位中年的妇人，脸黄瘦，但态度慈和，亲蔼，且有知识的样子。她见他们，就招呼道：

"三位来客，请进坐罢，这是一座荒凉的所在。"

"好，好，"清答，接着走进去，就问，

"师父是住在这里的么？"

"是的，"她殷诚地答，"现在只有我一人住在这里了。两位先生是从前村来的么？这位小弟弟似乎有些认识。"

"是的，"清答，"他们两人是兄弟。"

"那请坐罢。"

于是妇人就进内去了。他们也就在这五间屋内盘桓起来。

这五间屋是南向的。中央的一间是佛堂，供奉着一座白瓷的长一尺又半的观世音，在玻璃的佛橱之内。佛像的前面，放着一只花瓶，上插着几个荷蓬。香炉上有香烟，盘碟上也有清供的果子。在一壁，挂着一张不知谁画的佛像，这佛像是质朴，尊严，古劲的。在一壁，是挂着一张木版印的六道轮回图。中央有一张香案，案上放着木鱼，磬，并几卷经。

两边的两间是卧室，但再过去的两间，就没人住。五间的前面是天井，天井里有缭乱的花枝和浅草，这时秋海棠，月季都开着。五间的后面是园地，菜与瓜满园地栽着。总之，这座妙相庵的全部是荒凉，幽静，偏僻，纯粹的地方。他们走着，他们觉到有一种甘露的滋味，回复了古代的质朴的心。虽则树木是颓唐的，花草是没有修剪的，但全部仍没有凌乱，仍有一种绿色的和谐，仍有一种半兴感的美的姿势。这时瑀心里想道：

"决计再向这里来，我总算可以说找到一所适合于我的所在了。无论是活人的坟墓，或是可死之一片土，但我决计重迁了。"

一边他向清说：

"你以为这庵怎样呢？你不以为这是死人住的地方么？我因为身体的缘故，请求你们原谅一点，我要到这里来做一个隐士。"

说完，又勉强笑了一笑。清说：

"我是同意的，最少，你可以休养一下。不过太荒凉了，太阴僻了，买东西不方便。"

"问题不是这个。"瑀说，"我问，这位带发的师父，会不会允许呀？她岂不是说，只有她一人住在这里？"

"这恐怕可以的。"

于是璘在旁说：

"妈妈怎样呵？"

"你以为妈妈怎样？"瑀问。

"离家这么远，妈妈会允许么？"

"妈妈只得允许的。"

于是璘又没精打采的说：

"我在星期日到这里来走走，妈妈跟在后面说，不要独自去，寺里是有斗大的蛇的！"

"但是我的年龄比你大。妈妈会允许我到离家千里以外的地方去呢！"

忠挚的弟弟又说：

"那么哥哥，我同你来住。横是从这里到学校，还不过是两里路。"

转一息又说：

"那么妈妈又独自了！"

"是呀，你还是陪着妈妈。"

他们一边说，一边又回到中央的一间里来。

这时这位妇人，从里面捧出三杯茶，请他们喝。

瑀就问：

"我想借这里一间房子，师父会可以？"

她慢慢答：

"这里是荒凉的所在，房屋也简陋，先生来做什么呢？"

"不，我正喜欢荒凉的所在。我因为自己的精神不好，身体又有病，我想离开人们，到这里来休养一下，不，——就算是修养一下罢！无论如何，望你允许我。"

"允许有什么，做人横是为方便。不过太荒凉了，对于你们青年恐怕是没有好处的。"

"可是比沙漠总不荒凉的多了！沙漠我还想去呢！"

这样，妇人说：

"青年们会到这里来住，你有稀奇的性子。可是饮食呢？"

"妈妈不送来，我就动手自烧。"

妇人微笑地沉默一息，又问他姓名，瑀告诉姓朱。她说：

"那么朱先生；假如你要试试，也可以的。"

瑀接着说：

"请你给我试试罢。"

妇人就问：

"你喜欢哪一间房？"

"就是那最东的一间罢。"

妇人说，"那间不好，长久没有人住，地恐怕有湿气。要住，还是这一间罢。"指着佛堂的西一间说，"这间有地板，不过我堆着一些东西就是。"

"不，还是那间，那间有三面的窗，好的。"

妇人就允许了。瑀最后说：

"决计下半天就将被铺拿来，我想很快的开始我新的活动。"

这样，他们就没有再多说话。他们又离开佛堂。这时璻想：

"钓鱼的事情，下半天不成功了。"

一边，他们又走了一程路。

第七　佛力感化的一夜

果然，他们的母亲是没有权力阻止他，使他不叫和伯在当天下午就将铺盖搬到妙相庵里去。她也料定她的儿子，不能在这庵里住的长久。所以她含泪的想：

"让他去住几天，他的偏执，使他处处不能安心，他好像没处可以着落。让他去住几天。他一定会回来的。"

不过困难的问题是吃药。饭呢，决定每餐叫和伯或璜送去给他吃。

在这庵里是简单的，璜已将他的床铺好了。房不大，但房内只有一床，一桌，一椅，此外空空无所有，就是桌上也平面的没有放着东西，所以也觉得还空阔。房内光线还亮，但一种久无人住的灰色的阴气，却是不能避免的缭绕着。璜好像代他的哥哥觉到寂寞，他好几次说："哥哥，太冷静了。"但小孩的心，还似庆贺他哥哥乔迁了一个新环境似的快乐。清当铺床的时候是在的，他也说不出璜这次的搬移是好，是坏。他想，无论好，坏，还在璜的自身，看他以后的行动怎样。清坐了半点钟就走了，因为他家中有事。而且临走的时候，更向璜说，璜假如不需要他，他只能在家住三天，就要回上海去。

璜向东窗立了一回，望着一片绿色的禾稻。又向南窗立了一回，看看天井边的几株芭蕉树。又向北窗立了一回，窗外是一半菜园，一半种竹，竹枝也弯到他的窗上。稍望去就是山，山上多松，樵夫在松下坐着。

这时，他清楚地想，所谓生活到这样，似乎穷极而止定了。而他正要趁此机会，将他自己的生命与前途，仔细地思考一下。黑夜的风雨，似乎一阵一阵地过去几阵；但黎明未到以前，又有谁知道从此会雨消云散，星光满天，恐魔的风暴呀，是不会再来了呢？到此，他定要仔细的思考，详密的估量。白天，他要多在阳光底下坐，多在树林底下走；晚上，他要多在草地上睡，多在窗前立。一边，他决绝地自誓说：

"无论怎样，我这样的生活要继续到决定了新的方针以后才得改变！否则，我这个矛盾的动物，还是死在这里罢！"

这样到了五时，他又同璘回家一次，在家里吃了晚饭。

晚间，在这所四野无人的荒庵内，一位苦闷的青年和一位豁达的妇人，却谈的很有兴味：

"我呢，不幸的妇人，"她坐在璘的桌边，温和而稍悲哀的说，"没有家，也没有姊妹亲戚。我今年四十岁，我的丈夫已死了十九年，他在我们结婚后两年就死去。不过那时我还留着一个儿子，唉，可爱的宝贝，假如现在还活，也和朱先生差不多了。我是不爱我的丈夫的，我的丈夫是一个浪荡子，不务正业，专讲嫖赌吃喝四事；一不满意，还要打我，所以我的丈夫死了，我虽立刻成了一个寡妇，我也莫名其妙，没有流过多少眼泪。我呆子一样的不想到悲伤，也不想到自己前途命运的塞促。但当儿子死时，——他是十三岁的一年春天，犯流行喉症，两天两夜就死掉。那时我真似割去了自己的心肝一样！我很想自己吊死。但绳索也拿出来了，挂在床前，要跳上去，一时竟昏晕倒地。邻家的婆婆扶醒我，救我。这样，死不成了！我想，我的罪孽是命运注定的，若不赶紧忏悔，修行，来世又是这样一个。我本来在丈夫死了以后就吃素，因此，到儿子死了以后竟出家了。我住到这庵里来已七年，在这七年之内，我也受过了多少惊慌与苦楚，而我时刻念着'佛'。实在，朱先生勿笑，西方路上哪里是我这样的一个罪孽重重的妇人所能走的上，不过我总在苦苦地修行。"

停了一息，又说：

"这庵本来是我的师父住的，我的师父是有名的和尚，曾在杭州某寺做过方丈；但师父不愿做方丈，愿到这小庵来苦过。师父还是今年春天死的，他寿八十三岁。我当初到这庵里来，想侍奉他；谁知他很康健，什么事他都要自己做。他说，一个人自己的事，要一个人自己做的。他真康健，到这么老，眼睛还会看字很细的经，墙角有虫叫，他也听的很清楚。但他春间有一天，从外边回来，神色大变，据他自己说是走路不小心，跌了一跤；此后三天，他就死了。他是一边念着佛，一边死的。不，师父没有死，师父是到西方极乐国里去了。师父临终的时候向我说，——再苦修几年，到西方极乐国相会。"

这样又停了一息说：

"从我师父到西方去以后，我还没有离开过庵外。师父传给我三样宝贝，那幅佛堂上供奉着的罗汉，一部《莲华经》，一根拐杖。他说，这都是五百年的古物。我呢，拐杖是给他带到西方去了，留着做什么用呢？罗汉依旧供奉着，这部《莲华经》，我却收藏在一只楠木的箱子里。朱先生假使要看，明天我可以拿出来，我也要晒它一晒。"

瑀正襟地坐在床上，用他似洗净的耳，听她一句一句的说，话是沁入到他肺腑的。他眼看着这黄瘦的妇人,想象她是理想的化身。在年轻,她一定是美丽的,她的慈悲而慧秀的眼,她的清和而婉转的声调,她的全脸上所有的温良端详而微笑的轮廓,无处不表示出她是一个女性中的多情多感的优秀来。现在,她老了,她从风尘中老去,她从困苦与折挫的逆运中老去;但她却有高超的毅力,伟大的精神,不畏一切,向她自己所认定的路上艰苦地走。他见她当晚所吃的晚餐,是极粗黑的麦糕和一碗的黄菜叶烧南瓜;但她把持她的信念,会这样的坚固,他要叫她"精神的母亲"了!他这时十二分的觉得他是空虚,颠倒,一边他说出一句:

"我真是一个可怜的人!"

于是她又说:

"朱先生又何必这样悲哀呢?我们误落在尘网中的人,大概是不自知觉的。昏昏地生,昏昏地活过了几十年,什么妻子呀,衣食呀,功名呀,迷魂汤一般的给他喝下去,于是他又昏昏地老去,死去。他不知道为什么生,也不知道为什么死;病了,他诅咒他的病,老了,他怨恨他的老;他又不知道为什么病,为什么老。这种人,世界上大概都是。我以前,因为儿子死了,我哭;因为命运太苦,我要自杀,这都是昏昏地无所知觉。我们做人,根本就是罪孽,那儿子死了,是自然地死去。而且我只有生他养他的力量,我是没有可以使他不死的力量的。朱先生是一个聪明的青年,对于什么都很知觉,又何必这样悲哀呢?"

瑀凄凉的答:

"我的知觉是错误的,我根本还没有知觉。"

"那朱先生太客气了。"

于是瑀又说：

"我觉得做人根本就没有意义。而且像我这样的做人，更是没有意义里面的拿手！这个社会呢，终究是罪恶的一团。"

她立刻说：

"是呀，所以朱先生还是知觉的。朱先生的知觉并没有错误，不过朱先生没有解脱的方法就是！"

"也可以说，不过我的命运终将使我不能解脱了！"

瑀悲哀的。她又问：

"那又怎样说法呢？"

"我的命运太蹇促了！我无法可以冲破这铁壁一般的我四周的围绕。虽有心挣扎，恐怕终究无效了！"

这位可敬的妇人又说了：

"说到命运的蹇促呢，那我的命运比起你来，不知要相差多少倍。虽则我是妇人，而且像我这样的妇人，还是什么都谈不到；可是我总还苦苦的在做人！假如朱先生不以我的话为哀怨的话，我是可以再告诉一点，我的命运是怎样的蹇促的！我的母亲生下我就死去了，父亲在我三岁的时候又死去了。幸得叔父和婶婶养育我，且教我念几句书。但我十五岁的一年，叔父与婶婶又相继死去！十九岁就做了人家的妻，丈夫又不好，简直是我的冤家。但丈夫又夭死了，只留得一点小种子，也被天夺去！朱先生，我的命运比起你来怎样？我的眼泪应当比你流的多！但不然，我是一个硬心肠的人，我是痴子，虽则我也自杀过，终究从无常的手里逃回来。现在，我还是活着在做人，假如朱先生勿笑我的话，我还要说，我现在的做人，像煞还是有意义的，也是有兴味的呢！"

瑀转了一转他眸子,低看他自己的身前说:

"可是我总觉没有方法。"

"我想,"这位智慧的妇人,略略深思了一忽,说,"我想朱先生根本是太执着自己了。朱先生看人看得非常神圣,看眼前又非常着实。对自己呢,也有种种的雄心,希望,幸福的追求。于是一不遂心,一不满意,就叹息起来,悲伤起来,同时也就怨恨起来。请朱先生恕我,朱先生即使不是这种人,也定有这种人里面的一件,或一时有之。这都是为什么呢?都是太执着自己,根本认定一个我,是无可限量的,也无可非议的。这实在有些贪,痴;这实在太着迷了。我本是无知识的妇人,从小念几句诗书,是很有限量的。以后跟师父念了几部经,也是一知半解。说什么做人的理论?不过饭后余暇,我看朱先生老是眉头打结,谈着玩罢了。"一边她又微笑了一下,"本来这无量世界中,一切都是空的。我们人,我们呼吸着的这个躯体,也是空的,所谓幻相。而且我们这个幻相,在这娑婆世界里面,根本还为点是造孽。为什么要做人?就是罪孽未尽,苦痛未满,所以我们要继续地受苦!于是佛也来救我们了。佛是救众生的,佛是自己受苦救着众生的!所以佛说,'我不入地狱,谁入地狱?'又说,'众生不成佛,誓不成佛。'所以佛是自己受苦救众生的。我们人呢,一边佛来救我们,一边我们也要去救别的。同是这个娑婆世界里面的人,有的是醉生梦死,有的是不知不觉,有的是恶贯满盈,有的是罪孽昭著,这种人,也要去救起他们。此外,六道当中,有修罗道,畜生道,饿鬼道,地狱道,它们都比人的阶级来的低。佛也同样的救起它们。佛的境界是宽阔的,哪里是我们人所能猜想的到。我们人岂不是以理想国为不得了么?在佛的眼中,还是要救起他们。六道中的第一道是天道,这天道里面,真不得了。吃的是珍馐肴馔,住的是雕栏玉砌,穿的是锦绣绫罗,要什么就有什么,想什么就得什么,他们个个是人间的君王,或者比起人间的君王还要舒服。那朱先生以为怎样呢?在佛的眼中,还是要救起他们,他们也还是要受轮回之苦。"接着就变更语气地说,"这些道理,我知道有限,不多说。朱先生是学校出身的人,还要笑我是迷信!不过我却了解,我们做人根本要将自己忘了,我们要刻苦,忍耐,去做些救人的事业。这样,我们是解脱了,我们也有解脱的方法!近年来,这个世界是怎样?听说外边处处都打仗,匪劫。我想像朱先生这样的青年,正要挺身出去,去做救世的事业,怎么好自己时时叹息怨恨呢?"

这样的一席话,却说的瑀呆坐着似一尊菩萨了。

瑀听着,开始是微微地愁扰眉宇,好像声是从远方来。次之到第二段,他就严肃起来,屏着他的呼吸了。以后,竟心如止水,似一位已彻悟的和尚,耳听着她说的上句,心却早已明白她未说的下句了。他一动不动地坐着,已经没有丝毫的怀疑和杂念,苦痛也不知到何处去。这时他很明了自己,明了自己的堕落;——堕落,这是无可讳言的。不是堕落,他还可算是向上升华么?不过他却并不以堕落来悲吊自己,他反有无限的乐愿,似乎眼前有了救他的人了!

他听完了她的话以后,他决定,他要在今夜完全忏悔他的过去,而且也要在今夜从她的手里,讨了一条新生的路。这时,他想象他自己是一个婴儿,他几乎要将他过去的全部的罪恶的秘密,都向她告诉出来。但他自己止住,用清楚的选择,这样说,全部的语气是和平的。

"我是堕落的！我的身体似烙遍了犯罪的印章，我只配独自坐在冷静的屋角去低头深思，我已不能在大庭广众的前面高声谈笑了，我是堕落的。不过我的堕落并不是先天的。父母赋我的身体是纯洁，清白，高尚，无疵。我的堕落开始于最近。因为自身使我不满，社会又使我不满，我于是就放纵了，胡乱了；一边我也就酗酒，踏了种种刑罚。这样的结果，我要自杀！我徘徊河岸上，从夜半到天明；我也昏倒，但还是清醒转来，因为我念想到母亲，我终究从死神的手里脱漏出来。可是我并没有从此得到新生，我还是想利用我的巧妙的技术，来掩过别人对于我的死的悲哀！死是有方法的，我还想选择这种方法。我恐怕活不久长了！虽则我听了你的话，精神的母亲，——我可以这样叫你么？你的话是使我怎样感动，你真有拯救我的力量！可是自己的病的无期徒刑，三天前我还吐了几口血，咳嗽此刻还忘不了我，我恐怕终要代表某一部分死去了！精神的母亲呀，说到这里，我差不多要流出眼泪来。我的心是快乐的，恬静的，我已有了救我的人。"

于是他精神的母亲又镇静地说：

"你还是悲哀么？我呢，曾经死过的人。所以我现在的做人，就是做我死了以后的人一样。你呢，你也是死过的人。那你以后的做人，也要似新生了的做法。我们都譬如有过一回的死，现在呢，我们已经没有我们自己了！眼前所活着的，不过为了某一种关系，做一个空虚的另外的代表的自己好了！我们作过去的一切罪孽，和自己那次的死同时死去，我们不再记念它。我们看未来的一切希望，和自己这次的生同时生了。我们要尊重它，引起淡泊的兴味来。假如朱先生以今夜为再生的一夜，那应以此刻为再生的一刻；过了此刻，就不得再有一分悲念！朱先生能这样做去么?"

"能,"瑀笑答,"我今夜是归依于你了。不过还没有具体的方法。"

"什么呢?我不是劝朱先生去做和尚,从此出家念佛。朱先生要认定眼前。第一要休养身体,再去扶助你的弟弟,同人间的一切人。"

房内一时静寂。瑀又自念:

"过去就是死亡,成就了的事似飞过头的云。从此呢,就从摊在眼前的真实,真实做去。"

"是呀,如此再生了!"她欢呼起来。一息,说:

"朱先生身体不好,应该早睡。我呢,也破例的谈到此刻了。"

这样,睡眠就隔开了他们。

第八　再生着的死后

　　第二天晨六时，他醒来，当他的两眼睁开一看，只见东方的阳光，从东向的窗中射进来，满照在他的被上。青灰色的被，变做镀上了赤金似的闪烁。这时，他不觉漏口地说了一句：

　　"世界与我再生了！"

　　他的脑子也似异常冷静，清晰；似乎极细微的细胞，他都能将它们的个数算出来；极紊乱的丝，他都能将它整理出有条理来一样。他的身体虽还无力，可是四肢伸展在席上，有一种蘼蘼的滋味。这时，他睡在床上想念：

　　"我的厌倦的狂乱的热病，会从此冰一般地消解了！苏醒如夜莺的婉转的清晰，世界也重新的辽阔地展开了。我愿跌在空虚的无我的怀中，做了一个我的手算是别人的工具。在我的唇舌上永尝着淡泊与清冷，我将认明白自己的幸运的颜色了。无边的法力之厚恩；感谢呵，我永忘不了这荒凉的寺内的一夜。"

　　他这样的念了一下以后，又静默了两分钟。接着，从那佛堂中，来了两声"咯，咯"的木鱼声。一边，呢喃的念经声就起了。木鱼声是连续的细密的敲着，再有一二声的钟磬声。这种和谐的恬静的韵调，清楚的刺入他的耳中，使他现出一种非常缥缈，甜蜜，幽美，离奇的意象来，——好似这时他是架着一只白鹤，护着一朵青云，前有一位执幡的玉女，引他向蓬莱之宫中飞升一样。一时,他又似卧在秋夜的月色如春水一般的清明澄澈的海滨的沙石上,听那夜潮涨落的微波的呜咽。一时,他又似立在万山朝仰的高峰上,听那无限的长空中在回旋飞舞的雪花的嘶嘶缕缕的妙响。在这净洁如圣水的早晨,万有与一切,同时甜蜜地被吸进到这木鱼钟磬的声音的里面。瑀呢,是怎样的能在这声音中,照出他自己的面貌来。这样,他听了一回他精神的母亲的早课,他不觉昏昏迷迷的沉醉了一时。

约一点钟,声音停止了,一切又陷入沉寂。他也想到他的自身,——一个青年,因为无路可走,偶然地搬到寺院里,但从此得救了!

这样,他又想到他前次的未成功的自杀。他微微一笑,这是真正的唯一的笑。一边他想:

"假如我上次真的跳河了,现在不知道怎样?完了,完了!什么也完了!"

于是他就幻想起死后的情形来:

"一张黑色的寿字的棺材,把我的尸静静的卧在其中。大红色的绫被身上盖着。葬仪举行了,朋友们手执着香悲哀的在我身后相送。到了山,于是地被掘了一个坑,棺放下这坑内。再用砖与石灰上面封着,带青草的泥土上面盖着,这就是坟墓了!尸在这坟墓中,渐渐地朽腐。皮朽腐了,肉也朽腐了,整百千万的蛆虫,用它们如快剪的口子,来咀嚼我的身体。咀嚼我的头,咀嚼我的腹。它们在我的每一小小的部分上宴会,它们将大声欢唱了:

（一）

一个死尸呀为我们寿，
一个死尸呀为我们寿。
他是我们的宫室，
他是我们的华筵；
航空于宇宙的无边，
还不如我们小小之一穴。
欢乐乎，谁是永在？
一个死尸呀为我们寿。

（二）

过去可莫恋。
未来可莫惜。
我们眼前的一脔，
我们眼前的一滴。
幸福呀眼前，
酒肉送到我唇边，
我们不费一丝力。

这样，它们欢唱完结的时候，也就是我身到了完结的时候！什么皮肤，肌肉，肺腑，都完结了，完结了！"

这时，他举起他瘦削的手臂，呆呆的注视了一下。

一边呢,他又想:"在我的墓上,春天呀,野花开了。杜鹃花血一般红,在墓边静立着。东风吹来的时候,香气散布于四周,于是蜂也来了,蝶也来了。墓边的歌蜂舞蝶,成了一种与死作对比的和谐。这时,黄雀,相思鸟,也吱吱唧唧的唱起《招魂歌》来:

> 长眠的人呀,
> 　醒来罢!
> 东风酿成了美酒,
> 春色令人迷恋哟。
> 　再不可睡了,
> 　　绿杨已暖,
> 　　绿水潺湲,
> 渡头有马有船,
> 　你醒来罢!

但一边唤不醒我魂的时候,一边另唱起《送魂曲》:

> 长眠的人呀,
> 你安然去罢!
> 清风可作舆,
> 白云可作马,
> 你安然去罢!
> 黄昏等待在西林,
> 夜色窥望于东隈,

你安然去罢！

　　无须回头了，

　　也无须想念了。

　　一个不可知的世界，

　　华丽而极乐的在邀请你，

　　你应忘了人世间的苦闷，

　　从此天长而地久。

　　你安然去罢，

　　长眠的人呀！

正是这个时候，我的亲爱的小弟弟，扶着我头发斑白的母亲来了。母亲的手里有篮，篮内有纸钱，纸幡，香烛之类。他们走到我的坟前，眼泪先滴在我的坟土上，纸幡悬在我的坟头，纸钱烧在我的坟边，香烟缭绕的上升，烛油摇摇的下滴，于是他们就相抱着呜呜咽咽地哭了起来。一回，哭声渐渐低了；于是他们收拾起篮儿，他们慢慢地走去，他们的影子渐渐远逝了。春也从此完了。"

　　这样，他一直想到这里，心头就不似先前这么平宁了。他要再想下去，想夏天，烈日晒焦他坟上的黄土。想秋天，野花凋残，绿草枯萎，四际长空是辽阔地在他墓之四周。冬天呀，朔风如箭，冷雪积着坟头！这样，冬过去，春天来。——但他还没有想，窗外有人温和的叫他：

　　"朱先生！"

　　这是他精神的母亲。他的思路也止了，听她说：

　　"还睡着么？时候不早了。"

他答：

"醒了，已早醒了，还听完你的早课。"

"为什么不起来？"

"睡着想！"

"想什么呢？"

"想着一个人死后的情形。"

"没有意思。还是起来罢，起来是真实的。"

他们隔着窗这样说完，她就走开。

阳光已经离开他的被上，被仍是青灰色的。

"真的不早了，我却又想了一个无意义的！我再生了，死后的情形，离开我很远。"

一边就走起。

他见她在庵后的园中，这时用锄锄着地。一面收拾老的瓜藤，一面摘下几只大的瓜放在一边。她头戴着一顶破笠帽，很像一位农妇，做这些事也做的很熟手。她的脸上温和，没有一些劳怨之念。阳光照她满身，有如金色的外氅，蝉在桑枝上叫。所有在她身边的色彩，声调，这时都很幽韵，质朴而古代的。

第九　枭在房中叫呀！

时候约九点钟，阳光和他的身子成四十五度的锐角。他从庵里出来，想回到家里去吃点早餐。在回家的路上，他和他的影子都走的很快。一边，他这样清朗的想：

他所认识的和他亲信的人们，他们都有伟大的精神，都是勇敢地坚毅地向着生的活泼的一方面走。他们没有苦痛么？呵，有，他们的苦痛正比他大！可是他们都用严厉的手段，将他们自己的不幸封藏起来；反而微笑地做着他们日常应做的工作。他的母亲是不要说了！她是什么都可以牺牲，精神也可以牺牲，肉体也可以牺牲，只求她家庭的安全，赐她的儿子以幸福。艰难，困苦，劳疲，她是很从容的同它们奋斗，她没有一分的畏惧心。他的两位朋友，清和伟呢，他们是有肯定的人生观，深挚的同情。他们忍着气喘的一步步的跑上山岭，他们不愿意向后回顾，他们对准前线的目标，静待着冲锋的命令的发落。一个还有美的感化和调和，一个更富有强韧的实际性，这实在不能不使他佩服了。至于他这位精神的母亲，她更高于一切。她有超脱的人生观，她也有深奥的自我的见地；她能够将她过去的一段足以代表人生最苦一方面的命运，作已死的僵物来埋葬了，整理地再开拓她新的境界，——新的怀抱与新的要求。艰难孤苦地独自生活。自己亲手在园里种瓜，又自己亲手去摘。这种古代的又艺术的生活，里面是含着怎样的不可窥测的勇敢与真理。

再想他自己呢，唉！他真要惭愧死了！他想他的精神上没有一点美质，没有一点可称赞的荣誉的优点。他除出对于他自身是无聊，乏味，空想，浮躁，烦恼，叹息；对于社会是怨恨，诅咒，嫉妒，猜疑，攻击，讥笑之外，他就一点什么也没有。只将他自己全部的人生陷在昏瞆，胡乱，恍惚，莽闯的阱中。他好像他的过去，没有见过一天清朗的太阳，没有见过一夜澄澈的月亮；他好像钻在黑暗的潮湿的山洞里度过了几时的生活。在他是没有劳力，也没有忍耐与刻苦。他除了流泪之外，似竟没有流过汗。真理一到他的身上就飘忽而不可捉摸，美丽一到他的身上就模糊而不能明显。狭义的善，他又不愿做去，新的向上性的罪恶，他又无力去做。唉，他简直是一个古怪的魔鬼！惶恐，惭愧。他这样想：

"我算是什么东西呢？人么？似乎不相像。兽么？又不愿相像了！那我是什么东西呢？好罢，暂且自己假定，我是旧时代里的可怜虫！"

但忽然转念，他到底得救了，昨夜，他得到了新生的转机。他已送过了过去的一团的如死，他又迎来了此后他解脱他自身的新的方法，他得到再生了！

这时他走到他家里的那株樟树的荫下，他举起两拳向空中扬，一边他喊：

"努力！努力！"

"重新！起来！"

"勇敢！努力！"

但不幸，——听，枭在房中叫呀！枭拚命地叫呀！

当他走进了大门，将要跳进屋内去的一刻，他忽然听得他母亲的哭声，呜呜咽咽的哭声，一边说：

"总是我的瑀坏！瑀会这样颠倒，竟害了她！"

他突然大惊。两脚立刻呆住，他想：

"什么事？我害了谁？"

房里又有一位陌生的妇人的声音，很重的说：

"千错万错，总是我家的错！为什么要跑到谢家去说，说瑀要离婚呢？"

母亲是继续的哭泣，陌生的妇人是继续的诉说，

"前夜从你这里回家，他的脸孔气的铁青，两脚气的笔直。我问他什么事，他又不说，我以为路里和别人吵过嘴，随他去了。不料他昨天吃过中饭，会跑到谢家去告诉。他说并没有说几句，不过说瑀要不结婚，说不配她，还骂了他一顿。不料这几句话恰被这位烈性的姑娘听去！"

停一息，又听她说：

"这位姑娘也太烈性。她家里一位烧饭的说，她听到这几句话以后，脸孔就变青了。当夜就没有吃饭。她父母是不晓得这情形。她在别人都吃过饭以后，还同邻舍的姑娘们同道坐一回。邻舍的姑娘们还向她说笑了一回。问她愁什么，担什么忧？而她总是冷冷淡淡的，好像失了魂。以后，她也向她们说，——这时房内的妇人，假装起姑娘的各种声调来——她说：

'女人是依靠丈夫，丈夫不要她了，活着还有什么趣味呢！'

她又念：

'莫非一个不要了，再去嫁一个不成么？'

当时邻舍的姑娘们，向她说：

'愁什么呀？谁不要你？莫非他是一个呆子！愁什么呀。你生的这样好看，你又聪明又有钱，朱先生会不要你？他要谁去？他总不是一个呆子！'

　　姑娘一时没有答，以后她又这么说：

　　'他哪里会是呆子，他是异样的聪明能干的！不过我听别人讲，现在在外边读过书的人，无论男女，都讲自由恋爱。自己喜欢的就要她，父母代定的就不要。我终究是他父母代定的！'

　　'不会，不会，'她们急连的说，'喜欢总是喜欢好看的，聪明的，莫非他会喜欢呆子，麻子，癞子，不成？'

　　以后，她又说：

　　'我终究没有到外边读过书。'

　　她们又说：

　　'不会，不会。女子到外边读书，究竟是摆摆架子，说说空话的。或者呢，学些时髦，会穿几件新式的衣裳。这又谁都会穿的。'

　　这时，她邻舍还有一个姑娘说：

　　'是呀，不过学会了会穿高跟皮鞋就是咯！高跟皮鞋我们乡下人穿不惯，穿上是要跌死的。说到她们在外边是读书，骗骗人。啊，你去叫一个中学校的毕业生来，和我背诵诵《孟子》看，看谁背的快？'

　　接着，这位姑娘背了一段《孟子》，她和她们都笑了一下。

　　以后她又说：

　　'男人的心理是奇怪的，他看见的总是好的，没有看见的总是不好的。'

　　她们又说：

'你不要愁呀。你的好看是有名的。朱先生不过口子说说，心里一定很想早些同你结婚呢！'

　　那她又问：

　　'为什么要口子说说呢？'

　　她们答：

　　'对着媒人，媒人是可恶的，就口子随便地说说。'

　　她们还是劝她不要愁。

　　可是在半夜，大概半夜，她竟下了这样的狠心，抛了父母兄弟，会自己上吊！只有一索白线，吊死在她自己的床后！这真是一个太急性的姑娘，太急性的姑娘！"

　　声音停顿了一息，一时又起来：

　　"她的父亲也多事，当临睡的时候，大声向她的母亲说：

　　'假如他真要离婚，那就离婚好了！像我们这样的女儿，莫非嫁不到人么？一定还比他好一点！我不过看他父亲的情谊。离婚，离婚有什么要紧！'

　　虽则当时她的母亲劝：

　　'不要说，我们再慢慢的另差人去打听，问去，究竟有没有这个意思。恐怕青年人一时动火，——他是有病的人更容易动火，动火了说出错话来也说不定。媒人的嘴是靠不住的。'

　　她的母亲说的很是，不料她父亲又说：

　　'离婚就离婚，还打听什么？媒人总是喜欢你们合，莫非喜欢你们离？还打听什么？莫非嫁不到第二个？'

　　这几句话，姑娘竟很清楚的听去。所以她在拿灯去睡的时候，也含含糊糊的自念：

　　'总是我的命运，莫非真的再去嫁第二个么？'

她的话也听不清楚,所以也没有人去留心她。也断想不到她会这样下狠心!真是一个可怜的姑娘!"

停一息,又说:

"事情也真太冤家,凑巧!她房里本来有一个十四岁的小姑娘陪她睡的。而这个小姑娘,恰恰会在前天因家里有事回家去了。她独自在房里睡的时候很少,偏偏这两夜会独自睡。所以白线拿出来,挂上去,竟没有一个人听到!这是前世注定的!他,死后总要落割舌地狱!你也不要哭,前世注定的。"

他的母亲带哭的结尾说:

"这样的媳妇,叫我哪里去讨到第二个?"

这时,瑀立着;他用全副的神经,丝毫不爽地听讲这妇人的每个发音。初起,他的心脏是强烈地跳动;随后,就有一股热气,从他的头顶到背脊,一直溜到两腿,两腿就战抖起来。额上,背上,流出如雨的汗来,他几乎要昏倒。最后,他好像他自己落在熔解炉中,眼前是一片昏暗,四周是非常蒸热,他的身体是熔解了,熔解了,由最小到一个零。

他不想进房去,他想找寻她的死!他不知不觉地转过身子,仍向门外跑出去。还竟不知向哪里去!

第十　冰冷冷的接吻

假如不知道他的妻的家是在哪里的话,这时简直不知道他向什么地方走。而且还一定要代他恐慌,因为非特他的身子就好像被狂风吸去一样;他跳过田径,跑过桥,简直不是他自己的身子。

他一直向东,两脚动的非常快,头并不略将左右看一看。他从这块石跳到那块石,从这条路转到那条路,石呀,路呀,它们是一直引诱着他到他妻的那里去!

离他家东七里,正是他的妻的家的村庄。这村庄比他的村庄小些,但这村庄是比他的村庄富裕。何况他的妻的家是这村的上等人家之一。瑀,从小是到过她的家里的。这是一出旧剧的老把戏,因为父亲是朋友,儿女就做作夫妻了。

这个时候,瑀将十年前的印象,迅速地银幕上的影戏一般的记起了:

——一位额前披短发的小姑娘,立在她自己的房的门口中,身掩着门幕,当他走去,就跑开了。

——这样一次,——

——这样二次,——

——这样三次,——

一转又想:

——现在,她死了,——

——她在昨夜吊死!——

——她死的悲惨,——

——但死的荣耀,——

——为了我的缘故,——

——她死的荣耀!——

——她尊视她的身体,不愿谁去鄙夷她,——

——她的死一定是微笑的,——

——微笑,——

——微笑,——

——我要在她微笑的额上吻一吻,——

——甜蜜的吻一吻,——

——我也微笑,——

——我是带着微笑和忠心去的。——

——或者会在她微笑的额上有泪痕,——

——死的难受,有泪痕。——

——我去舐了她的泪痕,——

——忠心地去舐,——

——她一定在等待我,——

——她是用怨和欢欣等待我,——

——我去,——

——快去,——

走了一程,又想:

——我还有什么?——

——没有。——

——还要我怎样做？——

——也没有。——

——她或得这最后的一吻，——

——吻，吻，——

——她希望于我的，——

——微笑地去，——

——作唯一的吻，——

——她够了，——

——她会永远安心了！——

他竟似被一个不可见的魔鬼在前面领着。他跑完了这七里路，他只喘过一口气，他似全没有费多少力，就跑到了他的妻的村。他也一些不疑惑，没有多转一个弯，也没有多跑一丈路；虽则他到过他的妻的家已在十年以前，但他还是非常熟识，比她村里的人还要熟识，竟似魔鬼在前面领着一样。向着最短的距离，用着最快的速度，一溜烟跑进了他的妻的家。

他稍微一怔，因为这时她的家鸦雀无声！好似古庙。但他稍微两脚一立之后，仍用同样的速度，目不转瞬地跑进了十年前她所立过的门口的房内。

她的尸睡着！

微笑地睡着。

微怨地睡着。

他立刻用他两手捧住她的可怕的青而美丽的两颊，他在她的额上如决斗一般严肃地吻将起来。

吻，再吻，三吻！

他又看着她的唇，全身的火焰冲到他的两眼，唇是雪的飞舞

一般白。接着他又混乱地,

吻,再吻,三吻!

一忽,他又看着她的眼。她的迷迷如酒微醉般闭着的眼,如夜之星的微笑的眼,清晨的露的含泪的眼,一对苦的永不再见人间的光的眼。他又凛冽地向她的脸上,

吻,再吻,三吻!

但是这个吻是冷的,冰一般地冷的!而且这个冷竟如电流一样,从她的唇传到他的唇,再从他的唇传到他的遍体,他的肌肤,他的毛发,他的每一小小的纤维与细胞,这时都感到冷,冷,冰一般地冷!

他在她的房内约有五分钟。

她的房内没有火!

她的房内没有光!

她的房内没有色!

她是一动不曾动,只是微笑而又微怨地睡着!

但一切同时颤抖;太阳,空气,甚至地面和房屋,一切围着他颤抖!

忽然,一阵噪声起来,浪一般的起来,好像由遥远到了眼前。

他这时才觉得不能再立足,用子弹离开枪口一般的速度跑出去了。

她的尸是在早晨发觉的。当发觉了她的尸以后,她的父亲是气坏了,她的母亲是哭昏了!她的家里的什么人,都为这突来的变故所吓的呆住了。她的家虽有一座大屋,本来人口不多,当是冷清清的。她有一个哥哥,却也守着一间布店,这时又办她的死

后的事宜去。所以他跑进去,一时竟没有人知道。等到一位烧饭的走过尸房,只见一个陌生的男子,——当时她还看的他是很长很黑的东西,立在她的姑娘的尸边,又抱住姑娘的头吻着,她吓的说不出话,急忙跑到她母亲的房内,——在这间房内是有四五位妇人坐着。——她大叫起来,一边这四五人也惊呼起来。但当她们跑出来看,他已跑出门外了。她们只一见他的后影。这时,她的父亲也出来,含着泪;她们拥到大门口,他问:

"什么?是朱胜瑀么?"

"是呀,她看见的。"她母亲答。

"做什么呀?"

"她说他抱着女儿的脸!"

"什么!你说?"

"在姑娘的嘴上亲;一息又站着,两只眼睛碧绿的向着姑娘的脸上看,我慌了!"

烧饭的这样说。他又问:

"是朱胜瑀么?"

她们都答:

"背后很像。"

"什么时候跑进来的?"

"谁知道!"她母亲半哭的说。

"他哭么?"

"又没有。"烧饭的答。

"莫非他疯了?"

"一定的!"

"一定的!"

谁都这样说。

"否则决不会跑到这里来!"

恰好这时,他们的儿子和一位佣人回来,手里拿着丝棉,白布等。她们立刻问:

"你看见过门外的人么?"

"谁呀?"

"朱胜瑀。"

"没有,什么时候?"

"方才,他到这里来过。"

"做什么?"

"疯疯癫癫的抱着你妹子的脸!"

"呀?"

"连影子都没有看见过么?"

"没有,方才的事?"

"我们还刚刚追出来的!"

"奇怪,奇怪!假如刚刚,我们一定碰着的,我们竟连影子都没有看见过。他向哪一条路去呢?"

"你,你赶快去追他一回罢!"他父亲结论地说。

这样,这位哥和佣人立刻放下东西,追出去了。

她们等在门外,带着各人的害怕的心。一时,两人气喘的回来,她们接着问:

"有人么?"

"没有,没有,什么都没有!"

"你们跑到哪里?"

"过了桥!"

她的哥答,接着又说:

"我碰着他们的村庄里来的一个人,我问他一路来有没有见过姓朱的,他也说,没有,没有!"

这时他们个个的心里想:

"莫非是鬼么?"

第十一 最后的悲歌

时候近日中,约十一点左右。寺里的妇人,这时已从菜园里回来,将举行她中昼的经课。她方举起木鱼的槌儿将敲第一下,而瑀突然颠跌冲撞地从外面跑进来。他的脸孔极青,两眼极大,无光。她一见惊骇,立刻抛了槌儿,跑去扶他,一边立刻问:

"朱先生,你怎样了?"

而他不问犹可,一问了,立刻向她冲来,一边大叫:

"唉!"

他跌在她的怀中,几乎将她压倒。她用两手将他抱住,一边又问:

"朱先生,你究竟怎样了?"

他又闭着眼,"唉!"的一声,什么没有答。

这时,他精神的母亲将他全身扶住,他的头倚在她的肩上,慢慢的扶他到了房内。房内的一切静默地迎着他,床给他睡下,被给他盖上。她又将他的鞋子脱了,坐在他的床边,静静地看守他。一边又轻轻地问他:

"朱先生,你到底怎样了?"

这时他才开一开眼,极轻地说:

"死了!"

她非常疑惑,又问:

"什么死了呢？"

他又答：

"什么都死了！"

"什么？"

"什么！"

她的两眉深锁，惊骇又悲哀地问：

"清楚些说罢，你要吓哪一个呵？"

于是他又开了一开眼，喘不上气地说：

"清楚些说啦，她已经死了！"

她这时稍稍明白，不知道哪个同他有关系的人死去。剧烈的发生，会使他这样变态。一边她蹙着额想：

"变故真多呀！人间的变故真多呀！"

接着又极轻的说：

"恐怕又要一个人成了废物！"

这样约十五分钟。他在床上，却是辗转反侧，好似遍体疼痛。他一息叫一声"唷！"一息又叫一声"哟！"

一时，却又乱七八糟地念起：

"红色也死了，绿色也死了，光也死了，速度也死了，她已死了，你也要死了，我正将死了！"

接着，他又叫：

"妈妈，你来罢！"

于是她又向他陆续问：

"你说些什么呀？"

"叫你妈妈来好么？"

"你究竟哪里痛呢？"

"清醒一下罢!"

但他没有答一句。停一息,又念:

"一切同她同死了,菩萨也同死了,灵魂也同死了,空气也同死了,火力也同死了,活的同死了,死的亦同死了,看见的同死了,看不见的也同死了,微笑同死了,苦也同死了,一切同死了,一切与她同死了!"

她听不清楚他究竟说点什么话,但她已经明白了这多少个"同死了"的所含的意思。这时她用手摸着他的脸,他的脸是冰冷的;再捻他的手,他的手也是冰冷的。她还是静静地看守他,没有办法。

一时,他又这样的向他自己念,呓唔一般的:

"我为什么这样?唉!我杀了一个无罪的人!虽则她是自愿地死去,微笑而尊贵地死去。我见她的脸上有笑窝,可是同时脸上有泪痕!冰冷冷地接过吻了,这到底还留着什么?什么也没有,空了!唯一的死与爱的混合的滋味,谁相信你口头在尝着!"

从外边走进三个人来,——清,璘,和他的母亲。瑪的中饭在他们的手里。他们走进他的房内,立时起一种极深的惊骇,各人的脸色变了,一个变青!一个变红!一个变白!他们似乎手足无措,围到瑪的床边来,一边简单而急促地问:

"怎样了?"

寺里的妇人答:

"我也不知道,方才他从外边跑回来,病竟这样厉害!此刻是不住地讲乱话呢。"

她极力想镇静她自己,可是凄凉的语气夹着流出来。

谁的心里都有一种苦痛的纠结,个个都茫然若失。

寺里的妇人就问他母亲，约九时瑀有没有到家过。而他的母亲带哭的嚷：

"有谁见他到家过？天呀，王家婶告诉我的消息他听去了！正是这个时候！但又为什么变了这样？"

接着她又将他的妻的死耗，诉说了几句。他们竟听得呆呆地，好像人间什么东西都凝作一团了！

瑀还是昏沉地不醒，一时又胡乱地说。他不说时眼睛是闭着的，一说，他又睁开眼睛：

"死不是谣言，死不是传说，她的死更不是——一回的梦呵！这是千真万确的，你们又何必狐疑。且我已去见她过，见过她的眼，见过她的唇，见过她一切美丽的。还在她冰冷的各部上，吻，吻，吻，吻，吻，吻，吻，吻，吻，听清楚，不要记错了。唉！微笑的人儿呀，她现在已经去了！"

于是这寺里的妇人说：

"是呀，他一定为了他的妻的死。但他莫非到了他的妻的那边去过么？李先生，你听他说的话？"

"是，还像去吻过他的妻的死唇了！"

清恍惚的说。一息，他又问：

"瑀哥！你哪里去过？你又见过了谁？"

这样，瑀又叫：

"见过了一位高贵的灵魂，见过了一个勇敢的心，也见过了一切紧握着的她自己的手，无数的眼中都含着她的泪！可怕呀，人世间的脸孔会到了如此。但她始终还是微笑的，用她微笑的脸，向着微笑的国去了！"

这时清说：

"他确曾到他的妻的那里去过。"

但他的母亲说：

"什么时候去的呢？他又不会飞，来回的这样快！"

停一息，又说：

"他又去做什么呢？像他这样的人，也可以不去见那边呀？而且姑娘的死，正因他要离婚的缘故。他又去做什么呢！"

可是房内静寂的没有人说。

一时他又高声叫了：

"谁知道天上有几多星？谁知道人间有几回死？自然的首接着自然的脚，你们又何苦要如此？你们又何苦要如此？什么都用不到疑惑，也用不到来猜想我，终究都有他最后的一回，我们知道就是了。"

"我的儿子疯了！"

他母亲哭泣的说。

"朱先生，你到底怎样了？你假如还有一分知觉，你不该拿这九分的糊涂来吓死人？瑀呀，你知道眼前是谁站着呢？"

他的精神的母亲这样说。

可是瑀什么都不响。清又愁着似怒的说：

"瑀哥！你为什么要这样？死不过死了一个女子，你自己承认有什么关系？你要这样的为了她？"

接着，瑀又和缓些说：

"一个寻常的女子，要羞死偷活的丈夫呀！踏到死门之国又回来了，她是怎样高贵而勇敢呀！她的死可以使日沉，她的死可以使海沸，虽则她永远不是我的——可是她的死是我的，我的永远理想的名词。景仰！景仰！景仰！我现在是怎样地爱她了，这个使我狂醉的暴动！天地也为她而掀翻了！一个寻常的女子，要羞死偷活的丈夫。"

他们个个眼内含着泪，他们不知怎样做好。以后，他们议论要请医生，一回又议论要去卜课，甚至又议论先问一问菩萨。但都不是完全的议论。一种苦痛压住他们的心头，喉上，使他们什么都表不出肯定的意见来。他们有时说不完全的句子，有时竟半句都没有说。璘却不时的含着眼泪叫：

"哥哥！"

"哥哥！"

第十二　打罢，人类的醒钟

这样又过去了多少时。

瑀在床上又转一身，极不舒服地叫了一声：

"妈妈！"

他妈妈立刻向他问：

"儿呀，我在这里，你为什么呢？"

"没有什么。"

这才他答，他母亲又立刻问：

"那儿呀，你为什么这样了？"

"没有什么。"

"你醒来一下罢！"

"妈妈，我是醒的，没醒的只是那在睡梦中的世界。"

他一边说一边身体时常在辗转。他母亲又问：

"你为什么要讲这些话？你知道我们么？"

"我知道的，妈妈，我很明白呢！"

"那你应该告诉我，你究竟为什么得到了这病了？"

"我有什么病？我的身体还是好的！"

这样，他转了语气又问：

"妈妈，她真的死了罢？"

"死是真的死了。儿呀，死了就算了！"

"她为谁死的？"

"她是她自己愿意死去呢！"

"那么，妈妈，你再告诉我，她为什么会自己愿意死去的呢？"

"也是命运注定她愿意的。"

"妈妈，你错了，是我杀死她的！她自己是愿意活，可是我将她杀死了！"一边又转向问清：

"清，我却无意中杀了一个无力的女子呢！"

于是清说：

"瑀哥，你为什么要这样想去？那不是你杀的。"

"又是谁杀的呢？"

"是制度杀死她的！是社会在杀人呵！"

"是呀！清，你真是一个聪明人。可是制度又为什么不将你的妻杀死呢？又不将谁的妻杀死呢？妻虽则不是我的，可为什么偏将我的杀死呢？"

"我们都是跪在旧制度前求庇护的人。"

"所以她的死的责任应当在我的身上，这个女子是我杀死她的。"

"瑀哥你不必想她罢，人已死，这种问题想它做什么？"

"可是清，你又错了。她没有死呢！她的死是骗人的，骗妈妈，骗弟弟们的，她还是活的，没有死，所以我要想她了！"

清觉得没有话好说。这时他精神的母亲，郑重地向他说：

"朱先生，你睡一睡，不要说了，我们已很清楚地知道你的话了。"

"不，请你恕我，我不想睡；我不到睡的时候，我不要睡。

我的话没有完,蓄积着是使我肚皮膨胀的,我想说它一个干净!"

"还有明天,明天再说罢,此刻睡对你比什么都要好,还是睡一下罢。"

"不,现在正是讲话的时候。"

"我们还不知道你心里要讲的话么?你自己是太疲乏了。"

"单是疲乏算的什么?何况现在我正兴奋的厉害!我简直会飞上天去,会飞上天去!"

接着又问清:

"清呀,你听着我的话么?"

"听着的。"清答。

"哈哈!"他又假笑。一息说:

"清呀,你能照我命令你的做么?"

"瑀哥,什么都可以的。"

"你真是一个我的好友。在我的四周有许多好的人。可是我要将我的好人杀完了!你不怕我杀你么?"

清没有答,他又疯疯的叫:

"清呀,你给我打罢,打罢,打那云间挂着的人类的醒钟!我的周围的好人们不久都将来了!"

"谁呀?"

清又愁急的问。

"你不知道么?是我们的十万青年同志们。他们不久就将来了,我要对他们说话。清,你打罢,打罢,先打起人类的醒钟来。"

"我打了。"

清顺从地说。三人互相愁道:

"又不知道他说什么话呢！"

"可是你看，你看，他们岂不是来了？他们排着队伍整队的来，你们看着窗外哟！"又说：

"我要去了。"

一边就要走起的样子。三人立刻又阻止地问：

"你要到哪里去呢？"

"我要对他们讲话，我要对他们讲话。他们人有10万呢，他们等在前面那块平原上，我要对他们讲话。"

"你就睡着讲好了。"清说。

"不，我要跑上那座高台上去讲！"

"你身体有病，谁都能原谅你的。"

"呵！"

他又仰睡在床上。一息说：

"清呀，你又给我打起钟来。那高悬在云间的人类的醒钟，你必须要努力地打哟，打哟！"

"是的，我努力地打了。"

"他们十万人的眼睛一齐向我看，我现在要向他们讲话了！"

这时清向他母亲说：

"他发昏的厉害，怎样好？他的话全是呓语。"

他的精神的母亲寂寞的说：

"他全身发烧，他的热度高极了。"

"天哟，叫我怎么办呢！天哟，叫我怎么办呢！"

老母只有流泪。瑀又起劲的喊道：

"没有什么怎么办，你们还是冲锋罢。冲锋！冲锋！你们是适宜于冲锋的。我的十万的同志们，你们听着，此外是没有什么办法!"

停止一息,又说,

"我是我自己错误的俘虏,我的错误要沉我到深黑的海底去,我不必将我的错误尽数地报告出来,我只要报告我错误的一件,趁够你们来骂我是地狱中的魔王了!但错误在你们是肤浅的,你们很可以将一切过去的旧的洗刷了,向着未来的新的美景冲锋去。"

无力的又息一息说:

"旧的时代,他正兴高采烈的谈着他与罪恶恋爱的历史。残暴与武装,也正在大排其错误的筵席,邀请这个世界的蒙脸的阔人。你们不可太大意了;你们要看的清楚,你们要听的明白,用你们的脑与腕,给它打个粉碎!给它打个稀烂!社会的混乱,是社会全部混乱了,单靠一个人的力量是不够的,要团结你们的血,要联合你们的火,整个地去进攻。我曾经信任无限的自己,此刻,我受伤了!青年同志们,你们要一,二,三的向前冲锋,不要步我后尘罢!"

接着,眸子又向房内溜了一圈,几乎似歌唱一般的说道:

"而且——谁不爱红花?谁不爱绿草?谁不爱锦绣的山河?谁不爱理想的世界?那么你们向前罢,向前罢!涅槃里,一个已去了,一个还将去呵!假如没有真理,也就不会留着芬芳。什么都破碎了,仍旧什么都是丑恶!成就是在努力。你们勇敢冲锋罢!"

这样,他停止了。而且他的母亲也忍不住再听下去。清凄凉的说:

"瑀哥,你说完了么?不必再说了,你应当休息。"

"好,"瑪说,"意思是没有了。话当完结于此了。而且我的眼前所讲的都是代人家讲的,于自己是没有关系。就不说罢,清呀,你再打起那人类的醒钟来,我的十万青年同志们,他们要回去了。他们是聚集拢来,又分散了去的。清,打罢,打罢,那人类的醒钟。"

"是,我打了。"清说。

于是瑪又用手指指着窗外,可是声音是低弱了。

"看,清,你看!他们是去了,他们又分散的去了。他们真可敬,他们是低着头,沉思地认着他们各人自己的路,他们的脚步是轻而有力的,他们在青草地上走的非常地温祥。现在他们散了,向四方分散了!"

一息,又说,——可是声音几乎没有。

"清呀,你再给我打一次最后的人类的醒……钟……"

清也哽咽地答不出来。

一缕郑重的气,将瑪重重地压住。他母亲竟一边颤抖,一边哭道:

"我的儿子将不中用了!他病了,疯了,他专说些疯癫的话,什么也完了,你看他的两眼已没有光,不过动着一点火!唉,人为什么会到了这样一个?叫我怎样好呀?"

"你也不要悲伤。"寺里的妇人说,"这因他全身发热,才话乱讲的。他的全身的热度高极了,或者他的心内的热度还要高!你按一按他的脉搏,血好像沸着!我们要趁早设法请医生。现在他又似乎睡去。"

又轻轻的向他耳边叫了两声,瑪没有答。她又说:

"他睡去了。那么我们让他睡一睡,你们到我的房里去商量一下罢。这里是连座位都没有,你们也太疲乏了。"

他的母亲又给他拉了一拉棉被。

房内十二分静寂,再比这样的静寂是没有了。一种可怕的冷风从北窗吹进来,虽则天气并不冷,倒反郁闷。这是下大雨以前的天气。四个人,个个低下头,同意的都向佛堂那边去。他们都苦愁着没有方法。

第十三　暴雨之下

实际，瑀是没有睡熟，不过并不清醒。他一半被一种不可知的力所束缚，一半又用他过剩的想象在构成他的残景；世界，似乎在他的认识而又不认识中。

于是就有一个人到他的前面来了。这是一个姑娘，年轻而貌美的他的妻。但这时她的脸色非常憔悴，青白；头发很长的披在肩膀上，似一位颓废派的女诗人。她立在他的床前，一双柔媚的眼，不住地注视他。以后就慢慢地微笑起来，但当这笑声一高的时候，她随即说一声"哼！"十分轻视他的样子转过头，沉着了脸孔。

一息，似又恍惚的变了模样。她的全身穿着艳丽的时髦的衣服，脸上也非常娇嫩，润彩。一种骄傲的媚态，眼冷冷地斜视他。以后，竟轻步的走到他的床前，俯下头似要吻他的唇边，但当两唇接触的一忽，她又"唉！"的一声，似骇极跑走了。

但一息，景象又换了。她似一个抱病的女子，脸色非常黄黑，眉宇间有一缕深深的愁痕。衣服也破碎，精神十分萎靡，眼帘上挂着泪珠，倦倦地对他。以后，竟似痛苦逼她要向他拥抱。但当她两手抱着他身的时候，又长叹了一声，"呵！"两臂宽松了，人又不见。

瑀立刻睁开他的眼睛，向房内一看，可是房内又有什么？一个人也没有。竟连一个人的影子也没有。

他遍身似受着一种刺芒的激刺，筋肉不时的麻木，痉挛，收缩。一息，似更有人向他的脑袋重重地一击，他不觉大声叫了一声：

"唉！"

于是他的母亲们又慌乱地跑来，挤着问：

"什么？"

"儿呀，什么？"

他的两眼仍闭着似睡去。他们又慢慢的回到那边去。他们互相说：

"可怜的，又不知他做着什么梦！"

一边，还没有一刻钟，他突然从床上坐起来，像有人在他耳边很重的叫了他一声。现在这人似向着窗外跑去，他眼不瞬地向着窗外望他。他望见这人跑过山，跑过水，跑过稻田的平野，跑到那天地相接的一线间，又向他回头轻盈的笑，于是化作一朵灰色的云，飘去，飘去，不见了。

他的两眼还是不瞬地望着辽远，一边他念，声音极轻：

"哈，究竟是什么一回事？叫我到哪里去呢？在那辽远辽远的境边，天温抱着地的中间，究竟还是一种哭呢？还是一种无声的笑？叫我怎样会懂得？又叫我怎样去呢？请谁来告诉我，你这个不可知的人呀！"

他又停止一息，又悲伤的念，"没有人，究竟谁也没有。她岂不是已经去了？飞一般轻快地去了？眼前是什么都没有呵，只留着灰色的空虚，只剩着凄凉的无力。景色也没有，韵调也没有，我要离此去追踪了。"

这样，他就很敏捷的穿好鞋，一边又念：

"什么也没有方法。再也不能制止！经典，——佛法，科学，——真理，无法拿来应用了！我要单身独自去看个明白，问个究竟！或者在哪处可寄放我的生命，作我永远的存在！"

接着，趁他们的眼光所不及，箭一般地将他自身射出去了。勇气如鹰鸷的翼一般拥着他前去。

他只一心想到天地衔接的那边去，但他没有辨别清楚目的地。他虽走的很快，但一时又很慢的走，五分钟也还没有走上三步，看去和站着一样。而且他随路转弯，并没有一定的方向。他口子呢喃私语，但说什么呢？他自己也不知道确切。他仰头看看云，又低头看看草，这样又走了许多路。

天气很蒸热，黑云是四面密布拢来。云好像海上的浪涛，有时带来一二阵的冷风的卷闪。他觉着这风似能够一直吹进到他的心坎，他心坎上的黄叶，似纷纷地飘落起来。这样，他似更要狂舞。

他走上了寺北的山岭，岭边有成行的老松，枝叶苍老，受着风，呼呼的响。他一直向山巅望，似乎松一直长上天，和天相接，岭是一条通到天的路似的。这时林中很阴森，空气也紧张，潮湿。他不畏惧，大声叫起来：

"我要踏上青天去！"

一边，他想要在路边树下坐一息。接着，头上就落下很大的雨点来。他不觉仰头一看，粗暴的雨，已箭一般地射下。虽则这时已经来不及躲避，他也一点不着急，坦然，自得地。雨是倒珠一般地滚下来，他的两手向空中乱舞，似欢迎这大雨的落到他的身上！他也高声对这暴雨喊唱：

　　　　雨呀，你下的大罢！
　　　　你给我洗去了身上的尘埃！
　　　　你给我洗去了胸中的苦闷！

　　　　雨呀，你下的大罢！
　　　　你给我洗去了人间的污垢！
　　　　你给我洗去了世界的恶浊！

　　　　大地久不见清新的面目，
　　　　山河长流它呜咽的酸泪，
　　　　雨呀，你给他洗净了罢！

　　　　一切都用人工涂上了黑色，
　　　　美丽也竟化作蝴蝶的毒粉，
　　　　雨呀，你给他洗净了罢！

　　　　从此空气会得到了清凉，
　　　　自然也还了他锦绣的大氅。
　　　　雨呀，你下的大罢！

　　　　我心也会有一片的温良，
　　　　身明媚如山高而水长。
　　　　雨呀，你下的大罢！

　　雨势来的更汹涌，一种暴猛的声音，竟似要吞蚀了这时的山，森林。四际已披上了一层茫茫的雨色，什么也在这雨声中号叫着，颤声着。松也没有美籁，只作一种可怕的摇动，悲啸。雨很猛烈的向他身上攻打，要将他全身打个稀烂似的。他喘不出气，全身淋的好似一只没有羽毛的老鹞，衣服已没有一寸半寸的干燥。水在他的头上成了河流，从他的头发，流到他的眼，耳，两肩，一直流向他的背，腿，两脚。他的身子也变作一条河，一条溪，水在他的身上作波浪。但他还从紧迫的呼吸中发出歌声，他还是两手在空中乱舞，一边高唱。虽则这时他的歌声是很快地被雨吸收去，放在雨声中变作雨声，可是他还是用力地唱着：

雨呀，你下的大罢！
你严厉的怒号的声音，
可以唤醒人们的午梦。

雨呀，你下的大罢！
你净洁的清明的美质，
可以给人类做洗礼。

愿你净化了我的体！
雨呀，你下的大罢。

愿你滋生了我的心！
雨呀，你下的大罢。

这样，等到他外表的周身的热，被雨淋的消退完尽，而且遍体几乎有一种雨的冷。内心也感到寒潇的刺激，心又如浸在冰里，心也冻了，他这才垂下他的两手，低下他的歌声，他才向一株松树下坐了下去，好像神挤他坐下，昏昏地。雨仍很大的打着山，仍很大的打着他的身体。雨的光芒刺激他眼，山更反映出灰色的光芒。四际是灰色，他似无路可走。以后，他竟看眼前是一片汪洋的大海，他是坐在这无边的洋海的岸上。一时，他又似乘着一只将破的小船，在这汪洋的海浪里掀翻着。这时，他昏沉的无力的低念：

> 雨，你勇敢的化身者，
> 神龙正驾着在空中翱翔呵；
> 从地球之最高处下落，
> 将作地面一个泛滥的痛快呀！
> 我而今苦楚了，
> 我只是一个寻常的缓步！
> 凡人呵！凡人呵——
> 新生回到了旧死矣，
> 我当清楚地悬着自己的心，
> 向另一个国土的彼岸求渡。

这时有许多人走上岭来的声音：这使他惊骇，——一种雨点打在伞上的声响和许多走路的脚步，夹着他听熟悉了的语言，很快的接近到他的耳朵里。他窘急地站起来，他的心清楚了，他想：

莫非妈妈来了么？
莫非弟弟来了么？
莫非人们都来了么？
该死！唉，该死！
我的头上在哪里？
我的脚下在哪里？
叫我躲避到何处去？
声音来的更接近了，
我不久就要被捕，
叫我躲避到何处去？
雨呀，你应赶快为我想出方法来！

可是雨的方法还没有想出，他们已经赶到了。他们拥上来将他围住。他还是立在松下，动他带雨的眸子向他们看看。他们三人，清，璘，和伯，一时说不出话，心被这雨的粗大的绳索缠缚的紧紧，他们用悲伤的强度的眼光，注视他全身的湿。这样一分钟，和伯上前将他拉着，他还嚷道：

"你们跑开罢，跑开罢！天呀！不要近到我的身边来！"

于是这忠憨的和伯说：

"璘，你来淋这样大的雨，你昏了。你身上有病，你不知道你自己么？"

璘又立刻说：

"救救我，你们跑开罢！让我独自在这里。这里是我自己愿意来的，我冲进大雨中来，还想冲出大雨中去，到那我所要追寻的地方。"

瑀在旁流泪叫：

"哥哥，回去罢！快回去罢！妈妈已经哭了一点钟了！"

瑀长叹一声说：

"弟弟，你算我死在这里，也葬在这里了罢！"

清没有话，就将他带来的衣服递给他，向他说，"快将你的衣服脱下，换上这个。"

瑀似被围困一样，叫道：

"天呀，为什么我一分自由也没有！"

什么都是苦味，雨稍小了。

第十四　无常穿好芒鞋了

他们扶着他回家，跄跄踉踉地在泞泥的田塍上走。他到此已无力反抗。他们没有话，只是各人系着嵌紧的愁苦的心。稀疏而幽晦的空气送着他，惨淡的光领着他，各种老弱的存在物冷眼看他。这时，他慨叹地想："唉，他们挟我回去，事情正不可知！梦一般地缥缈，太古一般的神秘呵！"

他母亲立在樟树下，——这时天下落着细很疏的小雨。她未见儿子时，老泪已不住地流；现在一见她儿子，泪真是和前一阵的暴雨差不多！她不觉对她儿子仰天高呼起来："儿呀！你要到哪里去呀？你在我死过以后跑罢！你在我死过以后跑罢！你疯了么？"

他们一齐红起眼圈来。瑀到此，更不能不酸软他的心肠。他只觉得他的自身正在溶解。

他母亲似乎还要说，她心里的悲哀，也似和雨未下透的天气一样。但清接着就说道："妈妈，快给瑀哥烧点收湿的药罢。"

于是老人就转了语气："烧什么呢？儿呀，你真生事！你何苦，要跑出去淋雨，方才的雨是怎样的大，你也知道你自己么？"

这时瑀说，态度温和起来，声音低沉的："妈妈，我心很清楚，我是喜欢跑出去就跑出去的。我也爱这阵大雨，现在大雨已给我净化了，滋生了。妈妈，你以后可以安心，我再不像从前一样了！你可以快乐。"

老母又说："儿呀，你身上有病呢！你晓得你自己身上有病么？你为什么病了？你方才全身发烧很厉害，你满口讲乱话。你为什么一忽又跑出去，我们简直没处找你！你此刻身子是凉了，被这阵大雨淋的凉了，但你知道你的病，又要闷到心里去么？"

"没有，妈妈，我没有病了！这阵大雨对我是好的，我什么病都被这阵大雨冲去了！这阵大雨痛快啊，从明天起，我就完全平安了。妈妈，你听我的话，便可以知道我是没有病了。"

和伯插进说："淋雨有这样好？我在田里做工，像这样的雨，每年至少要淋五六回哩！"

清说："我们进去罢，雨又淋到身上了。"

他们就好似悲剧闭幕了一般的走进了家。

瑀睡上他的床不到一刻钟，就大声咳嗽起来。他的母亲急忙说："你听，又咳嗽了！"

咳嗽以后还有血。瑀看见这第二次的血，已经满不在意，他向人们苦苦的做笑。他的母亲，简直说不出话。就说一二句，也和诅咒差不多。老人的心已经一半碎了。弟弟是呆呆地立在床边看着，清坐在窗边，他想，——死神的请帖，已经递到门口了！

血陆续不断地来，他母亲是无洞可钻地急。这时瑀的全身早已揩燥，又换上衣服，且喝了一盏收湿的土药，睡在被里。清和他的母亲商量要请医生，但医生要到哪里去请呢？最少要走十五里路去请。于是他母亲吩咐和伯去庵里挑铺盖，同时想另雇一人去请医生，瑀睡在床上和平的说："妈妈，不要去请医生。假如你一定要请，那末明天去请罢。今天已将晚，多不便呀？"

"那末你的血怎么止呢？"

他母亲悲苦地问，他说："先给我漱一漱盐汤，我的喉内稍不舒服的。再去给我买半两鸦片来，鸦片！吃了鸦片，血就会止了。清呀，你赶快为我设法罢，这是救我目前的唯一的法子。"

和伯在旁说，"鸦片确是医病最好的，比什么医生都灵验。"清问："谁会做枪呢？"

"我会，"和伯又说，"瑀的爹临死前吃了一个月，都是我做的。"

老农的直率的心，就这样说了出来。清向他看了一眼，接着说："那末我去设法来。"

一边就走了。他母亲叫："带钱去罢！"

他答不要。而瑀这时心想："好友呀！你只知道救我，却不知道正将从你手里送来使我死去的宝物！"

清跑出门外，老母亲也跟至门外，流着泪轻叫："清呀！"

"什么？妈妈！"

清回过头来，止了脚步。

"你看瑀怎样？恐怕没有希望了，他要死……了……"

"妈妈，你为什么说这话呢？你放心！你放心！瑀哥的病根虽然深，但看他此刻的样子，他很要身体好。只要他自己有心医，有心养，不再任自己的性做，病是很快会好去的。"

清也知道他自己是在几分说谎。

"要好总为难！"老人失望地说，"他这样的性子，变化也就莫测呢！他一息像明白，一息又糊涂，到家仅三天，事情是怎样的多呀！"

"你也不要忧心，你老人家的身体也要紧。瑀哥，总有他自己的运命！"

"我也这样想,急也没法。不过我家是没有风水的,璵有些呆态,单想玩;他从小就聪明,又肯用心读书。可是一变这样,恐怕活不长久了!"一边呜呜咽咽地哭泣起来。

"这是贫弱的国的现象!好人总该短——"可是清没有将"命"字说出,急改变了语气说,"妈妈,你进去罢!璵哥又要叫了,你进去罢,你也勿用担心,我们等他血止了,再为他根本想方法。"

"你们朋友真好!可惜……"

她说不清楚地揩着泪,回进屋子里去。

清回到了家里,就叫人去买一元钱的鸦片,并借灯,烟筒等送到璵的家里。他自己却写了一封长信,寄给在沪上的叶伟。信的上段是述璵的妻的自杀,中段是述璵的疯态,大雨下淋了发热的身,并告诉目前的病状。末尾说:"伟哥!你若要和他作最后的一别,请于三日内来我家走一趟!鸦片已买好送去,他的血或者今夜会一时止了。可是他这样的思想与行动,人间断不容许他久留!而且我们也想不出更好一步的对他这病的补救方法!伟哥,你有方法,请带点来!假如能救他的生命,还该用飞的速度!"

黄昏又来,天霁。

璵吸了三盅鸦片,果然血和咳嗽都暂时相安。不过这时,他感到全身酸痛,似被重刑拷打以后一样。一时,他似忍止不住,闭着眼轻轻地叫一声:"妈!"

他母亲坐在床边,问:"儿呀,什么?"

他又睁开眼看了一看说:"没有什么。"

他见他的母亲,弟弟,清,——这时清又坐在窗边。——他们都同一的低着头,打着眉结,没有说话。一边就转了一身,心里想:"无论我的寿命还有多少时候可以延长,无论我的疾病是在几天以内断送我,我总应敏捷地施行我自己的策略了!我的生命之处决已经没有问题,现在,我非特可以解脱了我自己,我简直可以解脱了我亲爱的人们!他们都为我忧,他们都为我愁,他们为了我不吃饭,他们为了我个个憔悴。我还能希望辗转几十天的病,以待自然之神来执行我,使家里多破了几亩田的产,使他们多尝几十天的苦味么?我不行了!我还是严厉地采用我自己的非常手段!"

想到这里,他脑里狠狠地一痛。停一息又想:"我这次的应自杀,正不知有多少条的理由,我简直数都数不清楚。我的病症报告我死的警钟已经敲的很响,我应当有免除我自己和人们的病的苦痛的方法。妻的突然的死,更反证我不能再有三天的太无意义的拖长的活了!我应当立即死去,我应当就在今夜。"

又停一息,又想:"总之,什么母弟,什么家庭,现在都不能用来解释我的生命之应再活下的理由了!生命对于我竟会成了一个空幻的残象,这不是圣贤们所能料想的罢?昨夜,我对于自己的生命的信念,还何等坚实,着力!而现在,我竟不能说一句"我不愿死!"的轻轻的话了!唉!我是何等可怜!为什么呢?自己简直答不出来。生命成了一团无用的渣滓,造物竟为什么要养出我来?——妈妈!"

想到这里,他又叫"妈妈!"于是他母亲又急忙问:"儿呀,什么?"

"没有什么。"他又睁开眼看了一看答。

接着,他又瞑目的想:"我至今却有一个小小的领悟,就是从我这颠倒混乱的生活中，尝出一些苦味来了！以前，我只觉得无味，现在，我倒觉得有些苦味了！在我是无所谓美丽与甜蜜，——好像上帝赠我的字典中，没有这两个字一样！——就是母亲坐在我的身边，还有人用精神之药来援救我，但我从她们唇上所尝到的滋味还是极苦的！唉，我真是一个不幸的胜利者呀！我生是为这样而活，我死又将为这样而死！活了二十几年，竟带了一身的苦味而去，做一个浸在苦汁中的不腐的模型，我真太苦了！"

这时他觉得心非常悲痛，但已没有泪了！

一边，和伯挑被铺回来。在和伯的后面，他精神的母亲也聚着眉头跟了来。

她走进房，他们一齐苦笑一下脸。她坐在瑀的床边。瑀又用他泪流完了的眼，向她看了一看。这一看，不过表示他生命力的消失，没有昨晚这般欣爱而有精神了。

房里十二分沉寂，她来了也没有多说话。当时他母亲告诉她，——已吸了几盅鸦片，现在安静一些。以外，没有提到别的。她看见床前的痰盂中的血，也骇的什么都说不出来。

过去约二十分钟，天色更暗下来，房内异样凄惨。他母亲说："点灯罢！"

"不要，我憎恶灯光。"

瑀低声说。他母亲又问："你也要吃点稀粥么？你已一天没有吃东西了！"

"我不想吃，我也厌弃吃！"

"怎么好呢？你这样憎恶，那样厌弃，怎么好呢？"

"妈妈，你放心，我自然有不憎恨不厌弃的在。不过你假如不愿,那就点灯和烧粥好了。"一边命璘说:"璘,你点起灯来罢。"

一边璘就点起灯来,可是照的房内更加惨淡。

这时清说,"我要回去,吃过饭再来。"瑀说:"你也不必再来,横是我也没有紧要的事。这样守望着我像个什么呢?你也太苦痛,我也太苦痛,还是甩开手罢!"

清模糊的没有答。他停一息又说:"我要到门外去坐一息,房里太气闷了。"

他母亲说:"外边有风呵,你要咳嗽呢!你这样的身子,怎么还好行动呀?"

实际,房里也还清凉,可是瑀总说:"妈妈,依我一次罢!"

他母亲又不能不依。搬一把眠椅,扶他去眠在门外。这时,看他的行走呼吸之间,显然病象很深了。

清去了,寺里的妇人和璘陪在他旁边。当他们一坐好,他就向他精神的母亲苦笑地说道:"哈,我不会长久,无常已经穿好他的芒鞋了!"

于是她说:"你何苦要这样想?这种想念对于你是无益的。"

"没有什么有益无益,不过闲着,想想就是了。""你还是不想,静静地养着你自己的心要紧。"

"似不必再想了!"

他慢慢的说了这句,就眼望着太空。太空一片灰黑的,星光一颗颗的明显而繁多起来。

但他能够不想么?除非砍了他的脑袋。他一边眼望太空,一边就想起宇宙的无穷和伟大来,又联想到人类历史的短促,又联想到人类无谓的自扰。这样,他又不觉开口说了:"你看,科学告诉我们,这一圈的天河星,它的光射到地球,要经过四千年,光一秒钟会走十八万哩,这其间的遥阔,真不能想象。可是现在的天文家还说短的呢,有的星的光射地球,要有一万年以上才能到!宇宙真是无穷和伟大。而我们的人呀,活着不过数十年,就好似光阴享用不尽似的,作恶呀,造孽呀,种种祸患都自己拼命地制造出来。人类真昏愚之极!为什么呢?为这点兽性!"

这样,他精神的母亲说:"你又何必说他?这是无法可想的。"

她有意要打断他的思路,可是他偏引申出来,抢着说:"无法可想,你也说无法可想么?假如真的无法可想,那我们之死竟变作毫无意义的了!"

"因为大部分的人,生来就为造孽的。"

"这就为点兽性的关系呵!人是从猿类变化出来,变化了几万年,有人类的历史也有四千多年了,但还逃不出兽性的范围!它的力量真大哟,不知何日,人类能够驱逐了兽性,只是玩弄它像人类驱逐了猴子只拿它一两只来玩弄一样。你想,也会有这种时候么?"

"有的。可是你不必说他了,你身子有病。"

"正因为我身子有病,或者今夜明天要死了,我才这样的谈呢!否则,我也跟着兽性活去就是,何必说他呢?"

她听了更悲感地说:"你还是这样的胡思乱想,你太自苦了!你应看看你的弟弟,你应看看你的母亲才是。他们所希望者是谁?他们所等待者是谁?他们所依赖者又是谁呀?你不看看眼前的事实,倒想那些空的做什么呢?"

"哈!"他冷笑了一声,接着说:"不想,不想。"

"你应当为他们努力修养你自己的病。"静寂了一息,又慰劝:"做人原是无味的,不过要从无味中尝出美味来。好似嚼淡饭,多嚼自然会甜起来。"

"可是事实告诉我已不能这样做!我对于昨夜的忏悔和新生,应向你深深地抱歉,抱歉我自己的不忠实!事实逼我非如此不可,我又奈何它?第一,妻的死;我不是赞美她的死,我是赞美她的纯洁。第二,我的病,——"但他突然转了方向说:"那些不要说罢,我总还是在医病呵。否则,我为什么买鸦片来止血?至于说到生命的滋味,我此刻也有些尝出了。不过我尝出的正和你相反,我觉得是些苦味的!但是我并不怎样对于自己的苦味怀着怨恨,诅咒。我倒反记念它,尊视它,还想从此继续下去,留之于永远!"

同时,他的老母从里边出来说道:"说什么呵?不要说了!太费力气呢!"

这样,她也觉得恍恍惚惚,话全是荒唐的。璊也坐在旁边听的呆去。

天有九分暗,两人的脸孔也看不清楚。她想,——再坐下去,路不好走,又是湿的,话也说过最后的了,还是走罢。她就立起来,忠恳的向璊婉和地说:"我极力望你不要胡思乱想,静养身体要紧。古来大英雄大豪杰,都是从艰难困苦,疾病忧患中修养出来,磨炼出来的。"

璊也没有说,只点了一点头。

她去了,璊也领受了他母亲的催促,回进房内。

第十五　送到另一个国土

一时他又咳嗽，他的母亲又着急。他向他母亲说："再给我吃一次鸦片罢，这一次以后不再吃了。"

他母亲当然又依他。不过他母亲说："单靠鸦片是怎么好呢！"

于是他又吃了两盅鸦片。这样，他预备将烟筒，灯，盘等送去还清。

到九时，他又咳出一两口的血来。周身又渐渐发热，以后热度竟很高，冷汗也向背，手心涌渗。他的母亲竟急的流出泪来，他却安慰他的母亲道，——语气是十分凄凉，镇静。

"妈妈，你去睡罢！我虽然还有点小咳，但咳的很稀，岂不是很久很久才咳一声么？我已经很无妨碍了！而且我的心里非常平静，和服，我倒很觉得自己快乐，病不久定会好了。妈妈，你为什么这样不快活呢？你也一天没有吃饭，怎么使我安心？妈妈，这个儿子是无用你这样担忧，我是一个二十几岁的人了，我并不同弟弟一样小，我对于自己的病的好坏，当然很明白的，何劳你老人家这样忧心呢！妈妈，我实在没有什么，你放心罢！"这时又轻轻的咳了一咳，接着说，"而且我这次的病好了以后，我当听你的话了！依你的意思做事！以前我是由自己的，我真不孝！以后，我当顺从妈妈了！妈妈叫我怎样我就怎样，妈妈叫我在家也好，妈妈叫我教书也好，——妈妈岂不是常常叫我去教书的么？甚至妈妈叫我种田，我以后也听妈妈的话！妈妈，你不要忧愁罢！像我这样长大的儿子，还要你老人家担这样深的忧，我的罪孽太沉重。妈妈，你听我讲的话，就可以知道我的病已经好了一大半，你还愁什么呢？"

他无力的说完。他母亲插着说："你终究病很深呵！你说话要气喘，身体又发热，叫我怎么可不愁呢？而且家景又坏，不能尽量设法医你，我怎么可不愁呵？一块钱的鸦片，钱还是清付的。这孩子也太好，给他他也不要。不过我们天天要他付钱么？"

这样，瑀又说，——声音稍稍严重一点。

"妈妈，明天起我就不吃鸦片了！至于清，我们是好朋友，他决不计较这一点。"

于是他母亲又叹息地说："那也还是一样的！你不吃鸦片，你还得请医生来医。请一趟医生，也非要三四元钱不可。来回的轿资就要一元半，医金又要一元，还要买菜蔬接他吃饭。莫非我抛了你不医不成？不过钱实在难设法！我方才向林家叔婆想借十元来，可以医你的病，但林家叔婆说没有钱呵，只借给我两元。她哪里没有钱？不过因我们债多了，一时还不完，不肯借就是。儿呀，我本不该将这件事告诉你，不过你想想这种地方，妈又怎么可不愁呵？"

瑀忍住他震破的心说道："妈妈！明天医生不要请，我的病的确会好了！我要和病战斗一下，看病能缠绕我几时？而且，妈妈！"语气又变重起来，"一个人都有他的运命，无论生，死，都被运命注定的！虽则我不相信运命，医有什么用？"

他母亲说："不要说这话了！莫非妈忍心看你血吐下去么？

至于钱,妈总还有法子的!你也不要想,你好了以后,只要肯安心教书,一年也可以还完。"

瑀睁大他已无泪的眼,向他母亲叫一声:"妈妈!"

"什么?儿呀!"

当他母亲问他,他又转去悲哀的念想,换说道:"明天清来,我当叫清借三十元来给妈妈!"

"也不要这许多。他也为难,有父兄作主。"

"也叫他转去借来,假如他父兄不肯。有钱的人容易借到,钱是要看钱的面孔的!"

她说:"儿呀,有十五元,眼前也就够了。"

瑀似骂的说:"三十元!少一元就和他绝交!妈妈,你明天向他说罢!"

但一边心内悲痛的想:"这是我的丧葬费!"

接着,气喘的紧,大声咳嗽了一阵。

于是他母亲说:"儿呀,你睡罢!你静静地睡罢!你还是一心养病要紧,其余什么,都有我在,不要你用心!你睡罢。"

一息,又说:"儿呀,你为什么气这样喘呢?妈害你了,要将林家叔婆的事告诉你。但你不要想她罢!"

瑀就制止他的气急说:"妈妈,我好了,我不是。因我没有吃东西,不过不想吃。明天一早,妈,你烧好粥,我起来就吃!妈妈,你也去睡罢。我,你毋用担心,忧愁,我好了。弟弟正依赖你,你带他去睡罢。"

他母亲说:"他也不小了,自己会去睡的。你不要再说话,说话实在太费力。你睡,你静静的睡。我还想铺一张床到这边来,陪你,唯恐你半夜要叫什么。"

而瑀半怒的说："妈妈，你又何苦！这样我更不安心了。你睡到这间里，璘又要跟你到这间来，——他会独自在那间睡么？他而且很爱我的，不愿离开我一步。但一房三人睡着，空气太坏！妈妈，你还是那边睡罢！时候恐怕有十点钟了，不早了，我也没有什么话再说，我要睡了。"

"好的，"他母亲说，"你睡，我那边去睡。假如你半夜后肚饿，你叫我好了。"

"听妈妈话。"

他答着，一边就转身向床里。

于是他母亲和弟弟也就低着头，含着泪，走出房门。

他们一边出去，一边秋天的刑具，已经放在这位可怜的青年的面前了！毒的血色的刑具呵，他碎裂的心里呼喊了起来，"到了！我最后的一刻到了！"

就坐了起来。这时他并不怎样苦痛，他从容地走向那橱边，轻轻地将橱门开了，伸他魔鬼给他换上的鹰爪的毛手，攫取那一大块剩余的鸦片。

"唉！鸦片！你送我到另一个国土去罢！这是一个微笑的安宁与甜蜜的国土，与天地悠悠而同在的国土！唉！你送我去罢！"

一边他想，一边就用那桌上的茶，将它吞下去了！好像吞下一块微苦的软糖，并不怎样困难。

到这时，他又滴了一二颗最后的泪，似想到他母亲弟弟，但已经没有方法……

一边仍回到床上，闭上两眼，态度从容的。不过头渐昏，腹部微痛。一边他想："最后了！谢谢一切！时间与我同止！"

一个生命热烈的青年，就如此终结了。

次日早晨很早，他母亲在床上对璘说："我听你哥哥昨夜一夜没有咳嗽过。"

"哥哥已完全好了。"璘揉着眼答。

于是这老妇人似快活的接着说："鸦片的力量真好呀！"

一边她起来。

时候七时，她不敢推她儿子的房门，唯恐惊扰他的安眠。八时到了，还不敢推进。九时了，太阳金色的在东方照耀的很高，于是她不得不推门进去看一看这病已完全好了的儿子。但，唉！老妇人尽力地喊了起来："瑀呀！瑀呀！瑀呀！我的儿！你死了？瑀呀！你死了？瑀呀！你怎么竟……死……了……"

老妇人一边哭，一边喊，顿着两脚。而瑀是永远不再醒来了！

璘和和伯也急忙跑来，带着他们失色的脸！接着，他们也放声大哭了！

怎样悲伤的房内的一团的哭声，阳光一时都为它阴沉。

几位邻舍也跑来，他们滴着泪，互相悲哀的说："一定鸦片吃的过多了！一定鸦片吃的过多了！"

"鸦片，时候大概是在半夜。"

"没有办法了！指甲也黑，胸膛也冰一样！"

"究竟为了什么呢？到家还不过三天？"

"他咳嗽的难过，他想咳嗽好，就整块地吞下去了！"

"可怜的人，他很好，竟这样的死！"

"没有法子，不能救了！"

"……"

"……"

死尸的形状是这样，他平直的展卧在床上，头微微向右，脸色变黑，微含愁思，两眼闭着，口略开，齿亦黑。两手宽松的放着指。腹稍膨胀，两腿直，赤脚。

但悲哀，苦痛，在于老母的号哭，弱弟的涕泪，旁人们的红眼睛与酸鼻。

这样过了一点钟。老妇人已哭的气息奄奄，璘也哭的晕去。旁人们再三劝慰，于是母亲搂着璘说，神经昏乱地："儿呀，璘，你不要哭！你为什么哭他？他是短命的。我早知道他是要短命。回家的当夜，他说的话全是短命的话！璘呀，你不要哭！不要再哭坏了你！这个短命的随他去！我也不葬他了！随他的尸去烂！他这三天来，时时刻刻颠倒，发昏！口口声声说做人没有意味！他现在是有意味了，让他的尸给狗吃！璘，你不要哭！你再哭坏了，叫我怎样活呢？我还有你，我不心痛！你这个狠心短命的哥哥，他有这样的一副硬心肠，会抛了我和你去，随他去好了！你不要哭！你为什么哭他？昨天可以不要寻他回来，寻他回来做什么？正可以使他倒路尸死！给狼吃了就完！我真错了！儿呀！你不要哭！……"

一边，和伯和几位邻人，就筹备他的后事。

消息倏忽地传遍了一村，于是清眼红的跑来！

清一见他的尸，——二十年的朋友，一旦由病又自杀；他不觉放声号哭了一顿。但转想，他的死是无可避免的，像他这个环境。

一边，清又回到家里，向他父亲拿了五十元钱，预备给他的故友筑一座浩大的墓。

下午，消息传到了谢家，于是他岳父派人到璘的母亲的面前来说，——两个短命的偏见的人应当合葬。他们生前的脸是各视一方，死后应给他们在一块。而且他们的心是永远结联着，关照着，在同一种意义之下死的。

清怂恿着，瑢的母亲也就同意。

地点就在埠头过来的小山的这边的山脚，一块大草地上。葬的时候就在下午四时。因为两家都不愿这死多留一刻钟在家内。

丧事完全预备好，几乎是清一手包办。这位老妇人也身体发热，卧倒床上。但当瑢的棺放在门口的时候，她又出来大哭了一顿，几乎哭的死去。两位邻妇在旁慰劝着。

瑢睡在棺内十分恬静。他的衣裤穿的很整齐，几乎一生少有的整齐。身上一条红被盖着，从眉到脚。清更在他头边放两叠书，凑一种说不出的幽雅。

四时，瑢和他的妻就举行合葬仪式。在那村北山脚的草地上有十数位泥水匠掘着地。她的棺先到。他的棺后到一刻，清和王舜两人送着，两人倒没有哭。于是两口棺就同时从锣声中被放在这个墓内。

第十六 余 音

第三日日中，伟到清的家里。清一见伟，就含起泪说："瑀哥已死了！"

"已死了？"

伟大骇地问。清答："前前夜，用鸦片自杀的！"

"自杀的？"

伟几乎疑作梦中。清低声答："血已吐的很厉害，还要自杀！"

伟气喘，两人呆立着。五分钟，伟说："我接到你的信，立刻动身，我以为总能和他诀别几句话，谁知死的这样快！现在只好去见他变样的脸孔了！"

清说："而且已经葬了，和他的妻合葬的。你来所走过的那条岭的这边山脚，你没有看见一圹很大的新坟么？就是他们俩人长眠之所。"

"急急忙忙的走来，谁留心看新坟。唉！想一见朋友的面，竟不可能！现在只好去拜谒他俩的墓。"

"先吃了饭。"

"不，先去看一看他俩的墓。"

于是两位青年，就低头，向着村北小山走去。

路里，清又将他的妻的死的大概，重新报告了一些。接着，又说到他:"俩人都太激烈。我是料到他的死,但没有说完最后的话。"

伟接着说:"在被压迫于现代的精神和物质的两重苦痛之下,加之像他这样的急烈,奔放,又有过分的感受性的人,自杀实在是一回注定的事。否则只有,——,此外别无路可走!"

伟没有说清楚,清问:"否则只有什么呢?"

"吁!"伟苦笑一笑,着重地说:"只有杀人!"

停一忽又说:"他为什么不去杀人!以他的这副精神,热血,一定能成就一些铁血牺牲的功绩!"

"他的妻的死耗,实在震破他的耳朵!竟使他逃避都来不及!"

两人静默了一息。清说:"我对他的死应当负几分责任。"

"为什么?"

伟抬头向清,清含泪答:"他自杀的鸦片,是我买来送他的。竟由我的手送他致死的礼物,我非常苦痛!"

"那末他妻的自杀的线是谁送给她的呢?"

很快的停一息说:"你又发痴,要自杀,会没有方法么?"

两人又默然。

他们走近这黄色新坟约小半里。清说:"前面那株大枫树的左边,那座大墓就是。在那墓内是卧着我们的好友和他的妻两人。"

"好,"伟说,"我也不愿再走近去!"

一转,又说:"不,还是到他俩的墓边去绕一周罢。"

清向他做笑的看了一眼,似说:"你直冲的人,现在也会转起圆圈来。"

伟向他问："什么？"

清却又没有直说，只说："是的，我们到他俩的墓边去绕一周。"

两人依仍走。伟说："我们未满青年期的人，竟将好友的夫妻的墓，来作凭吊，真是稀奇的事！"

两人走到了新坟，又默默地在墓周绕走了两圈。墓很大，周围约八十步，顶圆，竟似一座小丘。

两人就坐在墓边的一株老枫树下。伟说："你想起那天上海他骂我们的一番话么？"

"想起的，"清答，"骂的很对呢！我们的生活，实在太庸俗了！"

"所以，我们应该将我们这种社会化的生活，根本改变一下才是。"

"我也这样想，"清语句慢慢的，"我们应以他俩的死为纪元。开始我们新的有力的生活。"

"我已打定了主意。"

伟说，清问："怎样呢？"

"上海的职辞了。迷恋都市有什么意思？家乡的人们，嘱我去办家乡的小学，我已承受。同时，我想和乡村的农民携手，做点乡村的理想的工作。"

"职已辞了么？"

"没有，等这月完。不过他们倒很奇怪。我说要辞职，他们就说下月起每月加薪十元。我岂又为这十元来抛弃自己的决定么？我拒绝了。"

"好的。"清说，"我也要告诉你！"

"你又怎样？"

伟问。清苦痛的说："这几天我的哥哥竟对我很不满意，不知为什么缘故，家中是时常要吵闹。昨夜父亲向我说，——你兄弟两个应当分家了！年龄都大，应当各人谋自己的生活去。免得意见太多，使邻里也看不惯。——我的家产你也知道的，别人说我是有钱，实际一共不到六万的样子。假如分的话，我只有得三分之一，那二万元钱，依我心也不能怎样可以分配。你想，我莫非还要依靠遗产来生活么？因此，我很想将它分散了。我的家产的大半是田地，我当对农民减租，减到很少。第二，我决计给璨弟三千元。一千元给他还了债，二千元给他做教育基金。我已对璨的母亲说明了。——当说的时候，这位老母竟对我紧紧的搂着大哭起来。至于我自己呢，我要到外国读书去，德国，或俄国，去研究政治或社会。这样，我也有新的目的，我也有新的路。你以为这怎么样？"

"好的，这是完全对的。"伟答。

"我想，思想学问当然很重要，单靠我们脑袋的这点知识，是不能应付我们的环境的复杂和伟大的。"

"是的，我想我国不久总要开展新的严重的局面。我们青年个个应当磨炼着，积蓄着，研究着，等待着。"

两人苦笑一下。一息，伟又说："假如你真分了家，那我办的小学，先向你捐一千元的基金。"

"好的。"

"你的父母怕不能如你所做么？"

"以后我是我自己的人。"

两人又静默一息。

风是呼呼地摇着柏树，秋阳温暖地落在瑀俩的墓上。

于是两人又换了意境，清说："他俩是永远休息了！倒一些没有人间的牵挂与烦虑！我们呢，我们的身受，正还没有穷尽！"

"但我们应以他俩的死，加重了人生的意义和责任。"

"死的本身实在是甜蜜的。"

"意义也就在生者的身上。"

"但他俩究竟完全了结了么？"

清奇怪的问，伟答："还有什么呵！"

"我倒还有一事。"一息以后清说。

"什么呢？"伟问。

"我想在他俩的墓上，做一块石的纪念碑。因为他俩的死，是值得我们去纪念的。但想不出刻上什么几个字好。"

"你有想过么？总就他俩的事实上讲。"

"太麻烦了又讨厌。仅仅买得后人的一声唶叹也没有意思。"

"那末做首简短的诗罢。"

停一息，清说："我想简简单单的题上五个大字，'旧时代之死！'上款题着他俩的名字，下款题着我们的名字。"

"好的，"伟立时赞成，"很有意思。他俩是我们这个时代的牺牲品，他俩的生下来，好像全为这个时代作牺牲用的。否则，他俩活了二十几年有什么意思呢？他俩自己没有得到一丝的人生幸福，也没有贡献一丝的幸福给人类，他们的短期间的旅行，有什么意思呢？而且他俩的本身，简直可算这个时代的象征！所以还有一个解释，我们希望这旧时代，同他俩一同死了！"

伟大发牢骚，清向他苦笑的一看说："就是这样决定罢。下午去请一位石匠来,最好明天就将这块石碑在他俩的墓边竖起来。"

一边,两人也从草地上牵结着手,立起身来。

1926年6月26日,夜半,初稿作于杭州。
1928年8月9日,午前九时,誊正于上海。